風雲時代

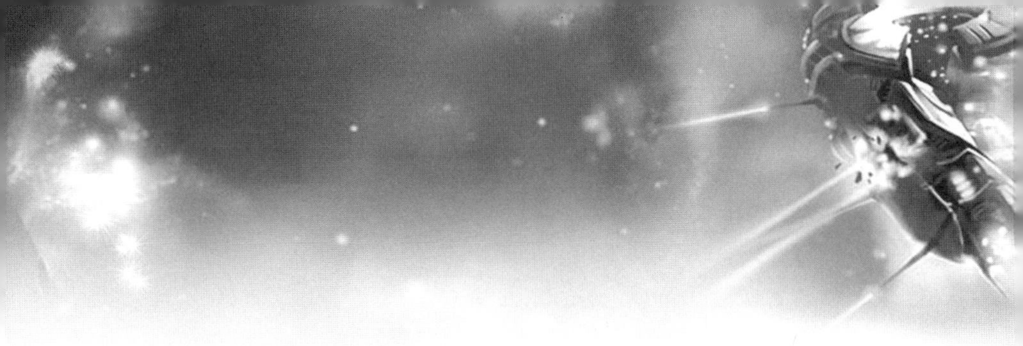

新大明王朝

6 縱橫天下

淡墨青杉◎著

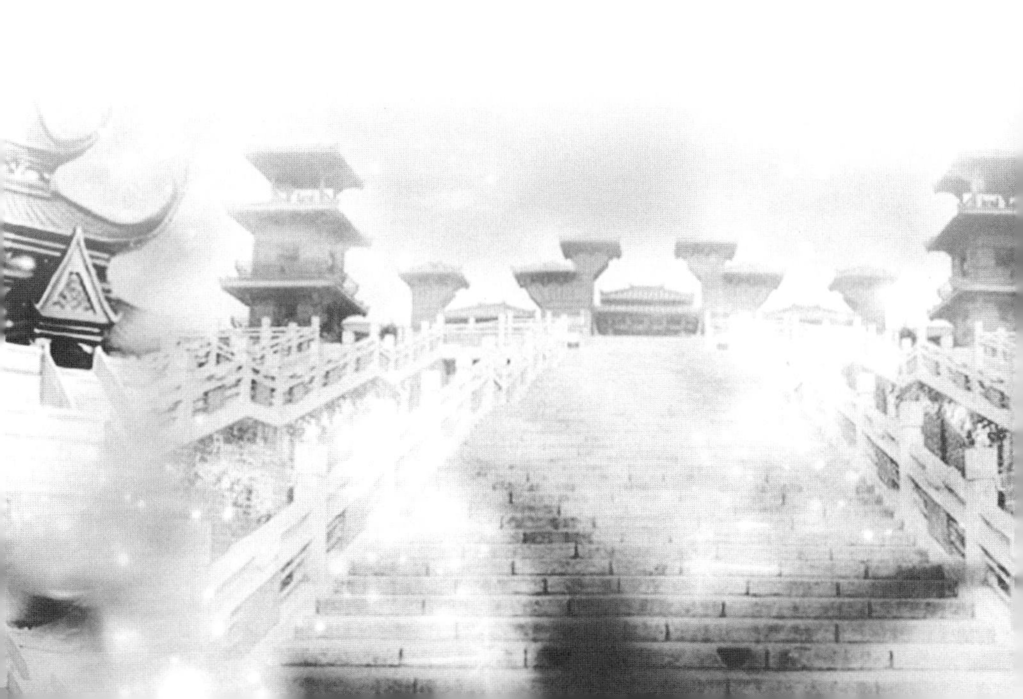

三大帝王

人物介紹

漢帝 張偉：最得意的帝王

來自未來，憑遠超幾百年的經驗改變歷史創立大漢王朝。爲人行事果斷、狠辣、穩重，平生從不做沒把握的事，政治作風強硬，一掃數千年儒家治世的傳統，大力改革，使國富民強，復興漢唐盛世在世界各國心中的上國地位。

明帝 崇禎：最愚蠢的帝王

滿懷中興大明的熱情，卻使明朝更陷深淵，直至亡國。其人生性多疑，好大喜功，喜怒無常。其蠢至空留幾千萬金銀給亡其國的異族，卻不願分出一兩銀子振軍救民，以至民反軍散，獨留孤家寡人於煤山上吊而死！

清帝 皇太極：最鬱悶的帝王

雄才偉略，勇悍無比，天下本屬於他，歷史本也是由他帶領八旗建立大清王朝。但卻因漢帝張偉的橫空出世，改變了歷史，而使本屬於他的一切化爲烏有，他也因此鬱鬱而死！

武將榜

人物介紹

施琅

大漢水師大帥，與漢帝張偉相交於微時，一起創業打江山，其人極具將才，兵法謀略極佳，水戰未有一敗，後被封世襲伯爵之位。

張瑞

大漢飛騎軍大將軍，對張偉忠心不貳，爲人勇悍多謀，爲漢帝轉戰天下，戰功超卓，後被封世襲伯爵之位。

張鼐

大漢金吾衛大將軍，對張偉忠心不貳，爲人凶猛好戰，曾爲漢帝親衛大將軍，勇猛有餘，謀略不足，卻也無大過，戰功無數，眾敵深懼其人，後被封伯爵。

契力何必

高山族勇士，爲張偉所收服，其箭術無雙，爲大漢萬騎大將軍，領三萬高山戰士爲大漢征戰天下，無往不利。

武將榜

人物介紹

黑齒常之

契力何必之弟，大漢萬騎大將軍，與其兄一起爲大漢征戰天下，勇猛無比，立下戰功無數！

劉國軒

大漢龍驤衛主帥，漢王起家時的家臣，爲人冷靜多智，穩重，極具帥才，張偉的左右手，大漢的開國功臣，後被封爲世襲伯爵。

周全斌

大漢第一勇將，智勇雙全，極善機變，張偉最信任的大臣之一，與劉國軒爲五虎上將，位列伯爵。

孔有德

龍武衛大將軍，治軍有方，勇力過人，本爲前明大將，後依附張偉，成後漢開國之大將！

武將榜

人物介紹

左良玉

爲人深沉，本爲遼東大將，卻爲張偉所救，極具帥才，跟隨張偉，後被委以獨當一面的重任！先駐守倭國，爲倭國總督，後爲統兵大帥，爲大漢江南攻略的南面統兵元帥！

曹變蛟

神策衛大將軍，勇猛無比，而智謀不深。打仗身先士卒，常赤膊上陣，敵人畏之如猛虎，曾以大刀力殺荷蘭戰士數十人，被西方人視爲屠夫魔鬼！

賀人龍

與曹變蛟一起並稱漢軍雙虎，猛悍無比，身負重傷數十處依然不下戰場，幾被視爲鐵人！

林興珠

智勇雙全，善攻城戰和襲擊戰。

武將榜

人物介紹

尚可喜

前明大將，後跟隨耿精忠、孔有德一起依附張偉，立下極大戰功，為大漢開國功臣。

耿精忠

前明大將，後隨尚可喜、孔有德一起依附張偉，立下極大戰功，為大漢開國功臣。

祖大壽

遼東大將，對大明極其忠心，一生只追隨袁崇煥鎮守遼東，後為保全袁崇煥名節，戰敗自殺而亡！

趙率教

遼東大將，袁崇煥部下最精銳將領，為人多智，錦州失守，詐降滿清，卻心繫大漢，後成大漢明將！

武將榜

人物介紹

吳三桂

遼東大將，年輕有爲，其人多智，深謀遠慮。

多爾袞

滿清睿親王，皇太極之弟，其人勇猛多智，心機深沉，是皇太極之下最爲有名的滿人名將！

李侔

李岩之弟，漢軍軍中猛將，領五百勇士力戰大破開封城，一戰成名，爲人多智，擅馬球。

豪格

皇太極之子，爲人豪勇無比，卻智謀不深，不甚得皇太極所喜，狂傲自大，目中無人！

文臣榜

人物介紹

何斌

大漢財政大權負責人，大漢興國第一功臣。與漢帝相交於微識，共同創業，以其經商理財的天賦為張偉累積下了統一天下的資本！被封伯爵，更被公認文臣第一，尊為太子太傅。

吳遂仲

為人多智，身為儒人，頗具治理天下之才，大漢開國之功臣，位為六部之首，後封伯爵，但因陷入黨爭而被貶離京城！

袁崇煥

明朝第一名將，薊遼總督，以文臣身分統領遼東大軍，鎮守遼東數十年，讓滿清鐵騎未能踏足中原。

熊文燦

明朝大臣，福建巡撫及兩廣總督而掛兵部尚書銜，總督九省軍務，其人甚貪，頗有些才能，後為張偉狡計所害。

文臣榜

人物介紹

江文瑨

其人極具才華謀略，是以張偉放心讓其獨當一面，繼左良玉之後經營倭國。

陳永華

大漢第一賢臣，有治國之大才，與漢帝張偉相識於微識，更是漢帝身邊最得力的謀臣，雖未在朝中爲官，卻爲大漢培養出極多的人才！極受張偉所敬重。

鄭煊

前明降臣中最受漢帝張偉器重的文臣，極具治國安邦之才，大漢六部尚書之一，更被封侯爵。

洪承疇

前明三邊總督，明末著名文臣，以文臣之身統帥三軍，智計極深，謀略權術過人，最終卻敗於漢帝張偉之手！

文臣榜

人物介紹

孫偉庭

前明陝西總督，爲人行事狠辣，以文臣之身卻敢在打仗時身先士卒，可算是大明文臣中極少有的狠辣角色！後敗於張偉之手！

黃尊素

東林大儒，大漢興國文臣，官至兵部尚書，掌軍國大事，思想守舊，儒家思想難改，在漢帝張偉大力改革的過程中常提反對意見，但仍被封爵！

呂唯風

爲人才智過人，有治國安邦之能，支持改革，忠於張偉，極有主見和謀略，極得張偉器重，委以治理呂宋的重任。與江文瑨等人各自獨當一面，後在黨爭之時接替吳遂仲六部之首的位置，位及伯爵！

其他人物

人物介紹

李自成

明末義軍首領，又稱李闖王，領農民軍數十萬轉戰天下，而使明王朝風雨飄搖，一蹶不振。

張獻忠

一方奸雄，靠農民起義發家，轉戰天下，後寄身於蜀中，擁兵自立，爲人凶殘，常有屠城之舉！

柳如是

大漢皇后，賢德異常，性情溫柔，才貌無雙，出身低賤卻心靈高貴，極受張偉之愛！

吳芩

南洋大族吳清源孫女，自幼學習西方文化，其美若奔放的牡丹，高貴卻不失大方。張偉暗戀之人，後卻因政治原因未能結合，此爲漢帝張偉一生最大的遺憾。

其他人物

人物介紹

馮錫範

大漢軍法部最高負責人，鐵面無私，從不徇私，甚得張偉器重！

孫元化

爲人不好官場，一心只專於火器，乃是明末著名火器專家，也是大漢火器局總負責人，其人不修邊幅，不喜言語，狂放不羈，極得漢帝張偉寵信！位列伯爵，大漢開國功臣之一！

徐光啟

明代著名的科學家，孫元化的老師，奉天主教，其人學貫中西，力倡改革，助辦太學，力挺張偉！

李　岩

年輕有爲，智深如海，卻含而不露，不張揚，不喜官場，文武雙全，漢軍北伐中表現極爲出色，以戰功而得侯爵之位！

其他人物

人物介紹

高傑

大漢密探統領，爲人行事刁鑽陰險，頗有奇計！雖少上戰場，但其功不可沒，甚得張偉寵信！

鄭芝龍

海盜巨頭，經營海運數十年，富可敵國，但卻敗於張偉之手，使其海上霸王的地位被代替，後被明朝招安，官至兩廣水師總督。

勞倫斯

英國駐南洋的海軍高級軍官，因與張偉關係極好，而成爲英國大將，曾幫張訓練出一批極精銳的水師！

目錄

收服鄭煊這樣官聲極好，地位又頗高的大員，對整個江南局勢有極大的助力。此時雖知鄭煊不是那種死節的忠臣，卻也知道他品格不俗，能力非凡，並不容易收服。只是此人有個好處，唯以百姓為念，而不是一心對皇帝忠心。

袁崇煥被押最久，堪稱這幾人中的老獄友了，這幾年來被推出斬頭的方面大員也曾見過幾個，故而處變不驚，心中波瀾不起。見各人都有些鬱悶之意，便向侯恂笑道：「聽說大公子朝宗已中了舉人，即將來京大比？這當真是了不得，年方十五，就有如此成就，恕我說句唐突的話，只怕將來雛鳳清於老鳳聲，亦未可知呢。」

閣臣們默然不語，卻見站於班末的工科給事中范淑泰上前一步，俯身奏道：「現在亂局如此，朝廷對遼東卻無定論，是戰是和，需有定論，然後方可行之。若仍是戰，陛下退兵不妥，若是要和，需早定和議，然後方撤回在兵，可保無虞。」

目錄

漢軍連日轟城，徹底切斷了福州與外地聯繫。施琅所部水師又從舟山開赴福州港口，徹夜不停地轟擊福州城內。城內房屋崩壞無數，百姓軍士死傷遍地。那鄭芝龍心知城破之日必死，率領家丁部下拚命守衛，自漢軍圍城之日起便未下過城牆。又強募百姓上城修補，城牆崩壞，便用百姓房屋磚瓦木料隨時候補。圍城十日，漢軍急切間竟不能下。

將張慎言扶起，又好生撫慰了幾句。見他坐回坐椅，神色平復，張偉方道：「內閣這幾個條陳都很好，我很是欣慰。裁撤官匠，免鹽茶引，免除火甲、商役，不得於路道橋樑設抽引、鈔關；稅不得過三十稅一，小商鋪及邊遠城鎮可免稅；官府塌鋪允准商人免費放置貨物；火甲、倉庫等費用，一體由官府貼補。具體如何做，內閣及戶部商議去做，無需再來陳奏。」

手按著佩刀，德川秀忠的臉上漲起一陣潮紅，向著這些他眼中的膽小鬼大喊道：「諸位，請拿出勇氣來！咱們倭國人縱是全國玉碎，也不能再怯懦屈辱的向敵人投降了！全國的大名們都動員起來，最少能動員百萬大軍，張偉的漢軍再厲害，他能蕩平全倭國不成？」

目錄

第一章　降臣鄭煊

收服鄭煊這樣官聲極好，地位又頗高的大員，對整個江南局勢有極大的助力。此時雖知鄭煊不是那種死節的忠臣，卻也知道他品格不俗，能力非凡，並不容易收服。只是此人有個好處，唯以百姓為念，而不是一心對皇帝忠心。

張偉初時睡意朦朧，此時被他這麼大聲一說，打了一個激靈，突地一笑，向身邊侍衛喝道：「快，給鄭大人尋件衣服來！」又罵那幾個龍武兵士道：「誰帶你們辦的差？哪有這樣子請客人的！」

他沒有說過是「請來」還是逮來，執行命令的都尉哪裡知道其中關節？此時見張偉大聲斥責，原本還想露個小臉，讓大將軍誇讚幾句，此時亦是嚇得溜之大吉，不敢露面。

那幾個軍士灰頭土臉，被張偉著實訓斥了幾句，直到那鄭煊被張偉侍從帶去更衣，方聽得張偉笑道：「這差事你們辦得原是不錯，只是客人有些難堪，我發作你們幾句，莫要難過，都去吧。」

見鄭煊自偏廳出來，已然是衣著整齊，他此時四十餘歲年紀，平素裏最重儀容，適才大大的丟臉一番，當真是氣憤非常。此時換上了衣衫，已是神態自若，行將過來，向張偉略一躬身，道：「下官給寧南侯，龍虎將軍見禮了。」

又笑道：「大人不知道爲何如此看重下官，竟至深夜召見，且又衣不遮體，倒令下官頗覺罪過。」

張偉聽他語氣，便知此人當官的心正熱，果如史書中所記，並不是那種一心爲國死節的呆書生。

因將手一讓，笑道：「奉漢兄，請進！我在外面待得久了，現在的天氣白天熱，夜間冷，也委實受不得了。」

兩個先後入內，分了賓主入座，張偉又令人奉茶，鬧騰了半晌，方向那鄭煊笑道：「奉漢兄，你的《昨非庵日纂》寫到多少卷啦？弟一直拜讀不輟，對兄之大才，當真是佩服得很！」

鄭煊聽了大喜，這《昨非庵日纂》是他的讀書筆記，從歷代正史、詩文集、野史、雜記等書中分門別類採集而成，鄭煊曾自況道：「此書使我知昨日之非。」

這書在當時倒不甚出名，令鄭煊頗是鬱悶，誰料在刻版印刷傳入倭國後，竟受到商界的歡迎，直至四百年後，仍是倭國商界精英的必讀之書。

「志華兄，想不到你竟知道拙作，當真令人汗顏。這書我現下方寫到第七卷，若是兄有興趣，待我回府之後，便令下人送抄本過來，請志華兄賞閱。」

張偉稱他字號，他便也老實不客氣的以字相稱，若不是欣喜之下，竟忘了自身還是俘虜，眼前這位是起兵造反的逆賊，又怎會如此？

因知他清貧，寫書本是勞神費力的事，他身爲三品大員，爲官清廉，一芥不取，生活清苦，妻子穿戴仍荊釵布裙；是以寫書幾卷，竟無錢刊印。張偉又想起這人在書中曾寫到：「余爲三品堂卿，幾六年矣，萱帷布衾，制自微時。間欲更葺，亦不易措。」其清貧自守如此，倒也令人佩服。何況他除了清廉之外，亦很有才幹，在巡撫任上興修水利，大辦教育，很得南京百姓愛戴。張偉就是念及於此，才唯恐他在城破之日身死，急忙令人尋了他來。

「奉漢兄，不必送抄本來。待我明日吩咐下人，令人把你的書送到書局，命人雕版印刷。刊行於世，令兄之文才昭顯於世，不令這本好書埋沒無聞，如此可好？」

鄭煊原本笑容可掬，此時聽得張偉這番話，霍然變色，冷笑道：「志華兄好意心領。此時敵我之勢已成，我不能受閣下的恩惠。二則，若是我一心要出書，在巡撫任上，請何人出之不成？又何必要志華兄你破費！」

張偉不動聲色，只淡然道：「我在臺灣行事便是如此。凡是有益學問，皆是由官家出錢。別說臺灣念書是不要錢的，就是有學者著述出來，刻印成書，都是由臺灣官府掏錢，奉漢兄也不必誤會。」

臺灣行事確是如此，張偉也不是隨口胡說。那鄭煊甚重學問一事，又如何不知曉？當下嘆一口氣，道：「大人在臺灣治理的甚好，我原說閣下是大明第一等的名臣、忠臣，將來必定可流芳百世，誰料大人貪欲不足，竟欲貪圖九鼎，此當真非人臣所應爲。」

鄭煊噗嗤一笑，正色道：「我乃建文後人，流落南洋，改姓爲張！君若不信，有玉牒宗譜爲憑。」

「建文皇帝在天啓年間便回到北京，爲老僧居於佛寺之中。天啓爺專門請了當年宮中的小太監前去探視，道是建文皇帝無疑。後來英宗皇帝恩養於他，安度了晚年。建文皇帝流落南洋一說，終究只是鄉野傳言，不足爲士大夫掛齒。」

張偉亦是一笑，道：「這是給士大夫的遮羞布罷了。不過，鄉野小民最愛聽謠言傳說。建文蒙難一事又很是被人同情，我此刻就是托言，到底還是有些作用。士大夫中，也會有人半信半疑。」

他並不狡辯，而是直言認賬了事，倒令鄭煊意外，因笑道：「大人倒是光明磊落，並不堅持。」

「嚮鼓不用重擂。奉漢兄是聰明人，現下的大局看得清楚，要不然也不會避居民舍，靜以待變了。此時請你出來，可能是早了一些，不過究竟於大局有益，請奉漢兄切勿推辭。」

說罷，兩隻眼睛直視鄭煊，雖是做胸有成竹狀，卻也是不禁心中打鼓。收服鄭煊這樣官聲極好，地位又頗高的大員，對整個江南局勢有極大的助力。此時雖知鄭煊不是那種死節的忠臣，卻也

知道他品格不俗，能力非凡，並不容易收服。只是此人有個好處，唯以百姓爲念，而不是一心對皇帝忠心。

明朝末年，朝廷無餉，江南是財賦重地，朝廷搜括越來越重，百姓負擔日重。有江陰武生李璡，建議搜刮江南富裕人家財力以充軍餉，受到朝中貴戚的極力反對，崇禎亦留中不發，不做處置，鄭煊當即引退回鄉，以示對皇帝的抗議。是以張偉要收拾民心，招用明朝大臣，便第一個尋了這鄭煊來，對他當真是寄以厚望。

卻見那鄭煊沉吟道：「南京一下，大人後手如何？」

「取武昌、襄陽，徹底隔斷南北。南面有我的偏師，一萬五千漢軍，直攻廣東，由廣東入湖南可也，入福建亦可。待此地漢軍主力攻下湖北，則回師入江西、湖南，與偏師合軍。至於浙江與整個南直隸，昨日一戰，已然全然無兵。我只需派幾千兵馬，便可蕩平南直隸與浙江。待湖北湖南的漢軍與廣東漢軍會合，則南方全定矣。」

「大人打下這些地盤，將如何治理？」

張偉說得口乾，起身命人換了熱茶，啜飲一口，方向他笑道：「降官照原職委用，若死或逃，則以副職委用。若實在無官可用，方由臺灣調來官吏上任治理。江南賦重，尤以松江最重，待這些地方平定，則宣布減免今年的賦稅。不但三餉加派不收分文，就是原本的國家正賦，亦是一文不收。」

見鄭煊若有所思，張偉忙道：「原本官員俸祿極低，就指望收賦稅時撈上一筆，或是加收火耗充爲己用，這是萬萬不成！我雖寬容，有兩種人卻要大辦，一爲閹黨，二爲貪官，此二種人爲國蠹，容不得！就是殺了他們，對大局也是無礙的。至於官員俸祿，則由我來想法貼補，比之原俸，提高十倍任用。原本一個知縣一年不過二十幾兩銀子，做得了什麼？現在發兩百兩，若還是貪，那也別怪我無情。」

鄭煊低頭一想，向張偉道：「大明官俸極低，官員們收些火耗貼補一下，原也無可厚非。只是正賦一兩，火耗竟能收到十兩，盤剝吸血乃至於斯，這當真是不得了。大人禁收火耗，當真是了不得的舉措。但賦稅收上來的是碎銀，總需熔成官銀，然後入庫，其間必有損耗，若是不收火耗，雖斷了官員貪汙的門路，卻也難免要官府來補貼才是。一州一縣還好，全江南至少要賠上十幾萬兩銀子方可。」

「不妨事。這筆銀就由官府來出，亦是無妨。多收這幾十萬，全國上下的官們只怕要多貪十倍上去，百姓們自然是怨聲載道，無以聊生。奉漢兄，你是好官一個，但普天下如你一樣清廉的，又有幾人？」

鄭煊聽得動容，正欲答話，卻又聽張偉接著道：

「自然，太祖開國以剝皮之刑治貪，仍是無用，其爲何也？官俸太低所致！一個知縣，年俸不過二十多兩，還總得聘幾個書辦、師爺吧？再加上異地爲官，花費甚大。等閒之家，只怕是負擔不起。是以若是一清如水者，比如海瑞，老母親過生日，竟然連一斤豬肉也買不起；待死時，連棺材也備辦不了。國家養士，這樣不成個體統。是以欲要官員不貪，一則是要以國法鎮之，二則也要讓官員尊榮。是以臺灣有廉政署，不歸任何衙門統領，因此沒有掣肘，有專查之權；再就是提高俸祿，令官員不至於饑貧。雙管齊下，方收實效。」

他還有些話，也不方便此刻就與鄭煊和盤托出。明清之際，表面上，地方長官是由進士出身的儒生擔當，實則都是那些積年的小吏從中搗鬼。那些呆書生讀了幾十年書，好不容易有個前程，做一任實缺官，卻如同睜眼瞎子一般，於政務斷案一竅不通，只得透過聘請的師爺和那些熟手小吏來辦事。這些人上下其手，從中舞弊，將正堂老爺瞞在鼓裏，或是乾脆將老爺拖下水去，一群人勾起來貪汙，所以即便是況鐘這樣的清官名臣，也有當場摔死師爺的事。一則是離不了，自己俸祿又低，又養不起，只得多收火耗補貼；二者是不通政務，被這些人欺瞞左右，想清廉亦不可得。

臺灣任官，皆是由實才補授。有舉人秀才出身的則任書吏、主吏；通算術者，則爲核算審計的官吏；法務和廉政官吏，則由通律令和演算法的通才擔任，並非如明朝，所有的國家正員，皆必須由科舉儒生來擔任。只是此時若改變習俗，只會讓這些儒生反感，影響張偉穩定江南的大計，是以此時斷不可行。依張偉的想法，待江南全下，主官仍由那些官聲尚好的儒生擔任，而佐吏，則由臺灣派來，如此這般，政務方能順遂。

又聽那鄭煊疑道：「大人，你免了三餉加派，又不收火耗，加之興兵征伐，東征西討的，這得需用多少銀子才能敷使用？再有，連正賦亦是不收，雖然鄭煊要代百姓多謝大人的恩德，不過也著實有些懷疑，如此這般，大人能承受得起麼？」

張偉一笑，知他此時已站在自己一邊，爲自己竭心盡力，故答道：

「漢軍軍費早已準備，這兩年，每年二三百萬的財政盈餘皆儲備起來，以充軍費。只是戰時耗費甚多，不瞞奉漢兄，僅是出兵這頭一月，已是用了兩百多萬的銀子。臺灣那邊一年收入一千四百萬有餘，官員俸祿加餉銀及造槍炮彈藥就花費了八成。若不是從前年便開始收取糧食，以爲田賦，只怕這一場大戰，已是支撐不來。只是南京一下，底下除了襄陽也無甚大戰，日後每月有百萬銀便可敷用。待過上幾個月，臺灣那邊便可又有積蓄，再加上各處州縣還有些存銀可用，若光是漢軍所費，倒是夠了。至於江南的各項賦稅，奉漢兄，你是大明高官，亦是清楚得很吧？正賦每年不過三百餘萬，連同加派方八百多萬銀，這是朝廷所得。可是其間有多少被各層的官員們中飽？百姓苦矣！我今年免收，也是讓百姓恢復元氣，少收了這幾百萬銀，我固然手頭是要緊些，到底百姓們得益更大！至於其餘開支，官員俸祿，我要從江南的貪官及閹黨，還有各地的親王藩王中拿！」

鄭煊吃了一驚，急忙起身道：「追比貪官、閹黨，士大夫和百姓們自然是拍手稱快，只是若有不慎，得罪官員過多，只怕有損江南大局。再有，大人僞託是建文皇帝後人，對宗室不但沒有什麼恩賞，反要他們掏出錢來，這豈不是令人怨恨？就是今上，他減膳，撤樂，將每日一換皇帝袍服改成一月一換，亦是不肯難爲宗室，請大人細思。」

張偉冷笑道：「今上一個月省那幾千兩銀子，夠做何用？那些官和外戚們不顧國家安危，一個個仍是挖骨吸髓一般地欺壓百姓，別說是讓他們把銀子吐出來，就是都殺掉，亦不足惜！」

李自成破北京，查出皇家庫房內尚有兩千多萬存銀，都是百兩一個的永樂細紋大錠。就是如此，皇家卻始終不肯拿出銀子來，而是拚命搜括百姓以充軍用。一邊是官逼民反，使得造反的百姓越來越多；一面是皇帝捨不得銀子，卻又將好不容易湊出來的銀子充做軍費，去剿滅那些原本是要繳納賦稅給皇帝，卻又被逼謀反的百姓。若不是史有明載，當真是令張偉難以相信，世上居然有這麼蠢的人，寧願在最後吊死煤山，就是捨不得用錢。

想想明朝皇帝，這種要錢不要命的做法比比皆是。明神宗興薩爾滸之師時，張居正改革積攢的庫銀早就用光，戶部無錢可用，要餉的文書每天如雪片一般飛來。請示皇帝，當時內庫明明就有神宗從江南用稅監和礦監搜羅來的大筆白銀，用來做軍費綽綽有餘，只是他老人家善財難捨，一毛難拔，於是開始徵收遼餉，形成了禍亂之源。

再有福王在洛陽，明明農民軍即將破城，性命難保，他卻不肯掏一兩銀子勞軍，弄得軍士怨恨，不肯出力，結果城破之日，福王被殺，從他王府府庫中，整整起出幾十萬兩黃金，白銀四百餘萬，其餘古玩珍奇無數。

此時張偉據有江南富庶之地，明朝宗室甚多，除了少數幾個親王外，都是些欺壓良善，無惡不作之徒，名聲極壞，不但是百姓厭憎，便是官員亦是無人喜歡。張偉拿他們作法，一則可以拿錢出來助餉，二則可以息民怨，又何樂而不爲？至於那些有名的貪官，閹黨餘孽，別說抄家，縱是張偉將他們都砍了腦袋，只怕全江南的百姓只有拍手稱快，斷無心生怨恨的道理。

見鄭煊仍有疑慮之色，又向他解釋道：「此事暫且不急，待江南全數平定後，再以官府法司進行，而不是使漢軍四處拿人抄家。公布其惡，抄沒家產，一切以法理來行，這樣則有心之人無法從中興風作浪，又能充足財賦，又能安撫民心，平息民怨，何樂而不爲也？當前要事，卻是要任用清正官員，安撫民心，一人不殺，一人不逮。」

「如此便好！我就擔心大人挾大勝餘威，以軍隊四處抄逮宗室大臣，恐失人心。若是一切讓文官來行，依法理而辦，則事無不諧。如此，鄭煊願效犬馬之勞！」

張偉大喜，起身揖讓道：「我就知道奉漢兄是以百姓爲重，而不是以一家一姓榮辱爲念的腐儒！南京這邊，就有勞奉漢兄了。昨日損壞民居，需要官府賠補，令百姓重新安居，死難之人，自有撫恤。總之鎮之以靜，便是現下最大的章程，奉漢兄大才，必定能使我息勞無憂！」

此事之所以令張偉如此懸心，便是因打下江南易，治理江南難。他現下有諸多政改之法，卻是一條也不敢拿來施行，就是因爲此時縱使打下州縣，設官立府，卻是人心不附，無人肯來聽命。若是不迅速拉攏百姓和官員，將打下來的土地切實納入自己的統治之中，只怕是日久生變。若是一味以武力鎮壓，十來萬漢軍能管得了多大的土地人口？又有多少精力東征西討平定禍亂？如是大力擴軍，則以臺灣一地，難養得起多少兵馬，只怕沒有幾年，張偉也只得效法明皇，大力收取賦稅來充

軍用了。

漢軍打下這些地盤，自會俘獲不少地方官員。那些既無能力，又無品格，甚至名聲極壞的，張偉自然是不希罕，並不會留用。而如鄭煊這樣官聲甚好，能力亦佳的官員，偏生又多是有著忠義之心，甚難收攏使用。現下只要這鄭煊一歸順他，南京城內和附近周邊的府縣官聽得風聲，自然會有大量的正派官員投誠，如此，則大局可在半年內穩定下來。待度過今年，來年便可施行政改，將明朝的陋習陳規蕩滌一空。不似那李自成，未得天下，先亂天下。原本在京的明朝文官皆欲降順，誰料那李自成全然沒有新朝氣象，一入京師，天下未定便以拷掠官員爲樂事，張偉在後世覽閱史書，常竊以爲不智，此時自己又怎會再蹈前轍？

此後數日，不過是探視漢軍傷患，撫恤攻城當日受損的南京市民，命張鼐與孔有德領兵前往安慶，助劉國軒往攻武昌。兩衛各留兩千兵馬，助炮隊守護南京。至於飛騎則受張偉之命，往取蘇州、松江；萬騎則直取杭州。待三衛隊大軍前往取武昌，萬騎則與三衛軍協取寧國、徽州。

待收取到左良玉由海路而來的軍報，方知左部在漢軍一出臺灣，便以海路出瓊州，往攻雷州府，饒是那兩廣總督王尊德早有防備，派了三鎮總兵兩萬餘兵鎮守，卻只被漢軍輕輕一攻，便告城破。雷州知府降，各總兵全數戰死。此後高州、廣海衛、潯州、肇慶府、梧州府，一月之間便被全數攻破，各總兵知府或降或死，或是逃入廣州城內。待漢軍由梧州及惠州兩路夾擊，由大炮轟城，守衛廣東城門的一名千總開城出降，漢軍蜂擁而入，直撲巡按御史及總督衙門。那王尊德見事不濟，一面命家丁抵住大門，一面齊集姬妾子女，縱火自焚，倒是爲明朝盡了死節。

廣州一下，左部漢軍除了得了廣東全境，還有廣西境內的梧州、潯州等地，若不是怕師老易疲，戰線太長不易補給，漢軍便可直下南寧，取廣西全境。縱是如此，左良玉又取了漳州，威脅聚集在福建的明軍，若不是不知張偉意思，他便要直入福建，取福州，然後自福建北上，與漢軍主力會合。

張偉看了左部參軍送來的軍報，沉吟半晌，方令道：

「左上將軍打得甚好，知道控制泉、漳，方能穩守兩廣。不過，他只帶了一萬五千多漢軍，雖然收編了幾千健壯明軍分守各地，漢軍在形勝之地制之，但那些軍隊到底是新附軍，不可信任。還有被俘或是投誠的將領，萬萬不可任用，盡數以船送到臺灣，甚或是南京也可。至於文官，只要願意而名聲不是極壞的，盡可復原職，甚至提拔使用。漢軍不可再多占地盤，將現有的地方管治好，等著主力漢軍南下，便是左將軍大功。福建聚集了近十萬明軍，雖然戰力低下，到底老虎敵不過群狼，還是小心爲好。」

他撫一下額頭，啞著嗓子道：「我近日來四處奔忙，處理軍政民務，很是疲乏，不與你多說了，軍務上，你再去請示一下參軍部，他們自然有詳細的指令交由你帶回給左將軍。民政上如何料理，則去問一下吳遂仲大人，他適才從臺灣到了南京，如何管治安撫，如何任用舊官，都有章程，你帶了回去給左將軍。命他凡事依這邊的規矩而行，不得專擅胡來，去吧。」

說罷，端起青釉白瓷蓋碗，吹上一口熱氣，輕啜一口，卻還是太燙，皺著眉頭將蓋碗在木案上重重一放，見那左良玉部派來的參軍嚇了一跳，張偉強笑道：「不干你事，你速去辦事。此間事了，快些回去。」

那參軍躬身一禮，退出房門而去。張偉不再理會，低頭吹氣飲茶，略過一會兒，卻又聽到腳步聲響。他不耐道：「又有何事！」

「嘿，志華兄，好大脾氣啊！」

張偉猛一抬頭，見是陳永華身著輕羅長袍，頭戴四方巾，手持湘妃竹扇，笑嘻嘻地站在門前，當下大喜過望，由椅中一躍而起，幾步奔到門前，兩手將陳永華胳膊一拉，搖上幾搖，大笑道：「復甫兄，你竟然來了！」

陳永華皺眉道：「志華，你也是漢軍大將軍，這般作態，讓底下人看到，成何體統。」

「你也說體統，體統。唉呀，這些天哪，我就是被體統給苦壞了。」

兩人分別落座，張偉拍手嘆道：「當日在臺灣，諸般細務交給吳遂仲等人處理，財務上有廷斌兄幫我張羅；學務等事，又有你和何楷，是以我只專心軍務，別事竟全不理會，誰料到了此處，竟忙得不可開交。那鄭煊每日爲民請命，事無巨細皆報備於我，南京周圍十幾個州縣，哪天不冒出幾樁事來？就說今日，我便會了十幾撥客人，都是些儒生鄉紳，說了整整半個時辰方才送走。」

他衝陳永華擠眉弄眼一番，然後才笑道：「更妙的是，說了半個時辰，竟然一句有用的話也沒說，全都是些敷衍人的屁話！」

陳永華知他確實是十分憋屈了，才有這麼一大通抱怨。雖然鎮江知府委了袁雲峰，南京又有鄭煊這樣得人望的原明朝大臣輔佐，只是有些事需他親力親爲，方可妥當。民政和財務就夠他頭疼，再加上漢軍調動，他又必須關注軍務，每天少說也得幾十個傳令兵及各衛的參軍、司馬，還有駐廂軍的調撥使用等細務，這些都需他來拿主意，是以比之當日在臺灣，更是忙得腳不沾地了。

見他啞著嗓子，仍要抱怨，陳永華忍不住笑道：「志華，莫要再抱怨了。現下有吳遂仲過來幫你，想必是要好上許多。」

兩人說笑一氣，張偉方向陳永華問道：「怎地你這晚過來，吃了飯不曾？」

「我早已過來，適才與吳遂仲商議了一些政務。又將我選用的一些臺灣官學中的英傑先交給他，讓那些孩子在軍機處打雜，見習政務，待將來推行政改之時，也好派上用場。」

他突然皺眉道：「適才你吩咐那參軍的話，我聽了大半。別的也就罷了，怎麼吩咐他將那些投誠將軍、總兵的全家老小都送到臺灣去？所謂待人以誠，解衣衣之，推食食之，則士人歸心，武將自然也肯賣命，你在臺灣一向用人不疑，怎地到了此處，卻偏又小心眼起來？」

「這你便有所不知，當年太祖武皇帝派了大將徐達爲征虜大將軍，常遇春副之。出征之後，徐達尚還謹慎，那常遇春正如你所說一般，對山東河南一帶的元朝官吏，一旦歸降，便用之不疑。太祖幾番告誡，說彼輩新附，心中難免掛念北朝，不可太過信任，需防嫌使用，遇春不聽，比如有

某城歸降，便仍使某人統領該城。誰料明軍大部一走，那些城池便降而復叛，就是文官，亦有投降後偷偷溜回北面的。太祖便向徐達和遇春言道：元之省院官來降甚多，二次都留於軍中令人不安。彼輩初屈於勢力，未必從心所願，一旦生變，於我非利。不如遣來我處，使處我官屬之間，日久親近，再加使用，方可放心。」

說到此處，張偉忍不住讚：「明太祖以一小沙彌參加義軍，然後由親兵做到統兵大將，吳王而皇帝，當真是一世豪傑！復甫兄，你雖然聰明，到底在這陰謀權術上，還是略差一籌。」

陳永華初聽還不服氣，後低頭仔細想了一會兒，亦是讚道：「當真是深謀遠慮，處置得當。若是果真如我所言，拘泥於古人的教條，倒真是養虎爲患了。」

又問張偉道：「現下的章程是鎮之以靜，以不變應萬變，待一年後再行更張國策，這當真是穩當得很。小民百姓，最害怕戰亂不息，哪管他誰人爲王，哪人稱帝？只要做出太平盛世模樣，誰不肯歸順？江南原本就是富庶之地，你又免了賦稅，到明年此時，恐怕又是別有一番模樣了。」

「鎮之以靜，並不是說一切都不能動。比如那拿實了的貪官閹黨，現下就可擒拿。待法司審明之後，該殺的殺，該關的關，不會姑息養奸。至於宗室，鎮國將軍以下，國家允許讀書考試，生意耕做，出城與否，悉聽其意。藩王以上，不論賢愚，一律先行在王府禁錮，外不得入，內不得出。待分遣巡按查實劣跡，再行處置。」他笑嘻嘻道：

「江南有藩王親王過百，這些豬每天以搜括民財爲樂事，有不少還是從建國便之國的親藩，這些年下來，每個王府少說也能抄出十幾二十萬的銀子來，這可是好大一筆財源。明年擴軍的使費，就在這些王爺們頭上了。」

明朝宗室委實令人厭惡，便是陳永華這樣的士人聽了張偉的打算，亦是點頭同意了事，別無他話。

張偉自此無事，一心一意指揮戰事。漢軍所向披靡，全無敵手。比之他，明朝的正牌統治者崇禎皇帝，也是忙碌不堪，只是兩人繁累之餘，心情卻是大大的不同了。

自張鼐與孔有德部一至安慶，湖北那邊的明軍壓力大增，無奈四川那邊張獻忠正鬧得歡騰，委實是抽不出什麼兵來援助襄陽。那總督九省軍務、兵部尚書，內閣輔臣楊嗣昌早慌了手腳，南京被圍之初，他已上報北京，請調九邊援兵，方能遏制張偉。誰料施琅偏師一至，先破天津，又殲滅了數萬京營官兵。待邊兵一至，施琅所部早就補充完糧草，將天津的火器工匠搜掠一空，用船送回了臺灣。

那邊兵爲三邊總督盧象升所統，見施琅遠去，正欲由山東入蘇北，尋機過江，得知漢軍破了山東兗州，殺鎮將，俘了知府，魯王闔府自焚，王府資財及官府庫銀皆被施琅所部搬運一空。盧象升因罪被褫職候代，仍領十餘萬邊兵入山東。待他奔至山東，卻又聽聞施琅所部回襲京師，驚疑之間，急忙領著官兵往直隸返回。

施琅兩月間奔波突襲，由海路來回，當這十餘萬精銳明軍拖得死去活來，卻是漢軍的毛也沒見

著半根。崇禎惱怒萬分，於月前命錦衣衛以失陷親藩的罪名將盧象升逮問至今，下詔獄待罪。急命陝西巡撫孫傳庭領總兵張天祿、馬科入援京師，命丁啓睿爲督師，領九邊大軍追剿施琅所部。

他這般處置之後，施琅游擊已甚是困難，他所部漢軍不過幾千人，又是海軍陸戰步兵，缺乏陸戰野炮，決然不能同十幾萬的精銳明軍接戰。是以請示了張偉，得到同意之後，便回師舟山暫歇，等待機會。

施琅部不知所蹤，明軍追之無路，只得屯於山東，不敢遠離京師。一直待孫傳庭部趕到京師城下，丁啓睿方領著總兵李國奇、虎大威、楊德政、方國安、巢丕昌、唐通、劉澤清，及薊遼總督王永吉、宣大總督梁同棟，率邊兵及直隸各鎮及京營三萬人，共聚集了二十萬左右的大軍，號稱四十五萬，浩浩蕩蕩進於淮安、揚州一帶駐防。

只是漢軍江防船隻甚多，不分晝夜於江中來回巡邏防備，明軍一無船隻，二來見敵艦火炮威力巨大，早就息了過江的心思，每日由丁啓睿的師爺僞造戰報，什麼某日斬殺數百，每日破敵襲擾，擊退敵軍若干。過江一事，卻是想也未曾想過。

崇禎下了血本，急命這些強鎮總兵彙集一處，湊成了對抗八旗都不曾有過的大股精兵，乃是因爲南京乃明朝京師，江南是國家財賦之地，容不得半點疏失。成日裏卻只是接到這些戰報，他雖糊塗，也知道是丁啓睿不敢過江，只是拿這些戰報來搪塞，於是詔使不絕，旨意的語氣越來越峻刻無情。

丁啓睿無法，又知道斷然無法渡江往援南京，在江南盤桓了大半個月，勞師費餉不說，有幾次趁著深夜，派了幾千人的軍隊，試圖由揚州下江，偷偷過去試探敵情，誰料剛剛下水不久，對面的水師便得了哨探小船的消息，幾十艘炮艦趕將過來，那些船上的明軍盡數做了江中之鬼。自此之後，再也無一人靠近江邊一步。

待得知南京陷落消息，丁啓睿又急又氣，卻是沒有一點辦法。他是萬曆年間中的進士，歷任南京戶部主事、山東按察使等職。在調任山西副使時，因巡撫王輯兵變，被他斷然斬殺。因功調入陝西，歸孫傳庭節制。又被楊嗣昌賞識，步步高升，待盧象升因罪入獄，更是成爲掛兵部尚書銜，督師二十餘萬的股肱大臣。只是他文人進士出身，自身對兵事一竅不通，只知承上命行事。被崇禎斥責之後，早就惶恐不已，南京一陷，此人頓時無計可施，思來想去，唯有一死甘休。毒藥什麼的，他也沒有，只命人送上些金銀，吞在腹中，當夜翻來滾去，半夜時便死，待第二天親兵入內尋他，連屍體都早已僵直。

楊嗣昌坐困襄陽，眼見漢軍越逼越近，武昌前鎮的黃州已然告破，周圍的府縣無不望風而降。張偉優撫善待明朝降臣，此時已然見效。除了那些一心忠於明朝，持著正統大義的高級文官，普通的地方官員及鎮將，遠遠見了漢軍旗幟，便即歸降。萬般無奈之下，他只是每日觀望請旨，請求屯於淮揚的明軍主力即刻來援，如若不然，不但襄陽有失，江南不保；就是被困於四川渝州等處的張獻忠，只怕亦是無人可制了。

而主力明軍此時坐困江北，進不能過江，退有皇帝壓迫，往援湖北，路阻且長，此路亦是不通。而原本被優勢明軍壓迫打擊的李自成，卻又借著這次天賜良機，突破明軍重圍，由寧羌過七盤關，入朝天嶺，接連攻克廣元、昭化、劍州、梓潼等地。然後分兵三路，分別向潼川、綿州、江油三個方向進軍，連下三十多個州縣，進逼成都。四川巡撫王維章龜縮在保寧，不敢與李自成軍接仗。洪承疇此時手底只有三萬餘強兵，只能保著陝西不失，守備潼關而已。

此時的明朝，當真是四處起火，八面烽煙。只要是稍有心於大局者，都知道明朝的滅亡只是時間的問題了。

第二章　獄中明臣

袁崇煥被押最久，堪稱這幾人中的老獄友了，這幾年來被推出斬頭的方面大員也曾見過幾個，故而處變不驚，心中波瀾不起。見各人都有些鬱悶之意，便向侯恂笑道：「聽說大公子朝宗已中了舉人，即將來京大比？這當真是了不得，年方十五，就有如此成就，恕我說句唐突的話，只怕將來雛鳳清於老鳳聲，亦未可知呢。」

到得崇禎四年十月，漢軍劉國軒等部攻克武昌、荊州，偏師克江西南昌、長沙，俘獲湖北巡撫等文武官員數百人。明宗室吉王、湘王、岷王、谷王、寧王、楚王等親王盡皆被逮，其餘藩王數十，亦同時被執。因得了張偉命令，只是又囚於原王府之內，不准外出。因此前農民軍殺害過蜀王，清兵殺過德王，施琅所部漢軍逼迫魯王自殺。坐鎮窮城，無計可施，眼見農民軍與漢軍勢大難制的楊嗣昌急病而死。漢軍輕騎入襄陽城內，於城外捕住出城而逃的襄王全家，囚於王府之內。

自此，湖北、江西、江蘇、安徽、浙江等省全數歸漢軍所有。漢軍主力聽令由襄陽入江，由水路直奔江西南昌，將由江西入湖南境，湖南一下，將與左良玉會師，然後以優勢兵力攻閩，結束南方戰事。

前線打得火熱，張偉坐居南京城內遙控指揮，除了軍事之外，每日接見明朝前來投誠的官員，便是一宗要事。

自漢軍占據江浙之後，主力連克名城要鎮，眼見大勢已成，原本還猶疑不決的明朝各級官員紛紛棄明投漢。張偉又連番下令，除了必要的府縣官以外，明朝的各總兵鎮將、巡按、糧漕總督、巡撫、總督等大員要員，必須奔赴南京，以俟甄別後再行任用。官聲尚佳的，由張偉親自接見，善加撫慰後，或於南京閒居，或是送往臺灣先行辦事。至於武將，游擊以上皆送往臺灣，嚴加管束。

便在張偉東征西討，全力征伐穩固江南之際，在北京城錦衣詔獄之中，一間局促的小屋之內，有五六人身著囚衣，圍著一張破桌盤膝而坐。房內一燈如豆，只見那破桌上擺著一些酒肉之類。此時方是初秋，天尚不熱，那錫酒壺卻已是浸在熱水之中溫著，房內一股股酒香飄將出來，和著肉香，分外能引動人的饞蟲。

「元素兄，請用，請用！不必和我客氣，咱們也算是相遇一場，我給幾位先生先占個地兒，到了那邊，也好有個照應。」

錦衣衛與東廠一同掌管的南所、北所監獄，統稱爲詔獄。與刑部獄不同，此處乃是皇帝直接下詔，由廠衛緝拿抓捕，投入獄中關押拷問，乃稱詔獄。自明朝立國以來，皇帝經常以中旨任命官吏抓人拿問，不經過三法司的正常程序，爲當時的士大夫所非議。

熊文燦自從接受張偉賄賂事發，便被錦衣旗校逮拿至京，投入詔獄。還好他爲官多年，北京家財被抄，卻是狡兔三窟，仍有不少資財可以使費。再加上錯綜複雜的關係網，他的家人在外爲他打點奔忙，大筆的銀子塞到了東廠太監和錦衣衛大大小小的官們手中。是以雖然入獄坐牢，卻也未曾吃苦。像他這樣的大員，不比那些曾經冤死獄中的尋常小官，皇帝一日不發落，就隨時有起復再出的機會，甚至更上一層，入內閣爲相，亦是難說。

他入北所詔獄之中，與前兵部尚書王洽、戶部尚書侯恂、薊遼總督袁崇煥、山西巡撫傅宗龍，再有就是剛剛入獄不久的前三邊總督盧象升這幾人關在一處。這些人都是朝廷大臣、皇帝腹心。以明朝舊制，原本很難得有這麼多高官顯宦入獄坐牢，若是死罪，早便處死。不然，必定剝職還鄉了事。只有崇禎年間，因對大臣失望，手段越來越狠，殺人關人越來越多。終崇禎一生，殺首輔二人，總督七人，巡撫十一人，一則是天下局面崩壞，二則也是他對整個文官集團失望，總想以殺人來求治世。只是此人志大才疏，連殺人也不得其法，貪官汙吏沒有殺過幾個，無能大臣比比皆是，偏生忠臣良將倒讓他殺過貶過不少。

這熊文燦被皇帝愛重，以福建巡撫及兩廣總督而掛兵部尚書銜，總督九省軍務，鎮襄陽對付農民軍，雖無大成效，卻也將張獻忠逼入四川一隅，不得施展。正在得意的當兒，卻被踢爆收受賄

賂，放縱張偉一事。崇禎大怒之下，立時將他投入詔獄。因憐他尚有幾分才幹，何況明朝官員貪汙受賄比比皆是，熊文燦的罪過倒也不算什麼。再加上熊家到處托人活動，勛臣貴戚中亦有不少爲他說話求情。若是張偉不反，再關上一段時間，沒準就會被放出起復。只可惜張偉殺高起潛起兵，旬月間攻克南京，又分兵四出，現下江南除了福建、廣西、雲貴，盡已都落入他手。崇禎急怒之間，自然要尋人洩恨。

丁啓睿倒是識趣，早早便吞金自盡，溜之大吉；楊嗣昌據稱是急病而死，其子扶靈而回，朝野上下卻盛傳其爲自殺而死。這兩人是當面統兵的督師大臣，他們一死，皇帝自是無法可想。於是這熊文燦不但不能免死，連自盡的優待亦是取消，日前詔旨下來，命即刻推到西市處斬，以明正典刑。

侯恂東林黨人，王洽官聲極好，潔身自愛；袁崇煥更是明朝難得的能臣幹吏，傅宗龍亦是清吏能臣，這四人若是在外，哪肯與這一年搜刮幾十萬銀的貪吏結交？只是關在這詔獄之中，這幾人都是大臣，每日還能放放風，在詔獄天井中踱上幾圈，每日抬頭低頭的，都需見上幾十面，當真是避無可避。時間久了，幾人倒也熟識，於是不論平素裏如何，在這裏倒也交情日厚，平日裏說話談笑，不嫌寂寞。

待詔旨一下，熊文燦即將被拖去砍頭，因早已買通了獄卒，便從外面送入酒菜，在看押他的牢房之內，請了袁崇煥等人飲宴。至於第二天一早的斷頭飯，那是斷然不能請別人同吃的。

原本詔獄之中，哪能如此隨意？不過一則獄卒受了銀錢，二則熊文燦雖然已是死貨，其餘的幾位卻是仍然不能隨意開罪。自張偉攻下南方數省之後，袁崇煥起復之說，突然甚囂塵上，皇帝決意調關寧兵入內，迅速剿平流賊，然後由四川相機進剿。在失去南方，大明岌岌可危的情形下，這種傳言倒也不能全然不信。如若此言不虛，則袁崇煥出獄之後，地位還在當年之上，這些小小獄吏，如何敢開罪於他。

「熊大人，不是我說你，你也太過大膽了！身爲國家封疆，該當盡忠職守，爲官一任造福一方且不說，你手也伸得太長，膽子也未免太大！」

盧象升見傅宗龍喋喋不休，只顧指斥，忙勸道：「文燦兄明早上路，他早已知過，你又何必多說。咱們只需飲酒爲樂，同爲獄友，亦是難得的緣分。」

「建斗你說得是，人死萬事了，又何必太過苛責。」

這侯恂是東林前輩，他一張口，其餘後學末進自然也不好再說。當下袁崇煥先飲，其餘各人亦都飲了一杯。

這幾人都是曾位列封疆的大人物，生生死死見得多了。雖與這熊文燦同押數月，內心到底還是不大看得起他。此時皇帝要拿他明正典刑，各人雖不能說聲暢快，卻也覺得他死得不冤，只是見他神色萎頓，臉色慘然，卻又難免有些淒然。

袁崇煥被押最久，堪稱這幾人中的老獄友了，這幾年來被推出斬頭的方面大員也曾見過幾個，故而處變不驚，心中波瀾不起。見各人都有些鬱悶之意，便向侯恂笑道：「聽說大公子朝宗已中了舉人，即將來京大比？這當真是了不得，年方十五，就有如此成就，恕我說句唐突的話，只怕將來雛鳳清於老鳳聲，亦未可知呢。」

他說的是侯恂的大得意事，侯恂心中一喜，立時面露得色，將眼前諸人忘卻，誇耀道：「我這長子自小便喜讀書，還算得上有幾分悟性，五歲開讀，前兩年便要入京考試，還是我壓了下來。太早得意，怕傷仲永。那些小時聰慧、大時了了的例子史不絕書，我又何必讓兒子爭這些虛名。」

說到此處，神色卻又一黯，嘆道：「只是現下時局如此，天下紛擾混亂，小兒就是進京應考，又能如何呢！恨我身爲朝廷大員，卻偏生無德無能，不能爲今上分憂。當年女真人入寇，孫大學士統領勤王二十餘萬兵馬與敵交戰。我身爲戶部尙書，竟不能有所裨益，反是糜餉浪費，因而入罪入獄，倒也不冤了我。」

他捶胸頓足，竟致嚎啕，眾人一時慌了手腳，只得上前勸慰。就是熊文燦這將死之人，都不免上前安慰幾句。

袁崇煥卻默然不語，不肯發聲。他個性彎強，小節上很不在意，大節上卻是半分不讓。這侯恂雖是東林黨首，清流首領，爲人也謙和友善，深爲士林稱道，只是身爲戶部尙書，對國家財賦無半分貢獻，當年孫承宗領兵抗擊後金，近在畿輔的二十多萬大軍竟然領不到餉。後來戰事平息，皇帝派人去戶部一查，一面是發不出餉，一面卻又浪費無度，一怒之下，方將侯恂下獄。況且這侯恂甚好龍陽，他在戶部尙書任上，曾經出而督師，正好遇到了搶劫軍餉被剝了官職的左良玉，左良玉雖是遼人，卻面目姣好，於是當夜被侯公傳入營中「命之行酒」，也就是陪著侯大人睡了一夜。後來左良玉被侯恂保舉，重為軍官，憑著後庭花一路飛黃騰達，這又是後話了。

袁崇煥雖是廣東人，當地男風甚熾，他卻極是厭惡。明朝軍中不能攜帶家眷，軍中龍陽之風甚重，袁督師卻始終不肯尋些清秀小廝來出火，倒也當真是個異類。這侯恂在獄中耐不住寂寞，與幾個有同好的在獄中勾七搭八，袁崇煥見了甚是不喜，雖面上敬重他是儒林前輩，心中卻一直甚是鄙夷。

各人亂了一氣，那侯恂被人一勸，又想起這是熊文燦的「好日子」，終強忍下來，六名朝廷大員就這麼擠在小屋之內推杯換盞，飲起酒來。

那熊文燦原本一心只想著明早要挨刀，哪有心思理會別的事。此時喝上幾巡，捺不住好奇心，向袁崇煥問道：「元素兄，聽說聖上要起復你，重新督師薊遼大軍，先去平滅了流賊，爾後由川入湖，與張偉決一死戰！」

他惶然四顧，見左右無人，又道：「聽說江北大軍無人統領，周廷儒先是自請督師，待聖意允准，他卻又百般推諉，不敢領命。聖上大怒，現下又是著急，又苦無人選。張偉那邊的水師厲害，誰肯去江北自尋死路？」

說完，又在自己嘴上輕輕一打，苦笑道：「我還有什麼好怕的，不過就是將死的人了！諸位仁兄若是有起復的一天，弟在此先發一言：與清議和，剿賊，與張偉劃江而守。若是不然，朝廷決然撐不過三年。」

袁崇煥初時默然不語，待聽到熊文燦此話，乃擊節讚道：「這話說得很是！國家失江南財賦之地，北方已是糜爛不堪。若是還銳意進取，只怕垮得更快。若是抱殘守缺，示敵以弱，刷新吏治徐圖更改，恐怕還有一絲生機；若是不然……」

這屋裏各人，除侯恂之外，哪一個不是明末英傑，袁崇煥雖然話中有未盡之意，各人卻都明瞭，以崇禎皇帝的性格脾氣，只怕一天都等不得，更別說示敵以弱，甚至與敵求和了。

「嘿。張志華當日助遼東糧餉，又曾趁皇太極入關之際偷襲遼東，我只道他雖然是跋扈，但仍有忠義之心，卻不想是我看錯了他！」

袁崇煥雖是感慨，實則對明朝及崇禎帝早就失去信心，只是眼前這些人難保將來不被放出，與各人又沒有什麼深交，交心的話不肯多說。於是又向熊文燦慨然道：

「起復我的事，只怕是空穴來風多些。聖上對我與關寧駐軍的關係很是忌憚，怎會以我來帶兵出戰？就是聖上願意如此，難道遼東那邊，就會眼睜睜看著關寧兵調走而全無動靜？」

盧象升剛被逮至詔獄不久，外面情形倒是略知一二，因向袁崇煥笑道：

「此事倒要歸到那張偉頭上。說來好笑，他將皇太極的兩個後宮嬪妃掠至臺灣，關了一年之後，又與皇太極交易還了回去。這本是暗地裏交易，誰料張偉得了人家的錢財馬匹，竟又將那兩個妃子的畫像用木刻雕版印了，從遼西和遼東四處散發。他尋的是西洋畫師，當真是畫得維妙維肖，令人一看便知。那女真人和蒙古人與咱們不同，後宮嬪妃也不是居於深宮不出，認識的人不在少數，因之，全遼東都知道大汗的女人被人搶了去，然後大汗又想法兒贖了回來。這麼一鬧，立時全遼轟動，皇太極臉面全失。原本張偉襲遼過後，他便威信大失，好不容易進關一次，搶了些財物，把臉面補了回來。這麼一來，大家都說他連女人也保不住，又說那兩個后妃不肯死節，在臺灣不定怎樣被人羞辱。當真是汙言穢語，什麼流言都傳了出來。道是張偉夜夜笙歌，夜御二女；又是將此二女充入漢軍營中，凡漢軍士卒有份嘗鮮。」

說到此處，各人臉上都是神情古怪，均在猜想張偉到底有沒有在這兩個嬪妃身上占足便宜。

盧象升大笑道：「此事做得當真是陰損之極，也虧這張偉想得出來！那皇太極初時尚不理會，怎料傳言越來越兇，遼東女真各親王貝勒、八旗將士都覺臉面無光。女真人初時也並不在意女人失貞，他們蠻夷之人，兄終弟及，甚至子納父妾都可，又怎會在意兩個女人失節的小事，只是皇太極貴爲大汗，又稱了皇帝，他的女人被人如此羞辱，遼西各處的漢人都拿來取樂說笑，這女真驕傲蠻橫，視漢人爲草芥，又怎能受此折辱？是以遼東暗流湧動，對皇太極護著兩妃大是不滿。又聽說那宸妃原本就體弱，經此事一激，早就香消玉殞。皇太極對她甚是寵愛，心疼之下，方寸大亂，身體亦大不如前。現下的遼東，竟不知誰人當家做主了！」

房內諸人多半都在與清兵交戰時吃過虧，深知遼東滿人的戰力橫強，不可力敵。便是袁崇煥身

爲薊遼大帥時，亦是早有明言，道是明軍不可與八旗野戰，只能堅城大炮而拒之，然後以城池堡壘徐徐圖之。此時聽了盧象升將遼東情勢一說，各人均是眉開眼笑，興奮不已。

遼東之所以勢大難制，不過是因爲女真部落被努爾哈赤擰成一團，若是因皇太極病故引發女真內亂，那麼以一團散沙的遼東諸部，明朝又有何懼？

那王洽笑道：「若是能收復遼東，對流賊剿撫並用，以整個北方之力，再有南方士民並不會當真歸順張偉那反賊，以十萬逆軍，如何能抗大明數十萬精兵？他水師再強，無法兼顧千多里長的戰線；他步軍雖強，卻是人少，大明分數路進襲，張偉必定將顧此失彼；若再有南方士紳興義兵擾亂其後方，憑著十萬兵馬，能治得住十餘省的南方？他現在一下子拿了這麼多的省分，其實是以蛇吞象，沒有幾年工夫想消化戰果，那是想也休想。」

這王洽曾爲兵部尚書，對兵事曾認真揣摩研習，此時只寥寥數語，卻將整個江南局勢勾勒出來。若崇禎果真能不焦不躁，急剿農民軍，與滿清議和，調結大兵四處奔襲南方，派人潛入南方，聯絡當地大臣士紳，在後方給張偉搗亂，那麼實行精兵強兵之策的張偉必然顧此失彼，南方無法治平，則兩邊必定會陷入膠著狀態。拖得久了，勝負自然難料。

袁崇煥卻不似這幾人那般興奮，且不說遼東現下尚未大亂，便是亂將起來，以努爾哈赤數十年經營之後，十餘萬八旗戰力之強，明軍仍不可急圖遼東。除非是八旗當真內亂，已然自相拚殺起來。而且沒得到確實情報之前，他爲穩妥起見，寧信其無，不信其有。況且明朝失財賦之地，雖現在戶部尚有存銀，詹事府等處還有庫糧敷用，只是左右不過一年，庫銀存銀必然告罄。到那時，別說剿賊滅遼，能穩著現下的這些明軍不反回京師，就算是阿彌陀佛了。

故笑道：「編列行伍，修繕甲兵，這不過是表面功夫。若是想重振朝綱，中興大明，非得修明政治，撫慰黎民不可。張偉那邊困難，咱們這邊難處更大。」

看一眼眾人神色，又道：「好在國朝近三百年天下，天下歸心，正統仍是大明。只要大家振作起來，天下事亦不是到了不可爲的地步。」

眼前的諸人都是明朝覆滅時支撐大局的精英，如何能不知就裡。只是明朝建國兩百多年，正統觀念早就深入人心，是以現下雖然朝廷危殆，各人都別無他想，一心一意爲皇帝謀劃。所以凡有一線之明，無不歡欣鼓舞。

待到半夜時分，獄卒入內，將幾人送回自己所居的牢房之內。眾人見那熊文燦臉色慘白，和衣而臥，有心勸慰，卻一想人家明早就要人頭落地，也勸慰不來，只得訕訕一笑，各自向熊文燦略一拱手，立時做鳥獸散。

第二日凌晨，自有負責行刑的監斬官派人前來提了熊文燦出去。其餘各大員的監室與熊文燦相隔不遠，各人聽到熊文燦腳底鐵鏈嘩嘩一陣亂響，又聽他大笑道：「諸位老先生，我先走一步。文燦罪有應得，有負聖上愛重，還盼諸位能脫此牢獄，重新爲聖上解勞分憂才是。」

鐵鏈聲漸漸遠去，熊文燦因張偉而被顯戮於市，臨死之際卻是這般作態，倒也令各人好生相

敬。其後不過數日，卻有中旨至這北所詔獄之中，命袁崇煥即刻至平臺召見，上意復命他爲宣大總督。

這詔旨卻是好生奇怪，袁崇煥心中詫異，心道：「復我的職，不過是因遼東局勢緩和，命我領著錦州、寧遠及山海關各路總兵，入關剿賊，但又爲何命我爲宣大總督？宣大的精兵要麼屯於江北，要麼在洪享九的屬下，正在陝川交界追剿高迎祥、李自成，命我去做這空頭總督做甚？」

他自是不知，命他復出帶兵，乃是因局勢太過緊張。內閣諸大學士及朝中清流皆向皇帝進言，道是袁崇煥當日事體不明，幾年下來，並未發現其人與遼東當真有勾結事。現下情勢緊張，朝廷危在旦夕，卻把關寧鐵騎放在關外閒置無用，這當真是親者痛，仇者快。再者寧遠錦州的軍隊和漢軍雖都是自己屯墾，到底每年還需用朝廷的幾十萬餉銀，哪有軍隊拿錢不打仗的道理？只需把袁崇煥放將出來帶兵，這一切難題自然迎刃而解。以關寧兵敢於正面硬撼八旗兵的戰力，只需調五六萬騎兵入關，飛奔陝甘，那幾十萬賊兵還不是一擊就潰！

崇禎雖然對袁崇煥極不信任，卻也拗不過眾意，但把袁崇煥放回關寧，又擔心他成爲第二個張偉。那遼東祖大壽、祖大樂、趙率教、吳襄等人，都對袁崇煥極是忠心。祖大壽因爲袁崇煥憤而退兵，不顧京師安危，趙率教更是袁崇煥的心腹愛將，當日他們爲袁崇煥不顧皇帝死活，那麼今日此時，爲了袁崇煥而反叛又有何不可？思來想去，便先令袁崇煥以宣大總督，爾後以袁崇煥的名義將關寧兵調入剿賊。如此，袁崇煥不回遼東，而關寧兵調入關內，能收剿賊之效，又可不擔心袁崇煥領兵造反。這般安排，自然是可保萬事無虞，崇禎倒也很費了一番心機。

「臣以爲，中旨輕出有違祖制，亦非聖主應所爲，臣期期不敢奉詔。」

袁崇煥不知帝意，卻也不敢輕易應承。好在皇帝急切之間，沒有通過六閣會推，乃是以中旨任命，正好給他推辭不應的理由。

明朝閣臣及方面大臣任命，甚至小到州府縣官，都需經過內閣六部會推，然後將名單呈上，由皇帝勾選。比如當日溫體仁與黃道周一齊入選閣臣名單，皇帝喜歡溫而不喜黃，便選了溫爲閣臣。而之前的名單，卻不應由皇帝決定。由皇帝直接自內廷下詔旨任命的官員，稱做中旨官，或是墨敕斜封，爲正經任命的士大夫所不齒。對中旨，閣臣和六部的給事中都有封駁之權。不過明朝皇權獨大，閣臣和部臣都仰皇帝鼻息行事，哪敢動輒封還聖旨。終明一世，不過是弘光朝時任命官員的中旨被封還過幾次，還是因他荒淫無道，在大臣中全無威信所致。

那傳旨太監眼見袁崇煥公然抗旨不接，驚得下巴也掉將下來，將聖旨略捲一捲，立時飛馬回宮稟報崇禎。

「當真該死！」

自接到南京陷落消息後，崇禎早就患上了嚴重的失眠症。此時不但南京，便是江南大半已然陷落，使得原本便急躁的他又加多了幾分神經質。

這種病症正是朱氏皇族的家族遺傳，自朱元璋到朱棣，後世明皇多曾患此病症。好在他性格甚是堅韌，面對重重打擊仍是矢志不悔，只是對中興大明的希望，卻連自己也無甚信心了。

他赤紅著臉，想著袁崇煥的可惡之處，恨不能立時下旨將他處死。只是又知道此事斷然行不得，故嘶啞著嗓子，盯著那傳旨太監惡狠狠道：「你去，傳諭給吏部及內閣知道，命他們把袁崇煥的任命票擬出來，明發下去。」

那太監立時飛奔去了。只苦了留在崇禎身邊的太監，見皇帝兩眼遍佈血絲，想起中午有一近侍太監在殿前踱步，聲音略大了些，便被崇禎下令著實狠打，一直到打死了方甘休。此時皇帝盛怒，若是一個不小心，便要屁股開花。

卻見崇禎凝神細思，在乾清宮大殿中負手而行，各親隨太監急忙將大殿中擋路的物什盡皆挪去，以防跘住崇禎去路。

只聽得耳中不住傳來崇禎腳踩殿內金磚發出來的橐橐聲，諸太監踮著腳尖跟隨其後，卻是頭不敢抬，眼不敢斜，便是喘氣亦不敢大聲。

過了半晌，只見那崇禎猛然頓足，指著一名太監令道：「你去，至北所詔獄，將盧象升與袁崇煥一併帶來。」

又命道：「將戶部尚書傳來，一併至平臺召見！」

他踱回御座，提起筆來欲再批一些奏摺。卻見一封封奏摺要麼是流賊為患，地方官求兵剿賊；

要麼就是旱災水患，竟無一處消停的地方。自從張偉襲占了南京，南北漕運大半已斷，荆襄未失之際，還從南面緊急運送糧草至京，雖是路上多耗費了些，卻也總好過落入人手。待此時南方已失陷大半，此刻最困擾崇禎的難題，便是糧餉銀錢從何處來，若是不能維持現下北方數十萬駐軍的糧餉，只怕明朝已是覆亡在即。

「皇上……皇上？」

崇禎正在煩心，聽見耳邊有如蒼蠅般的說話聲嗡嗡作響，瞪著血紅的雙眼扭頭一看，卻見是東廠提督太監王德化躬身站在身側。

「什麼事？」

「回皇上，東廠的番子們連日來在街市中四處走訪查探，京師中倒還安穩。百姓們都說聖明天子在位，張偉賊逆竟敢逆天造反，將來必被殄滅。」

崇禎卻是不能盡信，他一向多疑，總懷疑東廠和錦衣衛勾結起來欺騙他。只是這王德化與錦衣衛使報上來的消息卻總是相同，不由他不信。此時心情煩躁，便向那王德化喝道：

「胡說，不要妄言！張偉占了東南半壁，京師中難道沒有謠言，百官也都心如磐石？你快些如實道來，若有欺虛，朕絕不輕饒！」

王德化身爲廠臣，這瞞上欺下的勾當早就幹得得心應手，此時崇禎雖是臉上做色，王德化知道他亦不過是虛言恐嚇，指望自己害怕，吐露實言。只是這實言雖有，他卻是半句也不能多說。整個北京城內早就人心惶惶，物價飛漲，斗米竟有賣到百錢的。當此之時，老家在南方的官吏紛紛寫信回家，打聽消息。待聽到張偉及漢軍行事，儼然已有新朝氣象，各官都是首鼠兩端，打定了明朝一亡便即投誠的主意。

雖然此時尚沒有官員南逃一事，算來待南方局勢一穩，而北方若是混亂依舊，強弱之勢倒轉，這些個齷齪官兒還有什麼幹不出來的？如同後來李自成攻入北京，除了有限幾個官兒自殺殉國，所有的文武百官皆降。被李自成關在天安門外，整日不得飲食，各官卻都是精神奕奕，等著任命。那大學士魏德藻被關在劉宗敏府內小房間裏，很是不滿，對著外面的人喊道：「如要用我，不拘什麼官，用了就是。何必把人關著，是何道理！」

對著賊兵尚且如此，更何況僞託靖難，又是明朝大臣的張偉呢！

只是這些話卻不能拿出來與崇禎說，一來徒惹他生氣，討不了半分好；二來這主兒一向多疑，你報喜不報憂他疑你，你報憂不報喜他一樣疑你。報喜不報憂至多引得他懷疑不信，報過幾次憂給他聽，只怕皇帝一怒起來，自己卻是小命不保。是以口不關風，低眉順眼的向崇禎道：

「皇上，您自御極登基以來，勵精圖治，辛苦以求治世，普天下百姓誰不知道？現下就是有小小挫折，也不過是前朝積重難返，怪不到皇上。所以百姓都心向朝廷，對李自成張偉等逆賊無不痛恨，恨不得剝皮吃肉呢，又怎會有什麼異樣心思。京師之內有三大營，又有廠衛，就是有些人想以身試法，咱們又豈會容他？」

他這番話說得正是崇禎癢處，此人正是死要面子活受罪的主。李自成都打到居庸關時，他還不肯南遷，而是指望臣子勸他「親征南京」，而大臣也不肯擔上放棄北京的責任，所以到最後，不但是他，連太子也死在了北京。若是當日南逃，江南半壁未必不能保，只是性格使然罷了。

因將王德化喝退，命乾清宮太監服侍更衣，他要往平臺召見閣臣及袁崇煥、盧象升。

這平臺召見原是明朝朝會的一種，皇帝需定期在此召見大臣，問詢國策。與大朝不同，此處是建極殿後的左後門之上，比之大朝或是乾清宮召對，要顯得輕鬆隨和，便於臣下暢所欲言。只是明朝皇帝多半怠政，除了孝宗之外，甚少有堅持朝會的，更別提平臺召對了。崇禎即位以來，在勤政這一點上，其父祖兄長都是遠遠不及，只是他能力太差，管的越多，錯的便越多罷了。

袁崇煥與盧象升早已帶到，因是罪臣，尚不得與閣臣及被召來的部院大臣同列。兩人便跪於甬道左側，待崇禎匆忙趕到，見兩人跪在地上，只是冷眼一瞥，卻已是急步走過。

此次召對，各人都知是皇帝心急江南漕運財賦斷絕，戶部雖有些存底，也最多撐到年底，待來年開春，只怕就是打不完的饑荒。戶部尚書畢自嚴早就上了幾個奏摺，一者向皇帝報備，免得將來罪己，二來也是情形嚴重之極，若不早些設法，只怕不待人家攻來，自己這邊就亂成一團了。

待皇帝升上御坐，溫言命眾閣臣與部臣起身侍立。見各人都不說話，崇禎低頭想了一會兒，命道：「令袁崇煥與盧象升近前來，朕有話說。」

見袁崇煥被關了幾年，成日不見天日，臉色比之當年召對時白上許多，崇禎卻是先不與他說

話，只向盧象升溫言道：

「前番兵敗，朕怪罪於你。後來細想，那賊兵呼嘯於海上，動輒來回千里，官兵追剿不及，也是沒有辦法的事。丁啓睿畏罪而死，雖是有罪，卻也是因朕太過苛求的緣故。是以將你放出，令你重爲薊遼總督，待邊兵入內，你可領兵剿賊，莫負朕恩才是。」

他這番話極是難得，以他的性格，居然肯向臣下認錯，當真是奇事一樁。四周侍立的大臣皆是張大嘴巴，難掩吃驚神色。

需知崇禎一直以爲自己不是亡國之君，而是臣下無用，文臣貪汙，武將怕死之故。他最後一次下罪己詔，就把所有的文武大臣及勛臣貴戚罵了個遍。明朝官員固然大多數該罵，可是其中也有些忠臣良將，也被他當成奸臣一般對待。更爲可笑的是，明朝難得的幾個人才，卻也正是死在本國皇帝手上。

盧象升大爲感動，當即跪下叩頭涕泣道：「臣，以負罪待戮之身，竟得陛下信重，重又命以腹心，敢不竭誠效力，以死報陛下聖恩之萬一！」

崇禎微微一笑，只是眼中波光閃爍，卻不知在做何想。袁崇煥跪伏於地，只覺後背冰涼。皇帝任命盧象升爲薊遼總督，明顯就是用來掣肘自己。帝疑至此，又夫復何言。

「袁崇煥，命爾爲宣大總督，統領關寧兵入陝剿賊，你是待罪之身，需克勤克謹，戮力殺賊，方能一洗前罪！」

第三章 沒落王朝

閣臣們默然不語，卻見站於班末的工科給事中范淑泰上前一步，俯身奏道：「現在亂局如此，朝廷對遼東卻無定論，是戰是和，需有定論，然後方可行之。若仍是戰，陛下退兵不妥，若是要和，需早定和議，然後方撤回在兵，可保無虞。」

袁崇煥此時無可推辭，雖覺心冷，卻也無法可想，只得叩頭應諾，高呼萬歲了事。

又聽崇禎問道：「關內甚是吃緊，今日閣臣及疆臣都在，兵部提議撤回寧錦兵馬，只留守山海關一帶，卿等認為此議可行否？」

他這番話一說，擺明了是要盡撤關外兵民，將錦州及寧遠等地放棄，以全力對付國內的農民軍和漢軍。只是身為帝王之尊，他卻畏後世清議，不敢斷然下令。每欲做事，必想讓臣下出來建言，由內閣決定，他畫諾同意，然後責任自然歸於臣下。只是明朝大臣多半滑頭，誰也不肯出來做冤大

頭，是以皇帝此言一出，下面的諸臣皆是啞口不言，渾似沒有聽到一般。

袁崇煥卻是吃了一驚，原以爲皇帝不過是趁著遼東內亂之際，抽調關寧兵和薊鎮、山海關等遼西和近畿兵力，用以剿賊。誰料現下看來，皇帝是要盡撤關內，只保山海關一地。故不顧疑忌，沉聲道：

「臣以爲不可！無寧錦則無以保山海關，無山海關，則薊鎮不保，畿輔四周不保，則無以保京師，請陛下三思而行。」

「卿的意思朕知道了。」

見崇禎不置可否，臉色已轉潮紅，顯是心中鬱怒。袁崇煥心中暗嘆，知道是皇帝疑自己想保有寧錦以擁兵自重，只得退後一步，不再發言。

閣臣們默然不語，卻見站於班末的工科給事中范淑泰上前一步，俯身奏道：「現在亂局如此，朝廷對遼東卻無定論，是戰是和，需有定論，然後方可行之。若仍是戰，陛下退兵不妥，若是要和，需早定和議，然後方撤回在兵，可保無虞。」

崇禎臉上立時變色，怒道：「誰人敢言和？」

范淑泰奏道：「外間皆有傳言，道皇上密遣使者赴遼，與虜言和。和事一畢，便可騰出手來，用兵關內。臣以爲，北宋每議和則失地，失地則議和，君王闇弱，天下乃至鼎革。陛下乃英主，必定不會如此蹈此覆轍。」

他見皇帝面色並不甚怒，又大著膽子說道：「若是皇上果真如此，則天下士民必定沸然，大失天朝尊嚴。天下本已紛亂，皇上再失尊嚴，則事不可為矣。」

崇禎對這些小臣雖不假辭色，卻也不肯多加斥責，因心煩意亂，便只草率言道：「兵無餉不行，南方局勢如此，明年再難有糧米銀錢送來，國家收入去了大半，如何能維持？」

范淑泰應道：「戎事在於行法，今法不行而憂餉，即天雨金，地雨粟，何濟？」

「朝廷何嘗不欲行法！」

這范淑泰的話越說越重，卻將皇帝的心腹話也逼了出來。他身為九五之尊，卻已是無任何辦法可言，只得拆東牆補西牆，顧頭不顧尾了。崇禎揮手將范淑泰喝退，見眾閣臣都緘言不語，知道這些滑頭不會出來應承，以免將來做了千古斥罵的替罪羊。無奈之下，只得令道：

「既然如此，便命祖大壽仍鎮錦州、寧遠兩地，命趙率教領關寧兵五萬入關。」

此時整個錦州、大凌城、寧遠、山海關各鎮兵共約十萬，都是悍將強兵，明軍中唯一敢與八旗兵野戰的強兵。以這些兵防備八旗已是有些吃緊，崇禎一下子便要調一半入關，在他而言已是讓步，袁崇煥心中卻隱約覺得不妥，只是又說不出什麼理由，無奈之下，將心一橫，又上前奏道：

「此時更是秋高馬肥，適合八旗騎兵作戰之時，若是突然有警，士卒難免疲敝，不如等到年底入冬，再調兵入關不遲。」

崇禎聽了一想，心覺有理，勉強應道：「卿言有理，准議。」

正欲離去，卻見戶部尚書，大學士蔣德璟上前奏道：「皇上，戶部存銀不足兩百萬，現下四方都是用錢的時候，江北駐軍和川陝官軍的餉銀乃是重中之重，臣不敢怠慢因忽，只是庫銀馬上就要用罄，請皇上撥內孥銀給戶部，以暫取支用。如此，方能撐到明年北方各省的賦稅解來京師。不然，臣恐餉銀發送不及，則軍心亂矣。」

皇家善財難捨，各臣自然是清楚得很。只是此時國家落到這個地步，料想皇帝必然千肯萬肯散家財以助軍用，卻不料崇禎突然擠出幾滴淚水，向著諸閣臣泣道：「內孥如洗，皇家日用亦告匱乏。國用艱難，還望諸先生了。」

說罷竟然起身去了，把諸閣臣氣得發昏，卻也不敢有所抱怨。

京師糧草供應，一則是從運河漕運而來，二則是海上以海船運送。南方此時供應斷絕，戶部無奈，只得先以庫存應付，京師糧價一日數漲，百姓小民怨聲載道，既然皇帝不管，他們也顧不得百姓死活。哪管你饑民遍野，好官我自為之，讓地方官加緊搜刮，以充軍用，以發官俸就是。

待群臣四散而去，袁崇煥乍出牢獄，看著宮內太監及群臣來回奔走，竟是恍如隔世。他因入獄多年，家小早就由家鄉來京，就近照顧，不比盧象升一人領著幾個奴僕宿於會館之內，便向盧象升笑道：

「我雖有意邀你去我府中小酌，倒是有些忌諱，不好拖累於你。咱們就此別過，如何？」

盧象升是江南宜興人，與現任大學士周廷儒同鄉，是明朝文人中難得的武勇之夫。他抵抗清兵，戰死之前曾親手砍死數十人，身中十餘箭，被劈中四刀，最後方倒地而死。爲人最是忠忱豪爽，最瞧不起那些奸臣太監。別人如何，他自是不管，因知袁崇煥爲人，此時見他如此，便嗤道：

「元素兄，你竟也如此麼？大丈夫死則死耳，死都不怕，你偏又有那麼多花樣！我隨你去，咱們好生商議一下，先穩著大局，然後徐圖進取，到時候幹出成效來，皇上自然知道兄究竟如何，是何角色！」

崇禎爲著銀兩發愁，張偉卻也同樣如此。爲了穩定大局，明知道藩王府中是大筆的金銀財寶，卻偏是一文也不能取。至於官府中的存銀，以明朝規矩，地方政府除了留下必要的開支外，收取的賦稅一律解送至京，存入戶部。是以奪的州縣雖多，除了有限幾個能拿出錢來貼補軍用，有的竟還要張偉撥銀過去，方能維持。

漢軍現下已攻入湖南，眼看便要與左良玉一部會師，然後張瑞與契力何部的飛騎萬騎，再加上劉國棟的龍驤衛，與左良玉的大部兵馬合攻福建。仗打了幾個月，漢軍每戰耗費的火藥彈丸，加上其餘的軍用物資都是用銀子堆出來的，數月間銀子用的如水淌一般，眼見庫銀告罄，臺灣那邊一時接濟不上，除了軍用之外，官府用銀竟致無能爲力。

兵凶戰危，苦的其實還是百姓，凡漢軍戰鬥，多用火炮轟擊城池，那些受損百姓，還有行軍之時難免損壞道路莊稼，這些都需錢來賠補。眼見一張張求告文書，張偉看得兩眼發黑，料想留在臺

灣的何斌一樣是眼冒金星，發一聲嘆，無奈之下，便決定先拿閹黨官吏開刀，逼取銀子來用。

想起李自成入京時，劉宗敏備了五千副夾棍，那些明朝官員，依著品級大小一律得交錢。那周皇后的父親，崇禎當年叫他助餉，他推說沒錢，只交了一萬銀子。被劉宗敏的夾棍一夾，卻一下子吐出五十萬兩來。京師那麼多文武大員，許多被夾得兩腿粉碎，甚至勛臣李國楨，竟被夾得腦漿迸裂。於是旬月之間，竟得銀七千萬兩。張偉心羨之餘，卻知道自己不能如此蠻幹，只得罷了。便令人傳了那吳遂仲來，問道：

「閹黨餘孽當以阮大鋮最大，今天抄這人的家，我且問你，抄出多少銀子來？」

吳遂仲略略一想，便答道：「金三千餘兩，銀十五萬兩。其餘古玩珍奇也值十萬銀，家產田土變賣，也可有五萬銀。」

張偉嘿然一聲，笑道：「好大一個財主！抄得好！所有當年欽命的閹黨，家產一律查抄！」又問道：「拿捕閹黨，抄沒家產，江南士林可有什麼話說，鄭煊等人可有什麼異議？」

「除了拍手稱快，還能有什麼話說？當年定案之時，各官都怕得罪人，不敢株連，不敢多列名單，還是崇禎皇帝定的人選，或誅殺，或抄家，或命還鄉，永不錄用。就是如此，還是定的太輕，全天下的讀書人都視閹人爲死敵，這些閹黨被咱們抓了，一個個都似三伏天飲了冰水一樣暢快，除了稱頌大將軍英明果決，還能怎樣？」

「呸！讀書人又盡是好的了？天下官員，不是讀書人出身的有幾人，貪墨依舊！聖賢書讀來何用，盡付東流。此刻抄拿閹黨殘餘，只是因這幾個都不是什麼好鳥，留在地方白白給我添亂，又能討好一下東林黨人，我樂得做些人情。待到今年過去，大局穩定下來，嘿嘿，所有江南官員一律清查家產，巨貪巨蠹一個也跑不掉。到那時，叫他們見見我的手段！」

見陳永華入內，張偉起身問道：「復甫，可是祭太祖陵的事，已然準備妥當？」

陳永華先向吳遂仲略一點頭，方向張偉答道：「是。黃尊素、高攀龍等人，再加上南京城內被執的中央大員，再有就是留在南方的東林儒生們，盡數齊集，已選定了吉時，便是明日。先祭太祖高皇帝，爾後錫封靖難時遇難的方孝孺等名臣，此事過後，大將軍可以天下歸心了。」

明孝陵規模宏大，建築雄偉，形制參照唐宋兩代的陵墓而有所增益。建成時，圍牆內享殿巍峨，樓閣壯麗，南朝七十所寺院有一半被圍入禁苑之中。陵內植松十萬株，養鹿千頭。成祖年間，以一衛兵守護孝陵，官民人等不得擅入。清兵入關後，對孝陵也是嚴加保護，不准損壞。康熙巡江南時，還至孝陵祭拜，是以這孝陵乃是中國保存最完好的帝王陵寢了。

原本守護孝陵的陵兵早被繳械逐出，由漢軍派兵駐守。明太祖乃是明朝開國帝王，在臣民士紳心中擁有不可動搖的地位，關防大事甚是緊要，由不得張偉不重視。

按理來說，張偉入城之初，就該當前去拜謁孝陵，朱棣入南京前，鄭成功圍南京之時，都曾先往孝陵拜謁，以示對太祖的尊重。只是當時戰事正酣，武事未畢，文事提不上日程，若是草草一拜，卻又將這借謁陵宣揚自己是正統的大好機會浪費掉了，豈不可惜之極？是以一直待除福建、廣

西、雲貴等地沒有攻占，整個南方都落入張偉手中之後，方行此謁陵一事。

除了張偉、陳永華、吳遂仲等原臺灣文官系統的代表之外，還有黃尊素、高攀龍等東林大儒亦從臺灣而來，再有他們的門生弟子，知交故舊；及原本南京城內的知名儒士，各部大員，地方上或投降或被俘的方面大員。如此這般竟彙集了數千人，或是峨冠博帶的官員，或是青衣小帽的平民百姓，全部彙聚於孝陵正門神道外的下馬坊前等候。

張偉一早便沐浴熏香，不進飲食。待吉時一到，由皇城內的兵部衙門正門而出，在儀衛簇擁下自南京市區而出。沿路百姓早得了音信，不論賢愚老幼，願或不願，皆鮮花香案擺放於門前，全家老幼盡出，遠遠見了張偉儀衛過來，盡皆高呼舞蹈，跪拜如儀。

「嘿，帝王之尊如是乎？」

因見不論是白髮蒼蒼的老者，又或是稚齡幼童，盡皆跪伏於自己馬前，張偉知道這是吳遂仲與鄭煊商議後弄的鬼。以古人皇權爲大，皇帝就是天子，乃是龍騰於人間，張偉此時雖不肯稱帝，不過不論是他的屬下文官，或是在前線四處征伐的武將，誰不想他登基爲帝，自己也好百尺竿頭，更進一步？便是張偉自己，雖仍覺此事大大的不對，可是事已至此，自己這麼多年大權在握，若是有些掣肘，只怕是親如何斌等人，自己也未必能容得。以一現代人尚且如此，又如何能苛求古人？

張偉搖頭苦笑一番，扭頭向身邊笑吟吟的王柱子道：「柱子，你傻笑個什麼？」

因鄭煊等人建言，張偉原本的親兵隊已正式改稱爲羽林衛，王柱子也水漲船高，被封爲羽林衛尉。他憨厚老實不過的一個人，哪裡曾想過自己竟能坐到如此高位上來，這些日子當真是走路都揚塵帶風，歡喜不勝。此時張偉問他，他便立時大聲答道：

「大將軍，我在想你登基爲帝之後，我把老娘接來，也享享福！她老人家快七十的人了，我這傻兒子現在有點出息，當然要接她過來，讓她知道兒子現今也出息了。」

他是個老實人，沒有逢迎張偉幾句，只把自己所思所想盡數說出，卻引得張偉一陣大笑。

「柱子，打天下易，守天下難。何況天下還沒有真打下來，若是此時就要耽於安逸，享受太平之福，只怕你這顆腦袋都未必保得住呢。」

見他雖唯唯諾諾，卻是一臉的不以爲然，張偉知道漢軍實力強橫，明軍一擊就潰，漢軍又曾在遼東與女真人打過，也沒覺得遼東女真如何的難對付。是以江南一下，各軍各將都是歡呼鼓舞，都道天下可得，太平易致，漢軍及臺灣諸系的官員將佐，都到了享福的時候了。

張偉不再與他多說，到了城門之外，便催令儀杖快行，只見一路上皆是黃土鋪路，鮮花香案，說不盡的威風顯赫。

待到了孝陵神道前的駐馬坊前，張偉翻身下馬，見吳遂仲等人迎上前來，張偉沉著臉向諸人道：「太過鋪張！若是下次仍是如此，我便撤儀杖，微服簡行。教你們再弄這些！」

見馮錫範亦在，便向他令道：「我這邊都是如此，那些將軍們天高皇帝遠的，還不知道怎樣！你知會各軍的軍法部，漢軍攻下城池，穩定局勢後，無論將軍士卒，一律不得居於城內。凡敢擅自

取用州府庫藏，或是騷擾百姓，鋪張浪費者，一律軍法處置。不得放縱，不得姑息。」

馮錫範點頭應道：「大將軍不說，我也正要稟報此事。前些日子，漢軍下武昌後，竟有人在城內安置宅業，迎娶妾室。」

他抿著嘴角冷笑道：「那校尉就是武昌土著，原是衣錦還鄉來著。既然他這麼心急，末將已命他先赴黃泉，在那邊先行安家置業去了。只是有些舉措，比如鮮衣怒馬，縱騎城內，驚擾百姓；或是喝斥州縣官如同奴僕，漢軍軍法無法處置。既然今日大將軍有命，那麼咱們也就好辦事了。」

張偉向他嘉許一笑，命人上前整衣，淨手。待一切整理清爽，方白服素冠，由神道向上而登，由正門而入，過寶城、明樓，一直至崇丘而止。其餘隨祭各人，皆緊隨張偉身後而行。

這祭文乃是官樣文章，除了對太祖的文治武功大加讚頌之外，其餘盡皆是指斥自當年成祖靖難之日起，成祖一系諸帝的荒唐亂政，比如嘉靖好道，武宗自封大將軍，神宗搜斂天下民財爲己用，二十餘年不出禁宮；將明朝諸帝種種荒唐可笑，殘暴殺戮、怠政輕疏等事全數念了出來。因言之有據，特別是神宗當年派太監四處搜斂，荼毒天下，站在現場的人稍微有些年紀，都是親眼目睹。此時聽得那陳永華一五一十念將出來，將矛頭直指皇帝，而不是所謂「奸臣」，各人都是飽學儒生，雖是表面上不能贊同，心胸卻也是爲之一快。

待聽到張偉是建文後裔，此番回來要掃除弊政，興復大明天下，重振漢唐雄風云云，各人雖不相信，卻也忍不住暗想：「觀此人治政治軍，倒是也有些手腕，不但神宗等人遠遠不如，就是今上雖是勤政，卻也差之甚遠。」

崇禎居帝王九五之尊，治理天下已近五年，越治而天下事越壞。在場諸人除了一些富商平民之外，哪一個不曾做過官，又或是關心政治的東林儒生，對皇帝的能力自然是看在眼裏。張偉以一小小海盜起家，到現在已擁有整個南方，能力高下立判。就是有人在心裏嘀咕幾句奸臣，篡逆，卻也是對他的能力激賞佩服，再沒有別話可說。

待祭文念完，由張偉領頭，上香、獻爵，向崇丘跪拜行禮如儀。待三跪九叩禮畢，各人起身，祭祀孝陵一事，便告完成。

此事一畢，張偉退後。由黃尊素上前，主持追祀方孝孺、鐵鉉、齊泰、黃子澄等當年靖難一役死難的忠臣良將。

當年成祖入京之後，追逮建文帝屬下各臣，首倡削藩的黃子澄、齊泰等人，全被淩遲處死，抄拿全家，族中老少盡皆處斬。而方孝孺更是因太過強項，得罪成祖太重，被誅十族。鐵鉉力抗成祖甚久，守備山東，竟使成祖不得不繞道而攻南京。初時尚想招降於他，鐵鉉卻是正眼亦不肯看成祖一眼。結果當場被碎屍割乳，殺其全家，他的兩個女兒被充入教坊司爲營妓。

後來有司上奏成祖，道是鐵鉉妻子及女兒每天要接幾十個兵士，已經都有孕在身，請求皇帝寬恕。卻不料成祖批道：「由她，長大也是個淫賤材兒。」

黃子澄妻在營中生一十歲小廝，奉旨也都道由她。後來鐵妻病故，有司上奏，成祖批曰：「吩

咐上元縣抬出門去，著狗吃了。」

當初靖難起兵的誰是誰非，在這些儒生眼裏自然是十分清楚。再加上成祖當年抄拿殘殺太甚，動輒誅人九族，一殺便是一大批，忠臣義士多半絕後，妻女被人淫辱。現下隔之當年，雖已是兩百餘年過去，隨著陳永華追祀的祭文聲起，仍是有不少人激動落淚。待聽到方孝孺追諡爲文正，配享太廟，其餘各人亦都有追諡，隨祭諸人都是連聲稱讚，只差伏在地上，向張偉高呼萬歲了。

以現代人的眼光來看，成祖建文叔侄爭位，誰當皇帝干臣子何事？只是以當時儒家學說傳承來看，方孝孺等人卻是難得的忠臣，可堪與岳飛、文天祥等人並列。張偉雖也是反逆，卻將成祖及成祖身後諸帝罵了個遍，自己倒好像成了正統的皇位繼承人。成祖得位不正，到此時終於結出了最大的惡果。

待祭祀諸事完畢，張偉卻不肯放眾人離去，將各人帶回城內，在皇城內宮門前賜宴。這些人中，黃尊素因其子黃宗羲鐵了心跟隨張偉，一心要求天下大治。黃尊素無奈，也只得從子之志，爲張偉效力。好在東林黨內心懷天下者多，倒也不是一心忠於一姓皇室。自他投順之後，高攀龍、吳應箕等人亦是決心爲張偉效命，奠立新朝。而史可法、王忠孝兩人早就放棄爲明朝效忠盡節的心思，此時兩人卻是留在臺灣，因臺灣官員被調入內地者甚多，這兩人已接手政務，都入臺灣軍機處秉政。其餘黃道周、姜曰廣、張慎言等人曾在中央爲官多年，一時難以投順，卻被漢軍半拖半拽，強迫而來。各省的巡撫、巡按、推官、州同等各級官吏，其中有欲爲新朝效力，博個開國功臣名分的，亦有死臣明朝，不肯歸順的；更多的乃是首鼠兩端，要看看風色再行決斷者。

「諸位，請滿飲此杯。」

張偉略掃一下眼前被留下賜宴的千多名文官儒士、鄉紳代表，心中雪亮，知道那些眼光熱切，一心想被留用的，大半是品格不佳，官聲平常者。越是那些對自己鄙夷不屑的死硬分子，反是難得的清正廉能之士；而那些畏首畏尾，張惶失措者，大半是些膽小怕事，或是沒有決斷的無能之徒。見各人或是隨他飲酒，或是全不理會，張偉只做不見，挾了一口菜吃下，便不再飲。只向吳遂仲略掃一眼，那吳遂仲立時理會，站將出來，向場中諸人先敬一杯，然後大聲道：

「漢軍初定江南，政事繁蕪。這麼多省分州府，只留了州縣知府於地方敷衍，一時半刻的還能將就了事，時間久了，難免會拖延政務。」

他嘆口氣，對眼前坐得最近的張慎言、張有譽、范景文等原明朝的中央堂官道：

「各位都曾是各部的主官，自然知道沒有中央協調，地方上實難料理。在臺灣時，吳某便是負責協調處置各衙門事務的軍機官，說句狂話，大概和大明的內閣官員職權相似。現下以大將軍的意思，還是要重立中央，再設內閣。內閣中設總理內閣大臣一員，協理大臣若干員。內閣之下，原六部以外，增設理藩部管理與西夷交通、諸藩王土司事務；設靖安部捕盜拿賊，維持地方治安；設稅務部收繳天下賦稅；內閣及各部皆由大將軍統管之。除此之外，都察院不歸內閣管治，管理彈劾糾察官員之務。其餘翰林院、通政司、大理寺等院寺依舊，悉從舊制。因人才難得，咱們臺灣出來的

官員，不曾治理過這麼大的地方，是以要請各位出來襄助吳某，共謀大事。」

見各人都是默不作聲，吳遂仲微微一笑，向著張愼言道：「張老先生，你便是不想從逆，也需得爲百姓著想。天下紛擾，四處軍興。若是仁人君子們都置之不理，那百姓們又該如何呢？」說罷，也不待各人發話，便向身邊由臺灣帶來，原本的軍機書辦們，亦即現在的內閣中書官們令道：「將任命名錄拿出來，依著姓名，職務分發下去。從今日起，眼前的諸位，都是我大將軍的臣下了！」

各內閣中書及雜吏佐使聽了吳遂仲命令，立時如穿花蝴蝶一般在那赴宴人群中遊走奔忙，將各張塡好的內閣任命狀遞交至各人手中，還有各人的印信，新制官服，佩劍，都依照臺灣的官員配置，一體下發。

因張偉早有規制，道是明朝官員常服上繡花鳥魚蟲，率獸食人，不成體統，是以恢復唐制，官員常服只以顏色區別品級。待到了此時，定制三品以上服朱紫，五品以上服綠，九品以上服青；又使官員及吏員皆佩劍，並按時考較劍術，略以恢復文人的武勇之氣。

待這些官服等雜物發放完畢，整個宮門廣場上已是鴉雀之聲可聞，上千人默然不響，各人面面相覷，無有一人起身謝恩以表示接受任命。

張偉原欲令鄭煊起身，卻見他微微搖頭，以示不可。轉念一想，此時誰若站起身來，接受任命，便是率領大家投降的第一人，這個出頭鳥必然名聲大壞，將來難以容身士林。張偉微微苦笑，心知此事無法勉強鄭媗，若是將他名聲弄壞了，於己無益。

這中國人當真奇怪，明明大家都想投降，卻極是討厭在此場合做第一人。待將來大家明明都降了，一提起某人，便道他是利慾薰心，第一個跳將出來屈膝，當真無恥。鄭媗之前雖然已爲張偉辦事，不過是以維持南京士民百姓的名義，此刻他來出頭，卻是極爲不妥。

正在難堪之際，卻見有中年男子笑咪咪站起身來，竟當眾將原本著於身上的綾羅長袍脫去，換上放於身邊的綠色官服，將那烏紗官帽輕輕拂拭一番，戴於頭上，又將佩劍、魚符佩帶穩妥，然後站到一邊的道路之上，就在那方磚上跪下，向著張偉舞蹈而拜，高呼：「大將軍萬歲！」

張偉大喜，急步上前，將那人扶起，向他微笑道：「公當真是良人！」攜著他手，將他帶到自己座位之前，問道：「敢問先生姓名，曾居何職？」

那人洋洋得意，一張臉笑得皺將起來，那一隻罕見的鷹勾鼻子卻越發地挺直。正在顧盼自雄，完全不顧場中各人向他怒目而視。待聽到張偉問他姓名，忙躬身答道：

「下官馬士英，天啓元年進士及第。崇禎三年任南京戶部主事，去年都察院右僉都御史，宣府巡撫。偶因小過，便遭戍罰，現寓居南京，並無官職。」

張偉臉上頓時霍然變色，冷眼向那馬士英渾身上下一陣打量，心中暗想：「果然生得好一副奸臣樣！就是這傢伙，勾結阮大鋮敗壞朝政，排擠史可法出朝；與左良玉大打內戰，完全不顧長江防務，到最後弄得天下紛亂，清兵迅即過江，覆滅南明。此人當真是明末奸臣之首，可惡之極！」

那馬士英被他一瞪，已覺一股殺氣將自己籠罩，見張偉目露凶光，上下打量自己，臉色已是越來越陰沉可怖。眼見嘴角一努，便要將自己拖下去處斬。他只覺害怕之極，卻又覺得渾身癱軟，就是想呼救亦是發不出聲來。他心中不覺納悶，自己與這位大將軍只是初會，卻不知道好好地爲什麼會觸怒於他，惹來這殺身之禍。

此時在張偉身邊的吳遂仲亦是發覺情形不對，他腦中略轉，卻想不起來這馬士英爲何事得罪過張偉。只是當此之時，無論什麼深仇大恨，都沒有這大業來的更加重要，將心一橫，幾步奔到張偉身邊，向他長身一躬，笑道：

「恭喜大將軍，今日收得這些良臣輔佐，將來大業可成矣！」

他原本就是醫官，最懂得保養之道，是以四十餘歲年紀，雖忙得臉容憔悴，倒是中氣十足，又特意加大了聲音在張偉耳邊大吼，一時間張偉耳朵之內嗡嗡作響。頓時驚醒過來，惡狠狠瞪了吳遂仲一眼，將眼中殺氣一收，展顏一笑，向馬士英道：「適才想起一事，竟失態了。」

那馬士英兩腳一軟，一陣涼風吹來，只覺前心後背都已濕透。

張偉心中卻有了決斷，因問道：「馬老先生，適才是以何官職委你？」

「回大將軍，委臣下以戶部主事一職。」

張偉吃了一驚，心道：「讓你做戶部主事，你不出半年準得被喀嚓掉！」向他微微一笑。那馬士英又打了一個寒戰，不知道張偉又是何意。

卻聽得張偉言道：「你原本已是做到巡撫，戶部主事太過委屈。理藩部還缺一侍郎，你便到理藩院做侍郎去。」

在他肩頭上略拍一拍，笑道：「好生去做，將來能做到內閣大臣也未可知。」

那馬士英大喜過望，骨頭都輕了三兩。張偉微微一笑，心知以這種奸猾之人做外交大臣，將來那些洋鬼子和倭人都有得頭痛，倒也是人盡其才。

這馬士英第一個跳將出來，其餘一些被剝職閒住，或是原本位卑職微的小官兒們，也紛紛當場易袍換服，佩劍魚符，將漢官的全套官服穿將起來。這些人一動，那些還顧忌面子，或是心有不甘的大儒顯官，一個個雖是無奈，卻也只好將官服印信收起，雖是不換，卻也算是接受了官職。

張偉心中滿意之極，這種場合原本便是十分危險，一夫倡命，萬人回應。若真是有人不顧死活，跳將出來反對，然後一頭碰起，以示抗議，那麼其餘的那些清正大臣，則必然會抗命不受。待那些各級小臣散去，便由內閣總理大臣吳遂仲召集，至宮城內左掖門召開內閣會議。由吳遂仲任總理大臣，何斌任戶部尚書協理大臣、鄭煊任禮部尚書、袁雲峰為工部尚書、張慎言為刑部尚書、黃尊素為兵部尚書。

此六部尚書皆領內閣協理大臣銜，其餘理藩、稅務、靖安各部皆是新部，為了怕這些原明大臣有所抵觸，是以新部尚書並不掛銜協理，加入內閣。

此番張偉設定官制，原本是要大改，或是依照臺灣規矩而行，卻被陳永華勸住。此時人心未

定，大改官制極易引人反感。是以除了添加幾個部院，又將負責督察官吏的都察院地位提高，使之不受任何人的節制，與內閣並列，已經是現階段最轟動的改革。這些儒生原本興頭得很，以爲都察院仍是言官組織，或是地方巡按掛名御史，行巡查之實。卻又發現張偉乾脆取消都察院的建言職權，改爲專門督察官員行止，是否貪墨，是否瀆職；至於原本的勸諫之權，卻歸於各科的給事中。

其實在明朝之前，一向是監察與建言分開，明太祖使台諫合一，表面是增大了言官的職權，卻使監察百官的職權流於虛設，言官們風聞奏事，地方上由掛名的巡按巡行，又因職權合一，無人督察。再有受制內閣，都察院形同虛設，言官們只是朝中大員攻訐政敵的工具罷了。

「諸位宰相請坐！」

見各人詫異，吳遂仲先在左掖門城上的閣中坐下，他身爲首輔，自然是坐於正中，便是張偉雖然與會，亦只是坐於吳遂仲對面，並不能與他並肩而坐。以明制而言，各大學士雖然有丞相之權，卻不可有丞相之名。明太祖有命，後世子孫不得復設丞相，凡有敢進言設相者，族誅，是以明朝內閣發展到巔峰之際，內閣首輔手操百官任免之權，有票擬封駁權。尊重大學士的皇帝口稱先生而不呼其名，其地位尊崇顯要，卻也是不能稱相。此時吳遂仲公然稱其餘內閣大臣爲相，也難怪他們詫異。

「大將軍有命，凡內閣大臣皆視同宰相，許臣下以宰相之名相稱，亦應以國家重臣，助君上協理陰陽，都管百官，不可以晝諾食祿，凡事秉承上意的伴食大學士自詡。國家設相，其意在於匡扶君主，協理天下，而不是天子家奴。」

他這番話說得更加大膽直接，袁雲峰也罷了，其餘舊明大臣皆是臉上變色。轉回頭看張偉臉色，卻見他微微點頭，顯是對吳遂仲的這番話極是贊同。

第四章　平定江南

漢軍連日轟城，徹底切斷了福州與外地聯繫。施琅所部水師又從舟山開赴福州港口，徹夜不停地轟擊福州城內。城內房屋崩壞無數，百姓軍士死傷遍地。那鄭芝龍心知城破之日必死，率領家丁部下拚命守衛，自漢軍圍城之日起便未下過城牆。又強募百姓上城修補，城牆崩壞，便用百姓房屋磚瓦木料隨時候補。圍城十日，漢軍急切間竟不能下。

吳遂仲卻不理會各人神色，又道：「內閣會議每月舉行三次。會商軍國大事，內閣會議決斷出來，雖大將軍不能更改。若是大將軍不同意內閣會議結果，可退回令內閣重議，若內閣堅持原議，則要麼大將軍亦加首肯，要麼則內閣全體辭職。此時一切尚在草創之中，內閣暫於此處會議，待將來擇一宮殿，專由內閣會議之用。再有，內閣會議時，大將軍可來旁聽，但不能發一言，若是大將軍擾亂內閣會議，則要麼內閣將大將軍請出，要麼休會。」

他此刻雖是大將軍長，大將軍短，但各人都知道張偉必然登基爲帝。這一切舉措，想來就是張偉當了皇帝，亦是不得更改。

這張愼言等人都是明朝大臣，自然知道明朝內閣運作情形。雖然皇帝表面上尊重閣臣，只稱先生而不呼其名，但內閣不過是仰承皇帝鼻息，奉旨行事罷了。若是遇到那些剛愎自用的皇帝，內閣更是形同虛設，比之唐宋的相權之重，簡直不可同日而語。此時聽了吳遂仲所言的這些條程，比之唐宋之際還有過之而無不及。各人都是飽學大儒，如何不知道相權遏制君權，對天下事大有好處。只是明朝皇權漸重，各人也都習慣了皇帝獨大，臣子爲奴，此時聽了這些，竟覺得匪夷所思。

張愼言原本對張偉大有惡感，覺得此人已大受帝恩，位極人臣，卻是不忠不義，起兵反明。此時聽了這些官制舉措，對張偉卻大大改觀，因點頭讚道：「若是人臣皆能發揮其能，皇帝居中而導，而非事事掣肘，則天下事可爲。」

鄭煊卻疑道：「此時大將軍草創制度，想必當爲後世子孫萬世之法。大將軍英明睿智，殺伐決斷，倒不懼有權臣亂政。若是後世有曹操、李林甫那樣的亂臣奸相，該當如何？」

吳遂仲微微一笑，向陳永華笑道：「復甫兄，這便是你的事了。」

張偉原本欲命陳永華爲兵部尙書，助他指揮漢軍，陳永華卻道：「兵部以文官主事，只是管理將軍品秩、糧草調度、餉銀、軍械下發、製造，並不能直接指揮軍隊作戰。若是此時以爲我有些才幹，以兵部干涉漢軍作戰，只怕是開了文官直接指揮軍隊的惡例，明朝殷鑒不遠，大將軍當愼思

之。待將來成立參軍會議，以漢軍參軍研究決定作戰方略，報呈大將軍決斷，文官主行政，武官主作戰。文官不干涉軍務，武官卻也不能掌握糧餉，以免尾大不掉，擁兵自重，這才是國家常法。」

他說得甚是有理，張偉無奈，想起都察院職權甚重，交給高傑這樣的小人不能放心，只得以都察院院判一職任命，陳永華無法推脫，也只得應了。因都察院負責監查百官，不受內閣管理。由其監察之職甚重，可以參加內閣會議，但亦不得發言，只是監督內閣諸臣是否違法亂紀罷了。

陳永華因記起內閣中他不得說話，向吳遂仲瞪了一眼，又向其餘閣臣點頭致意，扭頭一點，卻見幾名青衣官員，正坐在閣臣下首奮筆疾書。

吳遂仲會意，便向各人解釋道：「史筆如勾，孔子做春秋而亂臣賊子懼。這幾個，一些是專門記錄大將軍行止，以爲後世子孫法的史官；一些則是都察院派來的書記官，專記各位的言行，以備查閱。上至內閣，下到九品小吏，都察院都可派人記錄查看，隨時捕拿。至於權臣奸相，自然無可遁跡。況且，無論賢愚與否，內閣首輔任期只得四年，若是得到信任，可令臣下議其任期政績，上佳者可連任一界。任滿後，不得再行連任。若是都察院查其有劣跡，雖百官推舉，大將軍任命，亦不得連任。如此，雖曹操再生，亦是無法專權矣。」

這些中央官制與內閣權力的改革，都是張偉苦心孤詣，與身邊諸文人及軍機諸人商討所定。雖然尚是草創，有疏漏及不足處，卻在學習唐朝省台制度的同時，加以改良，不但避免了權臣專政，亦是避免了皇權與相權的衝突。於此同時，那些舊的翰林院、大理寺、國子監等機構卻也未曾裁撤。此時為了大局穩定，多安排一些從地方上招過來的官吏，也只得在財政上賠上一些。待大局穩定，政通人和，方是裁撤冗官冗員之時。

大明崇禎四年十月初，漢軍龍驤衛、飛騎、萬騎、金吾衛左右兩軍，連同炮軍共約六萬人，自浙、粵、湘三省分路攻入福建。

初時各軍行進甚是順利，左部漢軍連克漳、泉，逼近福州；自浙入閩的漢軍飛騎萬騎則旬日間攻克建寧、延平，與攻入汀州府的龍驤衛會師合圍福州，再加上左部漢軍，六萬餘漢軍將福州城圍得水泄不通，城內明軍雖然人數尚且略多於漢軍；只是大半是遠來的客軍，遠來自湖北、兩廣，雲貴滇兵，這些客兵每戰必逃，逃必擾民，兩手沾滿沿途百姓的鮮血，真正的硬仗卻是一次也沒有打過。而真正勇於作戰的，是福建當地駐軍，還有鄭芝龍家人部曲數千人，若不是依靠這些兵士，福州一日便被攻下。

漢軍連日轟城，徹底切斷了福州與外地聯繫。施琅所部水師又從舟山開赴福州港口，徹夜不停地轟擊福州城內。城內房屋崩壞無數，百姓軍士死傷遍地。那鄭芝龍心知城破之日必死，率領家丁部下拚命守衛，自漢軍圍城之日起便未下過城牆。又強募百姓上城修補，城牆崩壞，便用百姓房屋磚瓦木料隨時候補。圍城十日，漢軍急切間竟不能下。

劉國軒等人無奈，只得飛騎報與張偉，張偉接報立時大怒，知道是諸將因戰事即將平息，不欲

使士卒多增死傷所致。只是事關江南大局，若是福州一戰拖得過長，只怕那些心向明朝的降官降將又欲生亂，因此立時命人持大將軍令符，飛馳入福建軍前，命漢軍接令後三日內克城，逾期不能破城，則前線將領盡數免職，下軍法部獄。

接到張偉書信命令，前線各將皆是大急，只是福州城高堅險，鄭芝龍又早有準備，深溝堅壘以待，守城的閩軍和鄭氏家兵拚命作戰，接到命令後，漢軍立時強攻一次，但沒有龍武衛相助，缺乏肉搏兵種的漢軍傷亡太大，各將眼看部下紛紛倒在城下，皆是看得兩眼出血，心疼之極。

左良玉臨機一動，令萬騎射手紛紛射箭入城，上附招降文書。命那些客兵反水，攻擊閩兵。若是他們依命而行，則到時盡數赦罪，若是跟著閩人繼續抵抗，城破之日，盡數屠滅。

客兵原本就害怕漢軍攻城後屠城，是以雖不能力戰，卻也跟在閩兵之後搖旗吶喊，以壯聲威。待接到漢軍招降書之後，軍心立時不穩。鄭芝龍雖派兵嚴防，又哪裡防備得住。到了晚間，數千客兵發一聲喊，持刃狂衝至城門之處，將鄭氏家兵攆走，搬開塞住城門的沙包土石，大開城門，迎接漢軍入城。早有準備的漢軍立時衝入，以火炮在城門內一陣狂轟，火槍齊發，萬騎的強弓亂射，不分閩兵客兵，當場就射殺無數。

可憐那些衝在最前頭的客兵本欲博個頭彩，得些好處，卻被殺紅了眼的漢軍一陣亂槍打得如蜂窩一般，慘死當場。城門一失，有著優勢火力的漢軍對著數量及戰力低劣之極的明軍，只是一場單方面的屠殺罷了。

待攻到福州總鎮府前，鄭芝龍屬下卻有不少自澳門買來的洋槍，再憑上幾門小炮，他那府衙又修得高大結實，一時間竟攻不下來。還是劉國軒惱了，命人推來幾十門火炮，齊齊對準了鄭府一陣狂轟，將那鄭府炸得雞飛狗跳，亂石崩雲。

從半夜至黎明時分，火炮一直輪番轟擊，初時鄭府內尚有人還擊，待到天亮大亮，漢軍諸士卒一眼看去，只見處處斷瓦殘垣，殘肢斷臂。漢軍入內搜索了半日，方在鄭府大堂之下將鄭芝龍的屍體扒拉出來，早就死得硬挺。

「這人也是一代梟雄！命人好生收殮，送回他老家，命他的族人好生葬了。」

劉國軒一聲令下，早有漢軍士卒押著在城門俘獲的鄭氏家兵過來，命他們尋些草蓆將鄭府內所有死難的上下人等盡數包裹了。尋些老成可靠的，給了銀兩盤纏，將這些屍體送回給安海鄭氏處置。

眼見那些殘兵敗卒在廢墟堆裏尋找屍首，扒拉出一具具鄭氏族人的屍身，便以草蓆包裹，放在一邊。張瑞等人因見無事，向劉國軒告一聲罪，自去別處巡查。

那福建巡撫朱之馮原是要上吊自殺，誰料草繩搓得不結實，吊了兩次俱不成功。待漢軍攻入巡撫衙門，此人早就斷了死志，呆頭呆腦的盤膝坐於巡撫衙門大堂之上，被漢軍一舉擒獲。爲防各省客兵和閩軍殘卒禍害百姓，張瑞等人借了他的巡撫關防大印，並於漢軍軍法部招貼告示，命所有駐防明軍盡數前來自首投誠，逾期不至，或是擾亂百姓者，盡數誅殺。

因此戰太過慘烈，死傷甚眾，又有零星散兵四處躲藏抵抗。雖第二天就命人前往南京報捷，城內卻是戒備森嚴，四處追剿散亂敗兵，拿捕明朝官員。槍聲火光與零星的炮聲數日內不曾停歇。

算來自漢軍攻占鎮江、南京，竟未有過如此激烈抵抗。到後來劉國軒與張瑞等人會商，下了戒嚴令，所有百姓官紳，出門者視同叛逆，窩藏明軍者，發現明軍不報者，一併視為助逆，一體依律處置。如此這般，直亂了十日之後，福州方才大定，撤戒嚴，恢復商貿行人。

十餘日軍民人等不得出行，只有漢軍監督下的運屍隊方能出門，因屍體過多，為防疫病，卻是不能掩埋，只得命人在城外晝夜不停地燃燒焚毀。鄭府上下死難的屍體早就運出城外，卻因戰事尚未平息，四處混亂不堪，不得啓行。百餘具屍體放在城外，雖是深秋天氣，卻已開始發臭腐爛。那負責運屍的小兵頭目無奈，只得進城稟報了劉國軒，請他開恩，讓他們即刻起行。

劉國軒因當年一同隨張偉奉侍鄭芝龍，雖無甚故主之情，卻也不欲使鄭芝龍身後事太過難堪。竟格外開恩，命人於城內搜尋了幾十副棺木，送出城去，將鄭府有頭有臉的盡數裝殮了，以防屍臭。又特命張瑞派出一隊飛騎，護送這些人回安海。

突又想起一事，將那些鄭氏家人召集過來，問那幾個頭目道：「咱們家大將軍初投鄭老大的時候，他有個兒子在倭國平戶出生，是鄭老大與一個倭國女子所生，叫什麼田川夫人來著。這母子可曾回國，又可曾死在福州城內？」

那幾個親兵頭目面面相覷，不知道這漢軍大將是何用意，各人一時猶疑不定，皆是不敢回話。

「你們莫怕！我來福建之前，大將軍曾經有諭，命我善待鄭氏家人。又想起當年投靠鄭老大時，他正好有一子出世，是以吩咐幾句。若是死了，也就罷了；若是沒死，大將軍命我派人好生照看著。鄭老大家資千萬，大將軍命抄沒以充軍用。若是鄭老大尙有後人在，自然要留些家財供他使喚。」

「回將軍，大將軍所言，當是鄭森。他現下八歲，去年隨其母回來福建，隨母親在安海老宅居住，是以母子平安，並未死難。」

劉國軒點頭一笑，也不以爲意，命道：「我寫一封書信給當地縣官，令他好生照料。鄭府家財漢軍必定要抄沒，不過會留下二十畝地，千兩銀，一處家宅，給他們安身就是。你們到安海後，願意留在當地，可爲廂軍，可爲靖安巡兵；若都是不願，也可四散爲民。只要安分守法，自然不會有人爲難你們。若是心戀舊主，還想作亂……」

他努起下巴，向著不遠處焚毀屍體的火化場方向冷笑兩聲，對這百餘人厲聲喝道：「這便是下場！」

各人都是諾諾連聲，都道願意安分爲民，不敢作亂。劉國軒在馬上大笑幾聲，在馬屁股上打上幾鞭，滿面春風的去了。

福建戰事一畢，張偉命劉國軒就地於福州駐蹕，撥了一些船隻與他，命他防範福建與臺灣；命

左良玉駐蹕廣州，派偏師入南寧，攻占廣西；至於廣西、雲貴等地土司，命漢軍不得與其衝突，待將來更換敕書，仍命土司鎮守當地，不使生亂就是；命張鼐駐蹕南昌，其金吾衛一部駐長沙；孔有德與金吾衛一部，萬騎一部，加之兵，約三萬人駐襄陽、荊州，連同投誠明軍改編的近兩萬廂軍部隊，約五萬人警備荊襄，此處甚爲緊要，是以駐防兵力亦是最爲強大。

中央官制改革事畢，雖張偉並沒有建號稱帝，卻也是令行禁止，諸事順手。何斌自臺灣而來，接手戶部。一至南京，便著手清理帳目，接手各州縣的財賦大權。舉凡庫藏、各地存銀、來往帳目、田土丁銀收取憑單，盡數被他理順分清。

以皇明規制：戶部掌天下戶口、土田之政令。下統四部，曰總部，管理田土、農桑、賑濟、存恤、會計、漕運。設郎中、員外各一，主事四，都吏一，令吏十二，典吏二十五；其餘有度支、金部、倉部，全管國用開支、賞賜、雜支、出納、倉庫府藏等物，設官如總部同。除了將收取賦稅一項撥給專門的稅務部外，又專設海關一署，將與外國貿易一事專委海關，其收取的關稅等收入直入中央。雖然地方官員此刻多半從缺，那些署吏因張偉甚忌明朝小吏舞弊貪墨，此時正在甄別人選，盡數不用；卻因賦稅免收，各地又暫行軍管，縱有盜案之類，也是由靖安部下統各地方行司管理，是以地方官員竟暫且無事。待中央戶部將各種雜務接管過去，更是越發的海晏河清，天下太平。

至於黃尊素領兵部，不過是裁撤明朝冗兵，統計明朝軍械、軍戶戶籍等務。張偉讓他爲本兵，不過是借其清名罷了。其餘各部，亦都仰承內閣之命辦法，革除舊弊，卻也並不大張旗鼓施行新政，是以江南兵革漸息，各地平靜如昔。

而身處最底層的百姓，卻因免了所有苛捐雜稅，均是欣喜若狂，眼見秋收在即，往常收成，倒有大半要交給官府田主。到得漢軍到來，除了那佃農仍需交租給田主之外，竟不需再出一文。若是家中自有幾畝土地，則想必來年手頭更加寬裕。

江南雖然號稱富庶，實則明朝財賦大半出自於此，那出上好稻米地方，除了正賦加派之外，還需給皇室進貢上好稻米，更是額外負擔。待張偉將這一切都行免去，一時間名聲大好，各百姓哪管誰人爲皇，何人爲帝，只需眼前有現實的好處，自然是對施政者感激不已。那些下層儒生鄉紳亦需交稅，正賦之外那麼許多的加派，各人亦都是怨聲載道，待得了這些實惠好處，原本還嘀咕張偉名爲靖難，實爲反逆的各人，亦都改口讚頌不已。此時哪怕就是崇禎親至，再想重新加派，亦是難矣。百姓若沒得好處倒也罷了，得了好處再想奪去，自是難上加難。

到得崇禎四年十二月初，江南除廣西一部，雲貴大部尙未平定之外，江南已是局面大定。張偉一直擔心的忠於明朝的官紳儒士倡亂並未出現，數十萬明朝降軍已是安置妥當。大半回鄉務農，或是留在城市做工；小半成爲廂軍，或是加入靖安司的治安部隊。五萬廂軍並不在沿江駐守，而是駐於內地衝要大城，協助漢軍緝查盜案，巡靖地方。雖然餉銀只得漢軍一半，卻比原來饑一頓飽一頓的強上百倍。雖然廂軍只是普通的駐防部隊，除了服飾改爲漢軍模樣，裝備卻仍是原本模樣，除了軍紀和訓練有所加強，在沒有徹底收服之前，張偉自是不能將上好裝備交與他們。

待到得十二月底，北方正是一片慘澹。古時天寒，北京城內早就是大雪封城。因南方糧運早就斷絕，北京城內糧米不能自給，糧價飛漲。普通的平民百姓早就不能果腹，待到了隆冬季節，天寒地凍。富貴人家，什麼地龍、火炕，早就齊備。貧苦人家連飯都吃不飽，哪有閒錢禦寒。

崇禎在冬至那日，曾親赴天壇祭祀，求告昊天上帝，來年務必保佑他的大明帝國風調雨順。待從天壇返回內廷之時，一路上雖是早就淨街，他卻也知道了城內情形。一路上只覺冷冷清清，全無喜氣，待回到禁宮，至景山上觀景，只覺城內鐵灰一片，當真是愁雲慘霧，觀來能令人斷腸。

正愁苦間，見幾個心腹太監匆忙而來，崇禎一陣心煩，以爲又是外面閣臣來催江北駐軍的餉銀，太監們無奈，來尋他稟報。待那幾人攀上這景山上正殿門前，崇禎俟其近了一看，見是王承恩打頭，東廠提督太監王德化緊隨其後。崇禎心頭一陣納悶，心知這些人此來必有要事。若是閣臣求見，前方催餉，只是王承恩跑來便是，這王德化卻是不必跟來。

見他們一頭一臉的雪，崇禎甚喜雪景，因含笑道：「適才朕進來時，天氣只是灰濛濛一片，朕見了甚是不喜，原來是下雪呢。」

招手將他們都傳了進來，見王承恩與王德化都欲行禮，便笑道：「每天都要見朕多少次，不必行大禮了。」

兩人雖得了皇命，卻還是跪下去行了一禮，方站起身來。因見崇禎歡喜，兩人面面相覷，不知如何是好。

王承恩因事不關己，不肯先行說話。那王德化見他一臉漠然，顯是不肯出頭，一時無法，只得硬著頭皮向崇禎稟道：「皇上，南邊的情形有些變化，東廠一得了消息，奴婢這便過來了。」

崇禎神色一陣黯然，向他道：「是張逆得了南寧的事麼？朕已經知道，著令前方將士來春進兵，先攻荊襄！」

轉頭問王承恩道：「昨倭關寧兵有本奏來，說是關寧那邊積雪難行，待來春雪化，那趙率教方能帶兵入關。你幫朕票擬批本，著令一待開春，不論雪化與否，一定要關寧兵快些入關，不得耽擱遲誤！」

「是，皇上。奴婢一會兒便過去。」

他身為司禮監秉筆太監，有幫皇帝批本票擬的權力。是以終明一世，秉筆太監都是最有權力的大太監，司禮監在全盛之時，有小內閣之稱，秉筆太監也有內相之稱。

崇禎又向王承恩問道：「你此時過來，有什麼事奏報？」

「內閣有題本呈來，說是京師內米價漲得太過厲害，不少百姓衣食無著。天又太冷，恐有民變。奏請皇上，是否設粥廠賑濟災民？還有，由關外調兵，亦需餉銀軍糧，也需戶部撥給，戶部偏又叫嚷著沒錢。」

崇禎不耐，訓道：「此事朕早便命戶部在北方加餉，以備來年軍用，哪裡還需奏請？」又沉吟道：「京師干係重大，不可生亂，命戶部拿出錢糧，在九城各處開設粥場。」

王承恩應諾一聲，忙不迭去了。

崇禎見那王德化呆立不動，很是奇怪，因問道：「你爲何還不去？」

王德化撲通一聲跪下，青白著臉，也不知是凍得還是心中太過害怕，向崇禎稟道：「皇上，還有一事……」

「快說，吞吞吐吐，成何體統！」

偷偷抬頭瞥一眼崇禎神情，見皇帝蒼白著臉，坐得筆直，搭放在膝蓋上的雙手微微顫抖，王德化將心一橫，奏道：

「皇上，東廠佈置在江北的番子來報，那張偉在南京召集江南群臣，一月間有陳永華、何斌、鄭煊、黃尊素等文臣及漢軍武將連續三次勸進，讓他即皇帝位……」

崇禎只覺一陣頭暈，雖仍是挺直腰身，不肯在臣下面前失了皇帝尊嚴，又開口問道：「他想必是答應了？」

王德化用手指死命扣著大殿內的金磚縫隙，不敢抬頭，只小聲答道：「他初時不受，後來說道皇上闇弱，不可爲天下主。他不敢即刻登基爲帝，只肯爲漢王、大將軍，行監國事。」

「不過是效古人禪讓時三讓而不受，以示謙遜罷了！行監國事，與登基無異！朕且問你，他何時受漢王位，行監國事？」

「回皇上，應是崇禎五年正月。此時南京那邊，正在準備他稱王的儀衛、印信，又在打掃宮室，只待他告天祭祀之後，便會搬入南京皇宮之內。」

崇禎猛然起身，只覺得眼前物事不住打轉，竟然站立不住，又頹然坐下。他此刻暴怒之極，無處發洩，心中一陣發堵，張開嘴來一陣乾嘔，卻是什麼也吐不出來。

王德化等人大急，急忙衝到他身邊，將他扶住，嚎啕道：「皇上保重！皇上萬金之軀，切勿為了這叛賊傷了龍體。待開春咱們大軍打將過去，擒了他誅滅九族就是。」

崇禎卻是鎮定過來，將這些太監推開，冷笑道：「召集內操，朕要親自訓練，待來春時，朕未必不能御駕親征！」

所謂內操，乃是王德化與王承恩召集了幾千名年輕力壯的太監，以上好的裝備與兵器裝備，在內廷操練呼喝，專為讓皇帝見了開心罷了。雖然餉俸豐厚，裝備精良，只怕打起仗來，連最腐朽的京營士兵也不如。

此時崇禎怒發如狂，王德化哪敢怠慢，立時派人傳了內操總領曹化淳，將三千名內操太監齊集於神武門下。由皇帝一聲令下，各小太監精神振奮，便在這雪地裏揮刀弄棍，呼喝吶喊，崇禎在景山上看了，竟覺得殺氣騰騰，看起來當真是賞心悅目之極。

一時興奮起來，只覺眼前似有百萬雄兵在，莫說是張偉與小小流賊，就是提兵殺出關去，又待如何。扭頭看一下伺候在旁的王德化與曹化淳，只覺得這幾人忠謹之極，比之外臣強上百倍。

他向身邊諸太監冷笑道：「閣臣及言官都曾上奏，道是內操不妥，不應有人在天子面前持兵露

刃。他們卻不知，朕對那些吃餉拿錢在行、打仗一敗塗地的軍隊再也信不過！還是你們勤謹，爲朕訓練出這支強兵來。將來打仗用兵，還是得靠他們！」

他一心認爲外臣並不可靠，只有去了勢的閹人無所追求，沒有後代，當能一心一意給他賣命。見各內臣此時都侍立在旁，凜然做忠臣狀，更覺心懷大暢，將張偉稱王對他的打擊拋在一邊，向王德化與曹化淳下令道：「內操還需加強，在京師選健壯良家子，有欲入宮爲內操者，擇優而錄。」

皇帝一聲令下，周圍的各太監自是凜然遵命。

待崇禎回到後宮，批閱奏章，王德化便向曹化淳笑道：「這次你可得了好彩頭，拿什麼來謝咱家？」

曹化淳一向得他照顧，凡皇帝有意觀閱內操，都是王德化與王承恩先行派人令他準備，精心挑選那些體格健壯、箭術高絕者讓皇帝校閱。此次王德化有備無患，早就令人先行通知了曹化淳，是以讓他先行準備，不至臨場混亂。曹化淳也是乖覺的人，哪裡不知道其中奧妙？

便向身邊的小太監吩咐道：「一會兒回去，把咱家前日剛得的那幾件玩意送給王公公！」又向王德化笑道：「也無甚奇巧，只是有一件外番進貢的鏤銀香熏還有些意思。」

王德化略一擺手，也不以爲意，又笑道：「你還不快去尋些健壯貧戶，弄些小子進來充入內操。皇上要多加人手，下次校閱時還是這些人，你等著被剝皮。內廷灑掃都有定規，又有些老弱不能用的。現下京師內百姓生計困難，你去以招兵名義弄一些來，再加上兩千人，盡夠用了。」

曹化淳匆忙應了，自去外面張貼榜文，言道招收禁軍。京師之中貧苦不能自立者甚眾，雖然皇帝恩准開了粥廠，不過上下經手剋扣油水，那粥廠中的稀粥當真只當得一個「稀」字，除了比白開水略多幾粒糙米，當真是與清水無異。眾百姓餓得急了，哪管其中是否有什麼奧妙，招兵之處當真是人山人海，挨不動的人潮。

待那曹化淳命人選了兩千十幾歲的男孩，命人弄入宮中閹割，眾百姓這才知道上當。那些孩子的父母自然不甘，拚了命地在京師各衙門上告，卻無人敢出來為他們做主。雖有言官不怕死的，上奏質詢，皇帝卻是留中不發，只是不理會。於是滿城之內，除了因凍餓貧病而生出的悲嘆之外，加上此事，當真是哀聲四起了。

北京在愁雲慘霧中迎來了崇禎五年的春天，過年之時，皇帝因天下大局敗壞，下令減膳、撤樂，並禁止文武百官飲宴戲樂。整個京城之內，處處充滿了面色青白，一臉死色，由劫後餘生，四處覓食的百姓。

與此同時，南京城內卻是喜氣洋洋，一派新朝氣象。且不提那些自臺灣而來的原張偉嫡系官員們一個個喜氣盈腮，就是舊明投誠降附的官員們，亦一個個精神振奮，以開國功臣而自居。新春一過，全城上下便準備張偉即漢王位，行監國事的大典。不但諸文臣武將湊趣，就是全城百姓，因張偉免除賦稅一事，各人都過了一個肥年，此時這位大將軍要稱王，雖與眾百姓無關，卻顯示出新朝

基業漸漸穩固。這位大將軍行將掃平天下，看他行事手段，對百姓很是照顧，眾百姓只想過幾天好日子，對張偉稱王一事，自是歡喜得很。

待到了崇禎五年正月初十，是預習定好的吉日。張偉早早的便齋戒省身，居於宮禁之外等候。宮內早已一切準備停當，什麼拜位、贊禮、禮樂、寶案，皆已完備；漢軍諸將軍在禁宮內一路排開，張偉的羽林尉身著金甲，手持儀杖，大刀，待立於諸將軍身後。

即位之時一到，帶眾官至南郊祭拜天地，後內閣大臣領銜，文武百官跪，奉金冊、金寶。郊外儀式一完，由拱衛設鹵簿，金甲衛士列於午門外，旗杖林立。在奉天門外設五輅，先是侍儀舍人奉表案而入，一鼓時刻，文武百官皆穿朝服立於午門外。通贊、贊禮、宿衛官、諸侍衛及尚寶卿進入大殿。三鼓，內閣大臣入。王升御座，尚寶卿將御寶放於御案，將軍捲簾，眾官入殿，奏樂，揮鞭，贊禮官命群臣拜，呼萬歲。待展表官將賀表宣讀完畢，眾官再拜，王令免禮，儀式告成。

張偉在初七日便開始減食省身，初八日祭祀孝陵、初九日不進飲食，於內院省身齋戒。這些他原本要敷衍了事，料想吳遂仲、何斌等人亦不會爲難於他；可是自從接受勸進之後，那舊明官員中盡有些禮儀大典的人才，卻是臺灣所無，是以一待禮式開始，那些什麼贊禮官、尚寶卿除了睡覺不與張偉同睡之外，當真是寸步不離。張偉無奈之下，也只得勉強忍受，待到得大典完畢，那些什麼郎卿的被張偉盡數攆開，他便在這奉天殿御座之上，仰面八叉地躺將下來，只覺得渾身骨頭盡都酥軟開來。

卻聽到幾聲咳嗽，張偉閃眼一看，見是鄭煊、張慎言、黃尊素等人在吳遂仲的帶領之下入得殿來。心裏一陣叫苦，只得端正身形，正襟危坐。

吳遂仲不比那些原舊明的大臣，是頭一回見張偉頭戴通天冠，著絳紗服，心中激動，又覺張偉著此服後，更添威嚴。待贊禮官將他們引至拜位，便立時高呼萬歲，跪將下去。

他恭恭敬敬，拜見如儀，張偉卻只覺一陣厭煩。初見人跪倒在地，高呼萬歲，或者還有些新鮮有趣，此時人人如此，原本熟悉親切的知交好友，也做出一副敬而遠之模樣，那人生可沒趣得很了。

想到此處，大踏步走下御座，令道：「內閣大臣入見，無需拜。」又向幾位閣臣笑道：「諸先生免禮，請起。日後入見，可佩劍、不名，不拜，賜座。諸位不需推辭，優禮閣臣，亦是明朝家法。」

其餘閣臣尚在猶豫，何斌卻知張偉想法，展顏一笑向各人道：「既然如此，咱們也不必推辭。」

待吳遂仲引著諸人坐下，張偉問道：「儀式繁瑣，諸位先生亦是疲累，此刻返來，有何有要說？」

見何斌欠身一笑，向張偉道：「此刻過來，因有一事需加急辦理。先是漢軍攻下諸城，咱們鎮之以靜，諸事但依大明舊例。此時海晏河清，漢軍已不理民政，有些政務，也到了該料理的時候了。」

「志華，此番過來，是要說一下城市匠役、茶馬、商稅，還有商役改革的事。咱們免了農民賦稅，這城裏人可沒得什麼好處。若是將這些弊政改上一改，那江南上下，無有不感恩戴德者。」

張偉撫掌曰：「善！此議甚妥。如何進行，內閣可有結果？」

吳遂仲點頭道：「這些舉措動靜甚大，戶部不能自專，半月前，咱們內閣就開始會議討論，現下已然有了定論。」

他將早已準備妥當的奏本遞將上來，張偉打開一看，見是一水的蠅頭小楷，只略掃了一眼便已是頭暈眼花，因笑道：「不必如此，撿其要點來說，我聽著便是。」

何斌向他一笑，道：「早知如此，知你定然不愛看這些。也罷，由我來略說一說便是了。反正這些，你也不懂。」

張偉不顧其餘內閣大臣臉色，急忙點頭道：「是了是了，知之爲知之，不知爲不知。這些我是不懂，原要你們多留意操持才是。」

第五章　改革工商

將張慎言扶起，又好生撫慰了幾句。見他坐回坐椅，神色平復，張偉方道：「內閣這幾個條陳都很好，我很是欣慰。裁撤官匠，免鹽茶引，免除火甲、商役，不得於路道橋樑設抽引、鈔關；稅不得過三十稅一，小商鋪及邊遠城鎮可免稅；官府塌鋪允准商人免費放置貨物；火甲、倉庫等費用，一體由官府貼補。具體如何做，內閣及戶部商議去做，無需再來陳奏。」

「大明匠役，分為官辦、匠役、以銀代役諸法。官辦工匠原是歸內廷二十四衙門中的內官監署理，主管木、石、塔、材、東行、西行、油漆、火藥等十行。凡國家營造、內廷用度都有這些，還有戶部的工廠、作坊而行。國家付給材料，匠人領官俸而造做。原本這些工廠、作坊都在南京，成祖遷都後大半遷往北京，現下南京尚有數十家工廠，幾千官匠。因乏人管理，內監剋扣，高手匠人不堪其苦，要麼逃亡，要麼怠工，雖然每年耗銀十幾萬，卻是全無用處。因此，內閣廷議決斷：裁撤官辦工廠、作坊。」

他剛一說完，已見張偉提筆在內閣奏本上某處批紅，想來是准議了事，故笑道：「漢王不必著急，仔細想想再行批覆不遲。」

張慎言亦躬身道：「國家大事不能如此草率而行，漢王殿下需仔細想過，再做決斷的好。做臣下的固然是要建言上奏，做主上的也需有些主意方好。」

張偉心中冷笑，心道：「你們哪裡知道，我來的那個時代，國營企業最是差勁不過，我可見多了，哪裡需要你們來提點我！」因擺手道：「不必多說，不但南京，所有的官辦工廠、作坊盡數裁撤，日後官府有何營作，都可以雇傭而行。」

何斌拱手笑道：「如此，那些被世代拘役的匠人們，想必會稱頌大王恩德。再有便是茶馬、鹽法，大明舊例，茶、鹽都是政府專賣，商人需有茶引、鹽引方能販賣。原本是政府收入的大宗，只是自成化爺後，鹽法敗壞，公侯豪門公然販賣私鹽，政府收入越來越少，私利盡入侯門；至於茶引，放引的地方多半不產茶，茶商運轉不易，官府壟斷後又不善經營，屯於倉庫直至霉爛。嘉靖十五年時，一次焚毀霉爛壞茶兩千萬斤。內閣議：自以取消茶鹽專賣制度，改爲至鹽茶鋪子徵收賦稅，因兩樣都是重利，徵十五稅一。是否當行，請漢王決斷。還有商稅，原本是三十稅一，因各處多設鈔關、塌鋪、抽分局，因官吏橫暴不法，竟有五抽一的重稅。再有神宗年間的稅監礦監，商人多半不能支持，多有破產橫死者。」

這何斌商人出身，對明朝的商稅弊端最是清楚不過。明朝以農立國，對商人原本就持歧視態度。那商稅原本是三十稅一，到後來四處設卡，到處徵稅。過路給錢，過橋給錢，甚至運貨到北京，還需給進城費。那塌鋪是官府庫房，以商人堆放貨物之用，原本是造福於民，誰知後來官府強迫商人放置貨物，無此需要的也必須交錢方可，當真是橫徵暴斂，雁過拔毛。這樣的榨取和掠奪之下，到明末之時，工商業早已瀕臨破產。至於商役，更是無理之極的制度。城市居民與農村一樣，都分里甲。城市居民有兩種徭役，一曰火甲，二曰鋪行。

這火甲乃是小民五人，持鑼、鼓、梆半夜而行，提醒市民小心火燭，報時報刻之用。久而久之，火甲事務繁重，小民不堪其擾。而富戶豪門，則交錢免役了事。小門小戶，也可交錢免役，只是後來官府欺凌百姓，交了錢仍不免役的大有人在，形成了加倍的剝削。萬曆十年，杭州城因火甲一事引發大規模民變，便是一例。

火甲之外，這鋪行則是明朝政府對商人加重剝削的最厲害手段，一旦有商號被選為鋪行，不但大到國家科舉供應、小到皇帝吃的豬肉，都需鋪行供應。戶部及光祿司勒索也就算了，若是內監上門，則拷打掠奪，只到將人弄得家破人亡，方才甘休。便是在這南京城內，光是戶部衙門就欠全城鋪行商號白銀二十餘萬兩，所謂暫欠，實際與明搶無異。大商家還能送禮免役，普通的中產之家和小商戶一旦被選為鋪行，多半有舉家而逃，甚至全家自殺者。商役制度，是明朝對商業最野蠻，也是最令人噁心的制度。

張偉與何斌起家時，便不曾在國內與官府打過交道，他兩人說好聽些是海商，說難聽點便是海盜，從不曾向明朝交過一分錢的賦稅，商役什麼的，自然也是輪不到他倆頭上。在臺灣初創業時，除了兩人之外甚少商人，商稅什麼自然也是無從說起。到前幾年，臺灣開始有大量的內地商人前來，臺灣政府又鼓勵對外貿易，允許商人自己組建船隊，對工商貿易大加扶持，別說商役，就是商稅亦是應景而已。直到漢軍開始東征西討，用度太大，而臺灣的工商業又已發展起來，才以三十稅一徵收商稅。是以何斌主理戶部之後，對原本還不大清楚的明朝商業弊端越發清楚，此時在這大殿之上，一樁樁的說了出來，待說到那些商人被政府害得破產破家，妻離子散的慘狀，張何二人眼中出火，恨不得將那些禍害商人的官吏太監統統捉來，立時砍了。

張慎言原是南京戶部尚書，對商役諸法的弊端並不清楚，他只關切那些農民不堪重負，田賦越來越少。豪門大家兼併土地越發嚴重，原本有意在內閣會議時提出重修天下田畝圖冊，清理人丁，以增加國家歲入，遏制土地兼併。待內閣會議時，聽得何斌所言諸商戶慘狀，亦覺觸目驚心。此時又聽何斌向張偉奏報，只覺灰心慚愧之極，因跪下道：「臣原任戶部尚書，無益於國，使得天下商民受苦如斯，臣死罪！」

又泣道：「臣斷無顏尸位素餐於內閣之內，請殿下免臣刑部尚書一職。臣願回鄉下讀書耕做，就此不敢再言天下事。」

張偉臉色沉鬱，心中雖極是憤恨，對張慎言等舊明大臣極是鄙視，卻又不得走到張慎言身邊，溫言道：「此事與先生無關。南京及江南各處尚好，雖然盤剝，尚不及京師之內，動輒有逼死人命者。先生一心關注農桑，是以對工商之苦不甚了了，倒也怪不得先生。」

將張慎言扶起，又好生撫慰了幾句。見他坐回坐椅，神色平復，張偉方道：

「內閣這幾個條陳都很好，我很是欣慰。裁撤官匠，免鹽茶引，免除火甲、商役，不得於路道橋樑設抽引、鈔關；稅不得過三十稅一，小商鋪及邊遠城鎮可免稅；官府場鋪允准商人免費放置貨物；火甲、倉庫等費用，一體由官府貼補。具體如何做，內閣及戶部商議去做，無需再來陳奏。」

見各人都是凜然遵命，張偉乃嘆道：「國家商業敗壞至此，神宗為禍最烈。是以日後不但要鼓勵工商，推行海外貿易，還需扶持城鎮的小作坊、商鋪。戶部下去議奏，是否可設國家銀行，發行商業貸款，免息或是低息，令那些有意行商的人可以借本而生息。將來商業發達了，政府收的賦稅再低，也遠遠超過現在竭澤而魚搜羅來的多！」

張偉命其餘閣臣盡數退出，獨留下何斌說話。這些閣臣都是明朝難得的正人高士，對何斌受寵也無甚感覺，由吳遂仲領頭向張偉略一躬身，各人都退出大殿，自行辦事去了。

這奉天殿乃是外朝，朝會大典之所，高大軒敞，規制堂皇，卻不適合兩人密談。張偉便領著何斌由奉天門而入，經乾清門入乾清宮，進入內廷之後，方才與何斌對坐說話。

此時宮禁之中戒備森嚴，五百羽林衛及親衛、散手衛，三衛一千五百人為禁宮護衛，再有大漢將軍侍立張偉左右，隨時聽命。張偉將禁宮內留守太監盡數驅逐出宮，只留下幾百宮女伺候左右。

柳如是尚未從臺灣過來，禁宮中除了關防嚴密之外，滿眼看去都是些軍人武夫，倒也是單調乏味。

何斌與張偉並肩而入，在乾清宮正殿內入座。見宮門外羽林衛將士挺胸凸肚而立，便向張偉笑道：「將來如是過來，這些男子進入內廷有礙，還是該留些健壯太監才是，一則備灑掃，二則嚴關防，交通內外。男人留在後宮內，還是不能容於世俗，志華需慎思之。」

張偉自鼻孔裏哼了一聲，向何斌道：「明太祖立國時，也曾言道：此輩禍亂國家，不可缺少，卻亦不得信重。只是備些，以供後廷灑掃，不可使之識字，亦不得干涉政事。還將此諭鑄成鐵牌，以備後世子孫警惕。現在如何？明朝太監爲禍甚烈，不下於唐朝。我早想過，後宮留些宮女以備使喚就是了，那健壯村姑，做起活來比太監差上什麼？況且毀人身體，太傷天和，自我而起，中國不設太監！婦人不裹小腳！不行科舉！」

「志華，你又來了。這急脾氣何時能改？不設太監也罷了，這是帝王家事，外臣嘀咕幾句就完。可是你想想，不裹小腳，在臺灣那麼小的地方，田土財產都是你賜給的情形之下，尚有多大的阻力？放在整個江南施行，會有多少人暗中反對？咱們最多是勸諭百姓，令天下人知道小腳不好，慢慢改正也就是了。這傳統的東西，最忌用命令法度強迫改正，除非你放棄急圖天下，以十年之期治江南。以鐵血手腕鎮壓士民百姓，不然，休想有人聽命於你。至於科舉，我敢打包票，你今日宣示天下，明日失天下士人之心。」

張偉頹然一嘆，向何斌苦笑道：「求治之心太切，反容易辦壞了事，我自然是知道的。其實我早想好了，上有好，則下必從。小腳等陋習民俗，我只需令臣下知道我的好惡，幾十年後，則風俗可變。科舉麼，八股必然廢除，考以臺灣官學中的各種學問，進士和明經做主官、明律可任充實刑部、大理寺、靖安部，也可任職地方，明算者可爲戶部、稅務之人才。這樣又拉攏了士人，又能革除舊弊，可比一刀切了好的多。」

他見何斌微微點頭，又笑道：「這些事不急，倒是工商改革需快些著手。咱們臺灣以工商而富，江南地大而富庶，只需因勢力導，大力扶持，幾年之後，就是興旺局面。」

談至此時，兩人早便餓了，張偉便命人傳膳進餐，留何斌於宮內吃飯。又向何斌笑道：「吃飯非得叫傳膳，留你吃飯叫賜宴，什麼玩意兒！」

見那些留用的宮內御廚火佚川流不息地將一盤盤銀盤膳食送上來，滿滿地擺了一桌，待張偉舉筷，方將盤上銀罩取去。兩人挾上一口，皆是面露難色，勉強嚼上一口，便都吐出。

何斌向張偉大笑道：「這便是天子飲食？罷了罷了，我竟不敢領教。還是回去吃的好。」

明清禁宮御膳房承奉帝王膳食，都是用大灶溫火燒製而成，放於蒸籠內保溫，皇帝要吃，便隨時送上，是以再好的廚藝也燒不出好味道的菜來。

張偉隨何斌笑了一陣，乃傳命道：「自今日起，不得用大灶溫火，改用小灶隨時燒煮，我等上片刻，也是不妨的。」

那御膳房前來侍候的廚子哪曾見過這些大人物，聽得張偉吩咐，卻是坑哧坑哧答道：「回王

爺，這是祖制，不好更改的。」

張偉將眼一瞪，喝道：「我是我孫子的祖宗，我今日定的規矩也是祖制，他偏就改不得？不准再說，快些下去用小火爆炒幾個小菜，送來與我下酒。」

那廚子忙不迭去了，炒了幾個小菜送來。雖沒有適才那麼花哨，張何二人吃起來，卻是順口多了。兩人吃上一會兒，張偉突然想起一事，向何斌問道：「適才在奉天殿時，沒有聽你說起改革幣制一事，難道這些大老們不同意麼？」

何斌「吱呀」一聲，抿一口酒下肚，又挾起一塊腰花吃了下酒，方答道：「改銀錠爲銀圓，主意雖好，此時卻行不得也。」

見張偉詫異，何斌停箸，正色道：

「江南大定，所爲何來？不過是百姓圖個安穩，縱有明朝餘孽有心想攪風搞雨的，百姓們得了好處，也是不依。你想鑄銀錠爲銀圓，自此之後以銀圓爲貨幣單位，這想法是好，一來省銀子，二來沒有什麼火耗可言，西洋諸國，也都是這麼做的。你知，我自然也知，曾與外國交通貿易的大商人們也知道，可是內陸百姓知道什麼？好不容易過幾天安生日子，你便要東改西改，把他們手頭上的銀子弄了去，改成一塊塊銀幣，百姓知道什麼？只當是上了官府的當，好好的銀子沒了！志華，那樣立刻便是天下大亂！再有，咱們與外國貿易，都是順差，他們的銀子一直水淌也似地往中國而來。咱們設立稅務海關，就是打算把原本的走私貿易弄成正式官立，把流入大商人腰包中的銀子掏出來，交給政府。改鑄銀幣後，外國人要求用銀幣交易，該當如何？商人們使用銀幣交稅，而內陸百姓卻不肯使用政府鑄發的銀幣，還是用白銀、銅錢，這樣咱們不是做了冤大頭麼！此事斷不能急行，待各地銀行成立，咱們在百姓中有了信譽，有了本錢，那時候再改幣制，阻力便小上許多。況且你要大興教育，十來年後，那些學了新知識的孩子當家做主了，自然知道你的想法，不是比現在容易許多麼。」

「是了，中國改革何其難也！王安石當年道：天命不足畏，祖宗不足法。這是多大的勇氣，我佩服他。」

兩人都喝得微醺，張偉今日雖只是稱王，卻與做了皇帝並無不同，雖覺心中有些怪異，卻也很是興奮。而何斌與張偉交好，張偉做到如今這個位置，對他卻仍是如當初一般，而他想來也會水漲船高，將來封公封侯，光宗耀祖，指日可待。

正在興頭，卻見有一侍衛頭目急步跑來，在殿外躬身一禮，大聲稟道：「漢王，何尚書，外面有漢軍使者求見，道是有緊急軍情奏報。請漢王示下，是立刻傳見，還是轉令其去參軍府？」

張偉醉眼迷離，略想了一回，便回話道：「命他赴參軍府便是了，有甚軍情，命參軍們商定了辦法，然後再來奏報。」

那侍衛應諾一聲，便待離去。張偉卻又隨口問道：「那人自何處來？是襄陽還是福州？可是有亂民叛亂？」

「回漢王，使者來自倭國！」

張偉霍然起身，倉促間竟將酒桌帶翻，酒水四濺，立時將他與何斌二人弄得狼狽不堪。卻是不管不顧，只向殿外的那侍衛喝道：「快將那人帶來！」

待那漢軍使者被帶入殿下，匆忙行禮完畢，將身後背的急件包裹解將下來，將急件遞與張偉。張偉劈手接過，急忙打開火漆印信，展信便看。

何斌原本暈頭脹腦，被張偉一鬧，此時酒已醒了七八分。見張偉看完信後臉色陰沉，在殿內負手急行，卻只是不說話，急道：「到底出了何事？你倒是說話啊！」

張偉將手中急件團成一團，沉聲向何斌道：「倭人作亂，攻打長崎！」

何斌長出一口大氣，坐回座椅，向張偉笑道：「你也是統兵大帥，怎麼如此沉不住氣。倭人又能怎樣，長崎雖只有兩千駐軍，可是這些年來修的炮臺有多少？還都是用你教的法子修的，堅如鐵石！倭人又沒有炮，就是來上十萬八萬的，也是攻不下來。咱們怕它怎地，調兩萬漢軍及施琅所部，一回去就把他們給打趴下了。」

「若是如此簡單，我又有什麼好擔心的。這次的事，卻是怪得很。那倭人不是無炮麼，文瑨信上說，倭人出動了十萬大軍，急攻長崎。好在他在那邊經營多年，有的是密探間細，倭人大軍未到，他便令駐軍入城，準備好火炮，等著轟他們。誰知道那些倭人不知道從哪裡弄來的大炮，雖然不如咱們的火炮犀利，可也有一百多門，大大小小的排在長崎城外。他們的射程不如咱們，於是用倭人步兵猛衝，掩護著火炮在後面開炮射擊。若不是長崎和城池兩邊皆是咱們修的炮臺，俗話說蟻多咬死象，長崎早就不保了。文璔來信時說，時間長了，一樣頂不住。」

張偉看一眼那個一臉疲憊的長崎來使，向他問道：「你走了幾天？你估計現在長崎那邊還頂得住麼？」

「因是順風，屬下在路上只花了十七天時間。臨來時，倭人已是攻了十幾次城，若不是江總督這些年來將長崎城重修擴建了幾次，咱們大炮又多又好，早就頂不住了。倭人不計死傷，拚了命地攻城，城頭下當真是屍橫遍野，他們的大炮也炸毀了不少。只是那倭人悍不畏死，一波波地拚了命向前衝，漢軍就是鐵人，也頂不住這麼攻法。」

看一眼張偉神色，又道：「雖是如此，長崎城高堅險，急不可破。我來的時候，倭人攻城的次數已然降了下來，只是用火炮和咱們對射罷了。依屬下看來，再頂上一兩個月，糧草火藥不盡，咱們也是不怕。」

張偉點頭稱是，道：「我也是這麼想，文璔雖然叫苦，我心裏倒是有數。只要彈藥和糧食充足，固守不出，長崎卻是無虞。可慮者，反是在蝦夷，那邊不過只有一千左右的漢軍，看著我的馬場，若是倭人派些兵馬去蝦夷，我這幾年的心血只怕是白費了。」

何斌這才醒悟，張偉最擔心的不是長崎，而是這些年辛苦送到蝦夷的那些種馬。那蝦夷地處蠻荒，除了少數土著外再無人煙，氣候又與遼東相似，用來做牧場，養出的馬正好適用於八旗爭戰。

若是被倭人衝進去破壞，這幾年的心血可是白費了。

此時留在南京的眾參軍將軍與張瑞、契力何必已聽令傳到，於宮門外候命。張偉略一思忖，心中已有了打算，命道：

「張瑞與契力不必進來，這便回軍營待命。命人通傳水師，以舟山施琅部、張瑞帶四千飛騎、契力帶一萬萬騎及南京城內炮隊四千人，再由襄陽抽一軍兵力，福州兩千人，前去長崎救援。」

何斌急道：「那麼蝦夷那邊呢？咱們不管啦？」

張偉嘆了口氣，向何斌道：「一子不棄，全盤皆輸。蝦夷那邊只得自生自滅，守得住就守得住，守不住……」

他雖不曾明言，不過以眼前諸人對倭人武士兇殘生性的瞭解，蝦夷那邊的一千多漢軍，還有那些養馬人，多半是不能活了。

見何斌面露不忍之色，張偉又道：「只盼他們能挺過長崎戰事，如若不然，也是沒法子的事。倭人主力都在長崎附近，一戰而擊潰之，則倭國事畢！」

他坐回御座，提筆寫道：「漢軍征日各部，悉歸長崎總督江文瑨提調。擊潰長崎之敵後，可相機而動，攻占京都、江戶。天皇及幕府留否，由江文瑨臨機決斷，此令。」蓋下印信，交與殿中侍衛，命其飛奔而出，交與張瑞等漢軍諸將。

待長崎來使與傳令侍衛下殿而去，張偉喃喃自語道：「此時若是明軍大舉來襲，我竟不能出擊，也只得固守而擊破之了。嘿嘿，若是有心人趁著此時的空檔反叛，倒也是有趣得很。」

此時長江南北訊息交通已然斷絕，張偉卻不知道崇禎早便急紅了眼，已下定決定調關寧鐵騎入關剿賊。至於南京對面的淮揚等地駐軍，崇禎也知道渡江不易，只是等著川陝賊兵被剿滅之後，由四川直入襄樊。因不能渡江，已將宣大等地邊兵調歸陝西，由洪承疇節制指揮。

張偉並不以對江明軍爲意，對他們這些幾萬人的調動，絲毫不放在心上。此時若是過江邀擊，將明軍主力一舉擊潰倒也並不甚難，只是事後之事難辦，張偉此時決然沒有渡江的打算。以臺灣一地吃下江南已是以蛇吞象，若是再攻至北京，那麼大的地盤，那麼多的降兵降將，難保不出岔子。漢軍人數太少，待江南富庶之後，擴軍以戰，到那時又有何懼！

待各部漢軍接到命令，紛紛往倭國而去之時。寧錦一帶明軍早接了皇帝詔命，並有袁崇煥親筆書信，又得知皇帝已將袁督師放出，命爲宣大總督，同時又命盧象升爲薊鎮總督，出關的關寧兵先歸由盧象升統領。因近來與遼東滿人相安無事，兩邊通商不絕，來往不斷。雖是不知皇太極情形如何，兩邊的氣氛眼見是越發的和睦。當此之時，卻又要將明軍調入關內征戰。幾名大將尚不知道如何，下層的軍官和兵士卻都是滿心的不情願。

錦州總兵祖大壽一早便出得總兵衙門，準備赴寧遠與趙率教等人會議。甫一出門，便聽到一群兵士在府門照壁前破口大罵。各人都道：「鳥皇帝一年不知道發給咱們幾兩銀子，還把袁督師關了

這麼些年。現下關內大亂，江南也給人占了，南京也丟了。這會子想起咱們來了！也不知道那幾位大帥怎麼想的，若是依咱們的意思，乾脆出兵把袁督師搶了回來，咱們在遼西擁他爲王，看皇帝又能如何！」

祖大壽聽得眉頭緊皺，但也知道這些兵士說的是實情。便是他自己，心中亦是甚多不滿，便向身邊的親兵令道：「帶人過去，把那幾個不知死的都捆了去，扔在馬棚裏，用馬糞把嘴堵上！待明天一早，再吩咐人去問著他們，還敢胡說了不！」

說罷打馬而行，帶著百餘親兵直奔寧遠而去。雖然近來遼東無事，到底這祖大壽是積年的總兵官，在遼東世代爲將，出得城門，便吩咐祖大樂等人緊閉城門戒備，非祖大壽回城之後，不得擅開。

此時已是崇禎五年二月初，遼東苦寒，關外已是雪化天暖，這錦州至寧遠一路，卻仍是沒膝的白雪蓋地。好在官道雪融得快，勉強倒也行得。祖大壽一早出門，快馬而行，到得第二天傍晚時分，已至寧遠城外。命人叫開城門，便直奔寧遠總兵趙率教府邸而去，待到了府門之外，卻遠遠見了那趙率教領著一群部下在外等候。

「老趙，偏你禮數最多！這麼大冷的天，你跑外面來做什麼。」

離得老遠，祖大壽便跳下馬來，與趙率教親熱一抱，又向其餘各將打過招呼，嘻笑一陣，兩個總兵方攜手在前，領著眾人往府內而去。

這兩人都是袁崇煥的心腹大將，世代鎮遼的軍人世家。這幾年來因當年在北京城下一怒出走，又曾威脅京師，皇帝並不能治罪他們，又免了派遣文官來指手劃腳，這兩人相處甚好，再加上山海關總兵吳襄，這三人通力合作，除了拿些朝廷的餉銀之外，竟不要他們操一點心，就將這遼西各地守得如鐵桶一般牢固。是以雖沒有了袁崇煥鎮守，皇太極前番入關，卻仍是不得不繞道內蒙草原，由長城而入。沒有補給和連成一線的後方，也只得飽掠一番便即返回，說將起來，這便是關寧鐵騎鎮守寧錦山海的大功。

待各人坐定之後，趙率教向祖大壽問道：「你此番前來，錦州如何？」

祖大壽咧嘴一笑，答道：「別以爲我因近來相安無事，就放鬆警惕。咱們都是世代爲軍的邊民，可不像內地那些傻子。我已命祖大樂署理軍務，領著祖澤潤、澤博、還有我的義子祖可法、侄子祖澤洪，再有劉良臣、劉武等副將參將協助，城門緊閉，不得擅入擅出。如此戒備森嚴，敵人只怕沒過小凌河，他們就知道了。我雖不在，也是放心的了。」

趙率教雖然也是遼東悍將，論起心思卻又強過祖大壽一籌，又問道：「朝廷年前派了太僕寺少卿張春過來，帶了一萬多班軍，四千邊軍，前去修築大凌河城。咱們雖不贊同此時啓釁，不過若是大凌河城修好，配以大炮，錦州、大凌河、右屯三城聯成一線，進可以圖廣寧，退可以互爲犄角之勢。趁著遼東那邊混亂，修將起來，倒也是好事一樁。」

祖大壽點頭道：「這大概還是袁督師的主意！朝廷那些傻蛋，哪知道這些事，心疼錢糧還來不

及呢，哪有餘錢來修城池。」

一提起袁崇煥，廳內諸人一時間盡皆沉寂起來。幾人都是在當年遼西大潰敗時，由袁崇煥這個小小的兵部主事領著，重入關內，修建寧遠城池，以十四門火炮擊敗不可一世的努爾哈赤。袁崇煥憑此一戰奠定了不世威名，而這些遼人邊將，也得以保有家鄉。各人又是他一手帶出來的舊部，又得以依賴他抗擊滿洲八旗，對他當真是敬如父兄。幾年前袁崇煥被皇太極施反間計逮入牢獄，若不是祖大壽斷然撤走城下軍隊，只怕督師大人早就被那鳥皇帝殺害。這幾年來大家不聽皇命，不理關內情形，抱成了團防備遼東，居然也是相安無事。此次若不是袁督師被皇帝放出，親筆寫信來招用舊部，只怕這些遼東悍將對皇命是理也不理了。

別人也罷了，祖大壽當年犯了軍法，該當處死。若不是袁崇煥賞識其才，將他救了下來，只怕這時候屍骨早已腐爛。是以不管論情論理，他都無法拒絕袁督師的提調。

低頭略想一陣，祖大壽便抬頭向趙率教笑道：「論理，我不該和你爭功。那些流賊說起來折騰得厲害，又怎麼和咱們遼東兵馬打？幾仗一打，就四散奔逃，立時被你敉平。再加上盧象升和袁督師在，有他們指揮，可比那些屁事不懂的文官強多了。此番入關，定然是全無凶險。只是我身受袁督師大恩，現下他駐節宣大，我該當立刻過去聽令才是。老趙，哥哥這回和你爭這個功，你看如何？」

趙率教卻不理會，也不顧身邊眾副將偏將神情，只笑道：「你若是能說動皇帝和袁督師，我就依你。」

「只要咱們上書過去，以你守寧錦，我領兵入關，朝廷憑什麼不依？」

說罷，見趙率教只是微笑不語，心中一陣沮喪，嘆道：「是了，這必定是袁督師的主意。我鎮守錦州多年，錦州要緊，無錦則無遼。錦州一失，則守遠難保，以我守錦，你出戰，方是萬全之策。」

趙率教此時方道：「你錦州城內三萬多兵馬，需抽出一半給我，寧遠這邊五萬多軍，我也要帶走一半。吳總兵那邊一萬，共是五萬大軍。各部軍馬都給我，全是騎兵，我速去速回，只需半年光景，我必定能助督師大人蕩平陝甘。」

又向著房內自己一手帶出來的諸副將、參將、游擊等武官令道：「諸位兄弟，今晚召你們過來，是因為要留你們鎮守寧遠！祖總兵是我兄長，你們需小心聽命，他的命令誰敢駁回，或是陰奉陽違，祖總兵或者會看我的面子不和你們計較，但若是我回來遼東，把你們一個個打得屁股開花！」

說罷，在廳內侍立的諸將亦是盡皆笑了起來。

那趙率教所部的眾將邊笑邊躬身道：「別說總兵大人特意提點，就是不說，咱們也斷不敢違了祖總兵的令。」

祖大壽斜著眼看了一眼諸將，向其中幾個指點一番，又向趙率教笑道：「這幾個還是我做副總

兵時帶過的，竟在你手下出息了。」

問一個臉皮黝黑，身材粗壯的將軍道：「何國綱，你現下竟做到副將了！當年守寧遠時，你不過是我手下的千戶官，滿虜用鐵頭車攻城，你領著三百人用麻繩縋城而下，在城門和他們拚了一陣，被滿人貝勒濟爾哈朗當胸射中一箭，你把箭頭一削，咬著牙仍是猛幹。後來弟兄們死的差不多了，眼看要頂不住了，還是袁督師靈機一動，用棉被包著火藥扔下城去，扔下火把燒著棉被，這才把那些韃子趕跑了。」

他哈哈大笑道：「只是後來從死屍堆裏把你扒拉出來時，你衣服也是燒得稀爛，屁股都被火燎得通紅，猴屁股一般通紅！爲了要你，我和督師大人打了幾次官司，到底教老趙得了去。這回他入關不帶你，你跟著我好好幹，將來他回來，我把你調到錦州，做我的副將！」

何國綱將身一躬，答道：「只要總兵大人允准，打滿韃子麼，屬下在哪裡都是一樣的。」

祖大壽點頭應道：「這話沒錯，咱們遼東好男兒，爲著這關內關外的百姓戍邊保境，在哪裡不是一樣的猛打猛殺！那射你一箭的濟爾哈朗也沒有個好下場，張大人攻瀋陽時，聽說被大炮轟得稀爛，屍體都沒尋著。」

說到此處，眾人神情都是黯然。他們大多是遼人軍人世家，世代鎮守邊關的好漢子。對張偉攻襲瀋陽一事，當真是佩服萬分。當年又因張偉派了手下來獻計，方保得了袁崇煥的性命。這些年來又得了張偉甚多好處，錢糧軍械什麼的，有什麼需要，朝廷不拿，反多半是張偉接濟過來。張偉此時反叛攻明，占據南京，各人都想：「若是將來朝廷調過去攻打張大人，咱們該當如何？」

祖大壽一陣心煩，向趙率教發牢騷道：「這裏都是心腹兄弟，咱們說說體己話也是無妨。張大人對咱們一向不薄，又是英雄了得，卻不知怎麼鬼迷了心，竟致反向大明。將來疆場對戰，當真是情何以堪。」

趙率教向左右略一揮手，他所部各將與祖大壽部下便都會意，一個個退將出去。眼見各人魚貫而出，一時間這廳內空空蕩蕩，只餘自己與祖大壽兩人。趙率教方向祖大壽道：「這裏只有咱們兩人，做兄弟和你說句掏心窩子的話：今上無能，將來必致亡國！」

原以為祖大壽必定吃驚，卻不料見他只是淡然一笑，點頭道：「你當我是傻子麼，我雖只是個武人，卻也是守著要塞大城，領著幾萬大兵的人。若只懂得打仗，那只配做個偏將罷了。這幾年內，形勢越發地壞下去，張偉一占江南，朝廷大半收入沒了，糧食也沒有了。至於內地，崇禎三年皇太極帶兵入畿輔、河南、山東，多爾袞的左翼軍克城三十四座，降者六，敗陣十七，俘人口二十五萬七千，金一萬多，銀近兩百萬；右翼克城十九、降二，敗陣十六，殺二總督及守備以上百餘人，生擒一親王，一郡王，俘人口二十餘萬，金四千餘，銀百萬兩。」

說到此處，兩人相視苦笑，都道：「如此這般，朝廷的內囊都上來了！」

祖大壽又道：「九邊大軍，現下有近半集結江南，勞師耗餉卻不能過江；其餘都隨著洪享九在那陝甘、四川，這些邊軍還是內地精兵，對著那些農人卻是沒有辦法，任他們禍害流竄！陝甘、四

川、山西，現下都是凋敝不堪，朝廷沒有辦法，竟然還在加餉。賊越剿越多，官兵卻是越打越疲。再有，朝廷欠著陝甘等地官兵幾年的餉沒有發全，官兵接戰一不利，常常幾百上千的投了賊軍。如此這般，幾年下來朝廷全無章法。若不是張偉襲了南京，占有江南。只怕皇帝仍是不肯動用咱們出關而戰，任憑賊兵和滿人來回的傷害元氣。只是這時候調了咱們，也是於事無補了。南方一失，朝廷再拿不出錢來養兵，北方凋敝，天災人禍的。老趙，你此番出關肯定能得大捷，怕就怕過上一年半載的，亂民就起，北方仍復大亂。」

「那也是沒有法子的事！別提督師大人在那等著咱們，就是皇帝也曾言道：朕傾天下資財打造遼東兵馬。細想一下，自從萬曆年間，朝廷軍費多半是在遼東。就說這大炮一樣，內地可有多少，咱們遼東又有多少。朝廷養了咱們這麼些年，雖說皇帝太蠢，大明遲早毀在他手裏，可咱們也得盡人事吧。」

兩人嗟嘆一番，又深知張偉此人深謀遠慮，手段高超，將來與其交戰，多半是要落敗身死。直待房內蠟燭燃燼，兩人將出兵動員，調動兵馬錢糧，寧錦防禦等地商量妥當。祖大壽與趙率教用畢早飯，這才動身返回錦州。

見趙率教領著一群軍將出府相送，祖大壽向眾人大笑道：「不必送了。待你們出兵，我也不特地過來。就那些個賊兵，當得起咱們關寧鐵騎一擊？狗屁！」

向趙率教拱一拱手，此時天空灰暗，眼見是抽棉扯絮般地飄下雪花來。他出來幾天，不知道錦州如何，又掂記那張春領著班軍修建大凌河城一事，唯恐讓這場雪耽擱了時日，引得滿人來攻，便不再耽擱，把馬一鞭，帶著百餘從騎飛奔出城，向著錦州方向而回。

此後一月，趙率教等人一直待天氣轉暖，大雪融開，方才點檢兵馬，準備出關。而張偉的漢軍早就結集完畢，在張瑞等人的率領下直奔倭國長崎而去。崇禎得了消息，知道張偉此時兵力空虛，有心大舉反攻，卻又忌憚川陝義軍。是以連日催逼，命遼東兵馬立時入關，趙率教等人因見大凌河已成，由那少府寺卿張春鎮守，寧錦等地亦都兵馬整肅。滿人那邊亦是不見異常，據來往商人言道，那皇太極已是幾個月不曾出宮，去年勉強在祭堂子時出來一次，尙需人攙扶方可行走。如此這般，趙率教心中安定，這才匯齊了寧錦各處抽調的兵馬，由寧遠直奔山海關而去。

在山海關見了吳襄之後，吳部兵馬約莫三萬。那吳襄見趙率教帶兵而來，便撥給了他一萬精兵，匯齊了的五萬關寧兵皆乘騎戰馬，身披明軍騎兵的對襟鎖子鐵甲，如同奔騰的鐵流一般，殺氣騰騰出關而去。

他們身負崇禎擊敗賊兵，然後攻伐江南的重託，也是明朝最能戰、最敢戰的部隊。那皇太極入侵關內，曾狂言道：「朕入境幾兩月，蹂躪禾稼，攻克城池，曾無一人出而對壘，敢發一矢者。」而這支關寧兵，也是明朝唯一一支敢正面對抗八旗，血戰不懼的強兵勁旅。

就在趙率教帶著這支強兵過半的精兵勁卒，聽皇命與恩主袁崇煥之命出關，準備爲朝廷賣力征剿農民起義之時，不但是他，袁崇煥，還是遠在南京的張偉，卻都不曾想到：這支強兵的一舉一動，乃至整個明朝的內部局勢，還有張偉攻伐江南對自己舉措的影響，早就落入了皇太極的算計中。

吃了張偉一大悶虧，甚至宸妃因之而死，莊妃幾次自盡而不得，皇太極開始幾乎被一悶棍敲死過去，不但身體大壞，就是他有心振作，屬下的各旗主親王貝勒也難以聽命。若不是從小就跟隨努爾哈赤出兵征戰，再加上這些年攻明伐地，無論是治政、軍事，都是滿人中眾口交讚的頂尖人才，他早就被心懷不滿的旗主貝勒們攆下臺去。

即便受到如此打擊，蟄伏了幾個月之後，又暗中以手腕控制各旗，依靠著這些年的經營，還有屬下蒙漢八旗的支持，早在張偉攻伐江南之時，皇太極已然恢復振作，重掌大權。

第六章　倭人之亂

手按著佩刀，德川秀忠的臉上漲起一陣潮紅，向著這些他眼中的膽小鬼大喊道：「諸位，請拿出勇氣來！咱們倭國人縱是全國玉碎，也不能再怯懦屈辱的向敵人投降了！全國的大名們都動員起來，最少能動員百萬大軍，張偉的漢軍再厲害，他能蕩平全倭國不成？」

從湖北、福建、南京、舟山等地抽調的三萬漢軍在台南港口彙集整編，補給給養。征日之戰想而易見是一場堅苦而曠日持久的大戰，是以雖然長崎情形危急，漢軍卻先行由各地齊集臺灣，一來讓運輸船補充必要的給養，二來漢軍自去年從臺灣出征，已有半年多不曾和家人見面，允許受到封賞和在戰爭中得到封爵的漢軍將士回家探親，可以激勵各軍將士，使得久戰而略有疲敝的漢軍將士們恢復士氣。

日軍此時已圍困長崎一個多月，連番攻城不克，便是連長崎周遭的小型炮壘亦不能攻下。日軍雖然有了歐式火炮，比之漢軍火炮卻不知落後多少，射程上遠遠不及，精度和炸力也相差甚遠，只是在大股步兵的掩護下，將火炮推至炮壘之下猛轟，原以為那些小型堡壘必然磚石崩裂，然後以步兵登城即可。誰料漢軍堡壘堅固無比，又備以小型火炮，每個堡壘之內藏有幾十上百名漢軍射手，躲在堡壘之同人，從射擊口往外射擊；再輔以火炮轟擊，又封死了堡壘大門，日軍即使衝到堡壘之下，也是無從攻入。

此番倭人大舉來攻，實是自當年長崎戰敗之後，因張偉一方條件太過苛刻所致。和談成功之後中，幕府威信大挫。諸家老大臣開初以為可以借和談穩定局勢，卻不料談判成功後，各大地方大名紛紛指責幕府賣國，一時間，全倭國暗流湧動，國內局勢紛亂不堪，令幕府的家老大臣頭痛不已，逼使德川秀忠退位，與張偉談和，這些都是德川家老臣們的決斷，後來被人指斥不已，反使得原本地位並不強勢的德川秀忠在退位後，得到了大量中下階層旗本武士的支持。

隱忍數年之後，一直在暗中尋求支持的德川秀忠終於在派遣了無數使者之後，在南洋尋得了西班牙與葡萄牙兩國的支持。然後兩國都表明無法直接出兵，而只能支援倭國大炮及火槍。在德川再三要求之下，西葡兩國最多準備於南美調動小規模的艦隊，威脅張偉的呂宋殖民地，以吸引張偉注意力，使其不能全力對付倭國。

而這種程度的支持，是幕府無法接受的，是以雖然呂宋一被張偉攻占，西班牙便一心要在遠東尋找勢力，與張偉打一場代言人戰爭，倭國方面卻一直有所顧忌，並不敢出頭自尋死路。

待到了崇禎四年，漢軍突然自臺灣征伐明朝，主力大軍盡數進入中國內地征戰。因倭國一直風平浪靜，波瀾不起，張偉放心之餘，卻忽視了倭國方面實力並未大損，倭人又是一個堅韌之極的民族，長崎之敗，並不能使其完全臣服，反而使他們一心要在軍事上戰勝外來的侵略。漢軍主力突然全出，張偉達成了戰爭的突然性，打了明朝一個措手不及，卻也使一心想一雪前恥的倭國一時間沒有做出相應的反應。

急忙於西葡兩國聯絡之後，又暗中運進了大量的火炮彈藥，調集兵馬。準備了幾年的戰爭機器開始運轉，以幕府諸將軍對當年朝鮮戰場上明朝軍隊戰力的估算，張偉的征明戰爭最少要一年到兩年之間，一切調動準備也都以此爲目標。以幕府的打算，當張偉在中國南方陷入苦戰之後，必定無法調動軍隊前來倭國。而留駐在長崎的漢軍不過兩千人左右，雖然倚堅城火炮抵抗，又怎能經得住十幾萬大軍一擊之力？

張偉雖然在倭國留有密探，又努力在倭國內部尋求間諜，卻因倭國人可怕的團結及排外而收效甚微。江文瑨在長崎經營多年，卻只得了一些商人的支持，軍國大事也甚少能收到訊息，幕府在本島的行動又是以絕密的姿態進行，等閒的下層武士都只接到調動結集的命令，哪裡知道上層的意思？被張偉視作下蛋金雞的倭國幕府，終於決定一定要將盤踞在自身的吸血水蛭拿掉。

當張偉一戰而下南京，再戰下湖北、偏師入兩廣福建，消息傳到倭國，幕府上下立時慌了手腳。漢軍戰力之強，作戰之迅猛恐怖，嚇壞了心有餘悸的幕府家老們。記憶中悍勇的明軍不堪一擊，漢軍幾月間席捲江南，而倭國的準備雖然尚未完成，也只能硬著頭皮發動大軍，走上攻擊長崎駐防漢軍的戰場。

爲了在漢軍面前失卻的顏面，還有重建幕府的權威，幕府此番當真是下了血本，幾年時間，用兵農分離的辦法，訓練培養了近二十萬的低級武士。大量的健壯農夫放下鋤頭，走入兵營。穿上倭國特製的足輕武士所穿的竹甲，手持各式各樣戰國時期遺留下來的武器，經過或長或短的訓練，便成了所謂的職業武士。只有裝備了大量自製火繩槍的三萬火槍兵，還有長崎之戰殘留下來的武士才是幕府真正的主力。

以當時倭國的國力，裝備幾千火槍兵都是一件了不起的事，一下子徵募了這麼些農夫入伍，西班牙人雖然給予倭國人少量的免費武器，其後的裝備卻仍然需要幕府花錢購買。這麼大的負擔，使得幕府在全倭國上下大肆搜刮。

倭國原本就是稅賦極重的國度，倭國人的民族性天生的堅韌，又或者說是天生的下賤，哪怕被大名領主逼死，也甚少有農民起義。同樣的稅賦程度，若是放在中國，早就可以引發全國性的農民起義了。即便如此，幕府同樣也知百姓實難長時間負擔如此沉重的賦稅，於是，當江南的漢軍初定南方大局時，幕府先期出動了所有的火炮，再有近十萬的大軍，前去攻擊只有兩千駐兵的長崎。待長崎一戰而克後，倭國步兵在內陸及近岸港口駐防，使用西葡兩國提供的大炮建築炮臺，依著他們的如意算盤，如此這般，就可以不懼漢軍的水師來襲，可以繼續實行閉關鎖國的國策了。

漢軍以水師先行，施琅率領的駐舟山的水師一部，以十餘艘大型戰艦爲首，其餘三十多艘中小型戰艦尾隨其後，航行至長崎外海，以艦上的火炮驅逐駐守在岸邊的倭人駐軍，然後以水師步兵上岸，在岸邊依託海上戰艦的火力，掃清近岸的倭軍。待台南的大股運輸兵船一到，便在水師步兵的護翼之下，蜂擁上岸，依次展開。

正領兵駐守在長崎城外的德川秀忠接報，雖然惶恐，卻也知道倭國的命運在此一戰。於是立時命人飛馬前去江戶，將幕府所有的軍隊盡數調往九州。並命九州及四國、中國等各地的藩主大名帶兵前來助戰。

他見身邊的各家老大臣都是愁雲滿面，知道這些人早被前次的長崎之戰嚇破了膽。又因知道漢軍在明朝江南所向披靡，無有敵手，是以知道大股漢軍上岸之後，心中當真是害怕之極。

手按著佩刀，德川秀忠的臉上漲起一陣潮紅，向著這些他眼中的膽小鬼大喊道：「諸位，請拿出勇氣來！咱們倭國人縱是全國玉碎，也不能再怯懦屈辱的向敵人投降了！全國的大名們都動員起來，最少能動員百萬大軍，張偉的漢軍再厲害，他能蕩平全倭國不成？」

見神原康勝和本多忠政等人並不被他的話打動，仍是一副無動於衷的模樣，德川秀忠當年被他們逼迫著退位，把將軍位傳給兒子，自立爲大御所。在他依靠著中下層武士脅迫眾家老們聽命，重新奪回幕府主導權後，因顧忌他們身後的力量，並沒有對這些家老們打擊報復，而是儘量將他們拖到自己擴軍備戰的戰車之上。只是心中卻是清楚，這些家老們對自己勾結紅夷，瘋狂擴軍的舉措並不贊同。他們雖然也心恨倭國的白銀外流，國民經濟逐漸被張偉控制，也在考慮著倭國該當變法圖強，與張偉抗衡。只是對德川秀忠這樣類似於自殺似的瘋狂舉動，實在無法贊同罷了。

四月的倭國已是初春時分，德川秀忠兀立於長崎城外十餘里的小小土坡之上。腳底已有稀疏的綠草冒出頭來，遠遠望去，這一片平原卻已是頗有春意。

他抽出刀來，將腳底的草地劃開，露出草皮下黑油油的土地來。向著眾家老冷笑道：「各位，看看吧！這裏的土地這麼肥沃，是因爲當年我勇猛士兵的鮮血浸透了這片土地，無數的士兵暴屍荒野，屍體被野獸啃食。直到幾個月後，有不少武士的屍體變成了白骨，才被來尋屍的人找到。這土地，它能不肥沃麼？」

見各人都垂頭不語，德川秀忠越發大聲，幾乎指著各家老的鼻子罵道：「他們爲了我們而死難於此，我們活著的人不想著打敗敵人，將這些可惡的明國漢人攆走，卻一心想著和敵人媾和，狼狽爲奸！咱們現在有二十萬大軍，兩百門火炮，幾萬支火繩槍，這樣的戰力，爲什麼要害怕那幾萬人的明國人？再有，我已命定各藩的藩主們徵兵來助戰，九州不說，就是四國和中國地區就能動員十幾萬大軍，我們就是用人硬堆，用屍山血海來拚，定能打敗敵人！」

擁立在他身邊的各旗本武士、武將悍卒們聽他說完，一個個都是神情激動，持刀舞蹈高呼不已。

那本多忠政乃是當年一意議和的主導，此時早被德川秀忠架空，並無實權。待這位大御所大人發表完宏論，本多忠政方向前微微一躬，向著德川秀忠微笑道：「我想提醒大御所一件事：火炮打了這麼久，被敵人摧毀，或是炸膛損壞的已達三十餘門，現在我軍的火炮已經不足兩百門了。」

說罷，將身體立直，向目瞪口呆的德川秀忠微微一笑，退回至自己的家臣身邊。

德川秀忠被他嗆得難受，正欲開口辯駁，卻見對面家老隊中一陣混亂，定神一看，見是久已不問外事的家老重臣井伊直正騎馬趕將過來。

這井伊直正也是德川家的重臣，曾受德川家康的信重，只是現下年紀大了，甚少過問幕府的事。此番大戰，他並未隨行而來，卻不知此時爲什麼突地騎馬而來。

德川秀忠迎上前去，向井伊施禮問好，又親自動手將這老頭兒攙扶下來。他雖然曾任將軍，又是現任的大御所，對這先父留下的老臣，卻也不能失了禮數。更何況，井伊近幾年雖不大理會政事，實際上在德川家，仍然是實力強橫的重臣，其勢力之大，也不容德川秀忠輕忽怠慢。

亂哄哄一番問候致意之後，德川秀忠向老井伊問道：「前方就要決戰了，您爲什麼過來呢？」

井伊直正笑道：「就是因爲要決戰了，我才必須過來啊。大御所閣下，此一戰關係到倭國的國運，不能就這麼打啊。」

德川秀忠咬一咬牙，見原本垂頭喪氣的各家老們神色歡愉，精神振奮，知道這老井伊必定是給這些人撐腰，與自己爲難來了。回頭瞥一眼自己身後的大股衛士，還有那些忠於自己的家臣，膽氣一壯，道：

「敵軍現在人數不明，但最多不會超過五萬人。上次長崎之戰失敗，是因我們沒有火炮，也缺乏槍枝。現在經過準備，我們不但在人數上遠遠超過對方，就是在武器也沒有落後敵人，爲什麼不能這麼打？」

他又大聲道：「何況，經歷過兩次神風庇佑的倭國，會被這幾萬敵人滅國嗎？二十多萬的蒙古大軍都奈何不了我們！」

蒙古滅南宋後，曾兩次以強大的兵力攻伐倭國，卻都因船隊被颶風毀滅，戰事失利。第二次征日之戰，更是將十餘萬的原南宋降軍留在倭國。大半被殺，小半投降後淪爲倭國賤民。這兩次戰爭，在倭國的民族性上留下了不可磨滅的烙痕。從此之後，倭國的民族性有了僥倖和投機的成分，所有的倭國人都相信上天定會庇佑倭國，倭國必然不可戰勝。於是一直到兩顆原子彈扔在了倭國國土之上，方才令這些堅信神風的倭人們知道，他們也有被打敗的一天。

然而在此時，德川秀忠的話一說完，身邊所有的中下層武士們都是熱血沸騰，齊聲大喝道：「神風庇佑，倭國必勝！」

井伊直正眼見德川秀忠等人已陷入癲狂，有心直言而諫，又見德川秀忠的眼球發紅，簡直全無理智可言。心中暗嘆，知道當年家光爲什麼不喜秀忠，實是因其雖然有些才幹，卻全無乃父當年的一個「忍」字。

只得隨著他們也鬼扯了幾句，方向德川秀忠笑道：「敵軍必敗是一定的了，只是大御所閣下的打法，可以略做修正。」

「如何修正？」

老井伊用手指向長崎港口方向，向著身邊圍攏過來的人群大聲道：「敵軍遠來，補給不易；再加上他們國內形勢不定，必定無法使大軍在倭國久戰。因此，我敢斷定，敵軍戰略乃是速戰。一戰擊潰我軍主力，然後占據倭國的形勝之地，分兵四出，拉攏打擊地方藩主大名，則倭國必將落入敵手。」

他直視德川，用極其懇切的語態勸道：「大御所閣下，我已是風燭殘年，人生譬如朝露，我如同是快蒸發的露珠一般，俗世間並沒有什麼可以掛心的東西。唯有全倭國的前途，實在令我擔憂。敵軍但求決戰、速戰，爲什麼我們要遂他的願？我們將戰線後撤，用遊兵騷擾他們的後方。敵軍每戰一城，不分兵我們便瞬息奪回，分兵則削弱自身。戰線越長，我們抵抗的力量越強，而敵兵的優勢越弱。況且戰事曠日持久，敵軍的壓力就會越來越大。時間久了，他們就會因著急而出錯！到了那個時候，就是我們反擊的機會，我們就一舉而破敵，將敵人全數殲滅於倭國國土之上！」

一群稍有理智的家老大臣都面露感動之色，知道這是井伊深思熟慮後的制敵方略。爲了害怕德川不聽，這老頭兒巴巴的騎馬從江戶趕來，當面與德川秀忠解釋。若是能說服德川秀忠，避免眼前這場危險的，一戰可決定倭國命運的大戰，那自然是再好不過。

只可惜，他們遇上的是以衝動和盲目自大，再加上因得不到父親及各老臣信重而有著自卑心理

的秀忠。

若是瞭解後世初中生的逆反心理，這些個花白鬍子，又或是老謀深算的家老們，便會對秀忠先行稱讚一番，然後再私底下委婉的提出建議，請他考慮決斷。那麼秀忠人也不笨，自然知道井伊的話是老成謀國之言，是當前戰事的萬全之策。

現在的秀忠，眼中只看到井伊遠道而來，向他施加壓力，指手劃腳的說他不行；而其餘的家老們眼中只有井伊，將他這位德川家的家主，幕府的真正首腦不放在眼裏。說到底，還是不信任他的能力。

德川秀忠眼中迸出一股殺氣，一字一頓地令道：「調集大軍，攻陷敵陣，盡屠敵兵！一戰而安倭國，如有再敢言者，與敵同罪！」

見井伊等人面露痛苦神情，難掩失望之色，德川秀忠反而有一種宣洩後的快感，只覺得心中暢快非常。翻身上馬，將那倭國將軍武士特有的頭盔戴上，威風凜凜的喝道：「去兵營！等大軍齊集，再與敵決戰！」

看他帶著幾百名護衛風馳電掣般去了，本多忠政等人面面相覷，卻不知如何是好。這位前任將軍大人一言不聽，一言不納，卻教這些雖然被他架空權力，卻一心想爲德川家效力的家老們灰心之極。

見井伊老頭一臉死灰，面露絕望之色，本多等人忙上前安慰道：「那張偉的軍隊雖然能戰，到底人數太少，光是秀忠大人這幾年募集的幕府軍就有近二十萬人，再加上他徵召的四國與中國地區的藩主大名們的軍隊，咱們的軍隊最少有四十萬人！敵軍不管多能打，能與十幾倍的我軍相抗麼？況且我英勇的武士們，也未必比他們打的差！」

井伊呆立半晌，任冷風吹了半晌，到底老年人經不住倒春寒，過了不久，便緊縮著身子，雙臂抱在一起。

見他彷彿不勝其寒，眾人忙令隨從拿出衣袍，給他加上。直暖了半晌，方聽老井伊向本多忠政低聲道：

「本多君，你認為剛放下鋤頭的農夫們，在自己戰陣中落下一顆炮彈，看著身邊的同伴血肉橫飛，內臟和腦漿就落在自己身上，他還有戰鬥的意志嗎？」

井伊並不理會本多忠政一臉沮喪，蜷縮著身子，召集眾人，命他們在身邊坐下，方又感慨道：

「我沒有見過信長君，卻是參拜過全盛時期的太閣大人。當年他正是春風得意之時，削平倭國，所有的大名盡數拜服，除了因外姓不得被賜封為征夷大將軍，身居太閣之位，安享太平治世之福。在倭國，已經是人臣之極。可惜，太閣大人並不滿足，而是想著攻打朝鮮，征伐明國，甚至要一統印度。咱們當時都不知道厲害，一心想攻下明國的京師，奉獻天皇；攻下全中國，把倭國人都遷到大陸上去。所以太閣的命令一下達，咱們都是歡欣鼓舞，興奮之極。」

見身邊各人都是目光迷離，眺望遠方。當年豐臣秀吉以十幾萬統一倭國戰國的精兵入侵朝鮮，

是倭國立國千年來未有過的「壯舉」，全倭國的武士無不為此事而自豪。只是各人想到當年豐臣大人夢斷朝鮮，現下又被明國漢人大兵壓境，立時又變得沮喪之極。

井伊顯是發覺各人的神情變化，淡然一笑，又道：「征朝一戰，結局如何諸君都是十分清楚。明軍雖不如咱們的武士勇猛敢戰，卻是善使火器。平壤一戰，小西行長部第一次吃到火炮的苦頭，自那之後，咱們就一直吃火炮的虧！諸君，長崎外港的那些敵兵敢於以幾萬兵來攻打我們，以那個張偉四處征伐的決斷，他能派手下來送死麼？大御所執意如此，我們身為德川家的家老，也只能遵從大御所的命令，拚死一戰。」

他站起身來，抖掉披在身上的衣袍，向著四周的人群深深一躬，恭聲道：「諸位，倭國的命運在此一戰。拜託了！」

所有對德川秀忠心懷不滿，生了懈怠之心的家老們被井伊的分析打動，知道此番決戰甚是凶險，若是幕府主力盡喪於此。以那些各懷異志的弱勢大名，又怎能敵得過如狼似虎，武器先進的敵軍？看到老井伊顫抖著身體，低著頭向自己鞠躬。那本多忠政看到老井伊雙鬢上白髮如霜，又見他以期盼的眼神望向自己，心中感動之極，兩眼一酸，幾欲落淚。

向井伊直正深深一躬，本多忠政承諾道：「此戰關係重大，本多必然不會以自身利益影響大局，請您放心！」

他一帶頭，所有的家老重臣們紛紛躬身，以示決心。當下各人紛紛回營，以自身的影響力來幫助秀忠徵調大兵，募集糧草。秀忠見各人回心轉意，心中自然大喜。他身邊都是一些一萬石以下的小臣，這些重臣集團肯回頭幫他，自然是再好不過。

自漢軍先頭部隊登陸長崎之後，其後三日，漢軍大隊方在岸上集結列陣完結。此戰關係重大，張偉雖未親至，卻派了王煊爲行軍參軍，朱鴻儒等人亦是隨行而至。施琅負責海上，提防別國趁火打劫。待成功驅趕走長崎城下紮營的倭人前鋒，漢軍火槍兵及炮隊與城下駐防，結成本陣，萬騎右翼，飛騎左翼。三萬大軍連營十里，與長崎城及長崎外港連成一線。

前番長崎戰後，城池附近所有的樹木已被全數削平。又因是貿易之地，搭建了不少房屋客舍，還有那灰石大道，直連天際。原本繁華之極的長崎城內外因此戰事早就凋敝不堪，所有的商人平民四散而逃，長崎城內雖留有幾千商人和苦力之類的倭國平民，卻也被江文瑨派人看押起來。

張瑞瞇著眼看著一隊隊的倭人平民被漢軍士卒持槍呼喝，搬動些石灰磚料，往城頭上修補被日軍火炮炸壞的城樓。那些倭人個子矮小之極，又多半是滯留城內的商人，一個個都是養尊處優的大人物，平日連路也懶得走的富貴之人，此時一個個灰頭土臉，搬運著與自身體形差不多的磚石，看起來當真是滑稽可笑之至。

他正看得有勁，見江文瑨領著一隊護兵自總督府而出，向著城門處行來。張瑞因見一路上所有的倭人盡皆向他鞠躬行禮，頭低的能碰到江文瑨的鞋子。那江文瑨卻是不管不顧，只冷著臉向此處大步而來。一路上揚塵帶風的，看起來倒是霸氣十足。

便向身邊的王煊笑道：「看看，人家長峰兄做了幾年總督，整個性格模樣都變了很多，現下比你威風多啦。」

他這番話也沒有避忌，就這樣大聲說出來，王煊聽了一笑，正欲答話，江文瑨老遠聽得張瑞所言，大笑道：「張瑞，這麼多年不見，一見面就損我，很開心麼？」

他走近張王二人身邊，與王煊拱手一笑，在張瑞肩頭上猛拍一掌，方道：「這麼多年了，兒子都多大的人了，說話還是這樣！大人若是聽到了，一定賞你一頓毛竹板子！」

張瑞咧嘴一笑，向江文瑨擠眉弄眼道：「長峰兄，你可是說錯話了。大人現在已經稱了漢王，你仍然稱漢王爲大人，好大的膽子。要是讓軍法部的人聽見了，難保就是對大人不敬的罪名。再有，你在這倭國當真是土霸王一個，又有錢又有兵的，將來應起景來，就是擁兵自重，自立爲王的想頭。」

向江文瑨促狹一笑，對著王煊道：「這罪名可真是大，咱們忠於王事，雖然與長峰兄交情不薄，也顧不得了。若是有頓好酒喝上一喝，倒是可以考慮一下。」

江文瑨卻是當真被他嚇了一跳，臉上立時一驚，見張瑞乃是說笑，方回過神色來，嗔怪道：「這種事可大可小！漢王身邊難免會有些陰私小人，咱們現在是說笑，傳到漢王耳朵裏，我小命可能折在你張瑞手裏了。」

埋怨幾句，又向張瑞等人笑道：「走吧，去我總督府裏，自然有好酒好菜招待諸位。」

又向張瑞帶來的飛騎校尉們揖讓一番，帶著一眾人等向城內的總督府而去。一路行來，又有大批的倭人行人向江文瑨躬身行禮。

張瑞見江文瑨視若無睹，便笑問道：「長峰兄，你平日裏待人接物，都是如此麼？當年我與你同在漢王身邊，你可不是這副模樣。你當年，可是漢軍內有名的儒將啊。現在看你，身上儒雅之氣少了，王霸之氣倒是多了很多。」

江文瑨失笑道：「王霸之氣？那不是罵我是王八麼！」搖頭一嘆，向張瑞道：「當年漢王命為我長崎總督，我還有些不解。依我的志向，是要為漢王出謀劃策，成為他的身邊臂助。卻不料漢王將我差來此地，與這些倭人相處。唉，初來之時，當真是不習慣之極。這些倭人，表面上看來彬彬有禮，甚至是謙卑之極。實際上，一個個都是鬼域伎倆，奸狡之極，恭謹的面具背後，是骨子裏的自傲。他們的驕傲又被咱們打擊了，引發了自卑心理。矛盾之下，行為千奇百怪，無所不有。我初來之時，若不是左良玉左將軍很幫了我幾次，漢軍逮捕斬殺過幾次鬧事的長崎百姓，大力彈壓之下，局勢才稍有安定。」

說罷，長吁一口大氣，讓張瑞等人進入中國式建築的總督府內，踩著青磚地面，江文瑨大步在前，靴聲橐橐而響。

張瑞與王煊都是對他熟悉極了的人，此時一看，竟覺得有些陌生。王煊嘆服道：「漢王用人，當真是令人佩服之極。長峰當年雖然頗有智謀，但是為人太過疲軟，沒有決斷。此時看來，在這長

崎這幾年，竟是大變模樣了。怪道大人命他爲征日之戰的主帥，我算是服氣了。」

張瑞待他說完，方笑道：「長峰兄這邊的情形，我曾聽漢王說過幾次。漢王言下，對他這幾年在長崎的所爲，很是滿意。」

又低聲向那王煊道：「估計此番倭國戰事一畢，長峰兄被致大用。到時候領兵北伐，也未可知。」

江文瑨在前大步而行，聽到兩人在身後嘀嘀咕咕，回頭笑罵道：「兩個人急著喝酒，現在又落在後面說私話。怎麼，有什麼見不得人的事不能在人前說不成？」

張瑞與王煊相視一笑，一起隨他由儀門而入，穿後院角門，直入江文瑨所居住的抱廈之內。

江文瑨吩咐道：「來人，備些好酒好菜端上來！」又向張瑞問道：「你帶來的那些校尉衛尉們，都邀進來同飲，如何？」

張瑞擺手道：「一時的玩笑話，你卻當真不成。漢軍戰時禁酒，在你這裏飲上幾杯，回去還得見馮錫範那張臭臉。就是你，雖然現下是總督，不是武將，漢軍軍律管不到你，但你身爲統兵大帥，也不方便飲酒。」

江文瑨失笑道：「我當你張瑞還如同當年，仗著漢王寵你，什麼都來得呢！如此，咱們就只吃不喝便是。」

張瑞一笑，向窗外令道：「你們都去偏廳吃飯。一會兒我與江總督商議完了，自會出來吩咐你們。」

那些衛尉校尉們應了，自去偏廳用餐不提。

張瑞等人待廚房特製的精緻小菜送將上來，這才各自提著筷子吃將起來。三人一時都不說話，江文瑨與王煊書生出身，最講究的便是食不語。於是只聞得杯盤響動之聲不絕，一直待三人吃畢，江文瑨叫人送進茶水毛巾，三人洗漱完了，落座吃茶。

張瑞憋了半天，見江文瑨仍是慢條斯理，捧著青花瓷蓋碗慢慢啜飲，對戰事及漢軍調動的情形卻是不管不問。便急道：「長峰兄，這一仗該怎麼打，你倒是說個辦法出來！這麼悶頭葫蘆似的，這賣的是什麼藥哪！」

王煊見他著急，噗嗤一笑，向他道：「他向來如此，當年漢王向他問策，也是憋了一肚皮的氣。我和載文一直私下裏說，這個人被貶到倭國這化外之地，未嘗不是漢王著實厭了他。」

幾人說笑一陣，江文瑨方正色道：「漢軍只派三萬多漢軍過來，也不知是太過信任我的指揮決斷，還是太相信咱們漢軍的戰力。兩位，這長崎城外幾十里地，有整整十萬的倭軍。這幾日前面探馬回報，大股的倭軍不住開來。據我的估算，倭人若是全力動員，最少能在這九州動員三四十萬的大軍。漢軍縱強，惜乎人數太少。」

張瑞嗤道：「就那些身著竹甲、頭插小旗的倭人武士？就憑咱們漢軍的改良火槍，火炮，他們能近得了身麼？再說，他們能有多少勇猛敢戰的武士，我看這幾十萬倭軍，多半是新入伍沒幾年的

農夫，咱們怕他何來？」

王煊亦點頭道：「契力何必將軍在本陣右翼，據他昨日的戰報來說，漢軍萬騎與倭軍曾有小小接仗。幾百名的倭軍小股軍隊，被咱們萬騎幾十人騎馬掩射，一路追將過去。他們的竹甲又輕又薄，全無用處。萬騎射手原本就是使的強弓大箭，一箭箭射將過去，那些倭軍立時如同刺蝟一般。三百多人的倭軍，跑回去的沒有幾個。契力將軍言道：這樣的窩囊軍隊，連當日的明軍都遠遠不及。在南京城外，飛騎並萬騎可是擊敗了十幾萬明軍，直追殺了幾十里路，當真是殺得屍山血海，明軍竟無還手之力。」

見張瑞面露得色，顯是對當日大戰記憶猶新。此時被王煊口說指劃，誇將出來，張瑞只覺得臉有榮光，當真是得意之極。

還不待張瑞說嘴自誇，那江文瑨將手中茶碗往桌上一頓，使力過大，竟致茶水四濺。

張瑞與王煊嚇了一跳，不知道他發的什麼瘋。卻聽江文瑨怒道：

「兩位，豈不聞驕兵必敗？明軍裝備略強於倭軍，軍紀士氣卻是遠遠不如！張瑞與契力將軍當日打了明軍一個措手不及，明軍將領又是膿包之極，臨陣全無決斷，以致一敗而致慘敗，全師覆滅。這倭軍到底是在家門口與咱們打，士氣甚高。倭人新入伍不久的新兵戰力自然不強，可是那些手持倭刀的倭國武士卻是以武爲生，平日除了習武操刀別無他事，又好勇鬥狠，心狠手辣。打起來，可比明軍難纏得多！幾位對倭國瞭解不多，不要憑一時的小勝小瞧了敵人，不然偶有小失，就是全局潰敗。咱們身死事小，辜負了漢王所托，那是百死莫贖！」

他雖然聲色俱厲，說得卻甚是有理。張瑞與王煊都是漢軍中一等的將才，如何不知其中厲害。是以連忙起身，向江文瑨拱手道：「末將失言，請將軍責罰。」

漢軍軍紀甚嚴，江文瑨不端主帥架子，張瑞與王煊自然可以與他說笑不忌。適才江文瑨顯是以征日漢軍主帥的身分來訓斥他們，這兩人不敢怠慢，急忙起身，垂手待立，等著江文瑨發話。

江文瑨雖是餘怒未息，卻也知道不好太過令兩人難堪，故勉強笑道：「你們都是漢軍大將，若也存了輕敵的心思，底下的衛尉、校尉、都尉們該當如何？普通的士兵們又是如何？上有好，下必從焉，兩位可慎之。」

張瑞與王煊恭敬敬答了一聲，以示遵令。江文瑨這才笑道：「兩位快坐下，咱們自己人，我不過是因熟悉此地情形，漢王方命我做主罷了。我可不敢拿大，將來回了國內，那日子可就難過了。」

「咱們漢軍就是如此，漢王定的軍紀，大家還能有什麼話說。倭國之戰到底該當如何，請你示下，咱們一定遵命，不敢有所違拗。」

張瑞見江文瑨一臉釋然，又笑道：「至於這一戰打完，咱們之間如何料理，卻再看罷了。」

第七章　決戰長崎

正亂間，漢軍飛騎已然突入，飛馳的重騎如同利刃一般，輕鬆將敵軍陣線剖開。漢軍也先不斬殺，除了擋住前路的一刀斬去，那些在身邊驚慌大叫的卻是全不理會。只是一直前衝，待將敵人陣線完全衝亂，所有的敵兵四散奔逃，方才三五成群，不住地追擊斬殺。

江文瑨不再理會他說笑之辭，命人托出木圖來，向張王二人道：

「這長崎附近都是平原，在此地與咱們決戰，德川秀忠當真是天大的蠢才。不知道德川家康一世英明，卻如何生了這麼蠢的兒子！兩位請看，倭軍在初時就在長崎城下圍城，你們登岸之後，他們戰線後移，只是簡單的立寨安營罷了。防線單薄無力之極，特別是他們的左翼防線，經過幾次佯攻，已發現當真是脆弱之極。多半是那些農夫爲軍，雖然有些火槍，戰力卻仍是低弱之極。」

王煊看了片刻木圖，便知敵方佈防兵力虛實如何。便向江文瑨笑道：「倭人竟無人乎？強兵布列於後，弱兵於前，這樣前方一亂，後面的強兵都被衝亂，無法列陣而戰，其蠢如此，天亡倭國。」

又問道：「德川秀忠的本陣想必是在那小山坡下？當年他在這裏被漢王擊敗，想必是要在此地尋回場子，方能一洗前恥。」

張瑞冷笑道：「一雪前恥？我只怕他這次沒有命東山再起了！長峰兄，待戰事一起，咱們飛騎重騎立時突向德川本陣，他必然抵擋不住，只要他的本陣一退，戰事就算完了。」

江文瑨搖頭道：「這麼打法，就算突進本陣，也是死傷太大。德川本陣附近全是幕府精兵，戰力甚強。雖然他們沒有什麼騎兵與你對陣，但是倭人武士精於技擊肉搏，非當日明兵可比。」

站起身來，向著木圖上指點道：「德川秀忠以為咱們必定是等他來攻，是以調兵佈陣都是準備全師齊集的態勢。他的左翼多半是那些不服從他的家老重臣們的所在，德川將這些弱兵交給他們帶，未必是安的好心。蠢材，難道咱們漢軍隨著他的算盤來轉？我已定策，明日一早漢軍便全師而攻，漢軍本陣掩護炮兵與他的本陣接戰，萬騎與飛騎全力攻他左翼，他的左翼一崩，本陣也必然慌亂，飛騎與萬騎再配合漢軍主力，從後包抄！」

兩人聽到此處，知道這已是正式的命令，站起身來，大聲應道：「是，末將遵令！」

江文瑨笑道：「王煊，你跟著他喊些什麼。你今晚不必走了，與我同宿，咱們再商議一下調動細節。張瑞，一會兒你去契力將軍大營，與他好生說說，切切不可輕敵。再有，明日活捉或是斬殺

德川，一戰斬卻敵首，倭國現下內部甚是不穩。中下層的武士唯德川之命是從，那些家老重臣縱是逃脫了性命，德川被俘或是身死，幕府必然大亂，他們也決然收拾不了人心。」

長崎城內漢軍計較已定，已決意來日主動出兵，以三萬人直撲十幾萬人的幕府主力。而城外的德川秀忠卻也是躊躇滿志，立於軍營外的高崗之上，看著川流不息聽調而來的足輕步兵、太刀武士，還有弓手、火槍手，雖然費盡氣力也組不起一支騎兵來，眼前的情形當不起兵強馬壯這四字，卻也是讓德川秀忠看得心懷大暢。他隱忍不發，臥薪嚐膽這麼幾年，就是要養起一支強兵，驅趕盤踞在倭國的漢人毒瘤，現下一切辛苦都擺在眼前，有著這樣一支大軍，習慣了幾千人打仗就是「會戰」的前幕府將軍當真是得意之極。

殘陽如血，刀槍如林。撫摸著就擺放在本陣的一門門歐式火炮，青銅的炮身散發著適才炮擊長崎城的餘溫，德川秀忠只覺手中一陣溫暖，心中也是慰貼之極。雖然他的火炮威力和射程遠遠不及漢軍，適才的炮擊只是引得長崎漢軍還擊，炸死成片的倭國炮兵，又有幾門火炮毀在長崎城防大炮的炮口之下。德川心中卻仍是得意得很。當年長崎之戰時，漢軍火炮的威力給他心中留下的陰影實在太過濃厚，無論如何，現下他也有了大炮。雖然與長崎城內的漢軍火炮對轟起來很是吃虧，卻是可以遏制漢軍步兵的進攻，使他們的火槍兵不能在火炮的掩護下肆無忌憚的攻擊，只要漢軍的火器威力稍被遏制，德川秀忠有信心以絕對的兵力優勢擊敗劣勢敵軍。

看著遠處若隱若現的長崎城牆，雖然面臨著炮陣隨時被炮擊的威脅，德川秀忠卻是笑顏逐開，心道：「你們再得意幾天吧。以爲憑著幾百門大炮和幾萬軍隊就能嚇得我們再次屈膝投降？呸！那是那些膽小鬼，不是我德川秀忠。等我的大軍聚齊，我就下令全軍出擊，幾十萬的大軍一起攻擊，就是不用武器，憑拳頭也能將你們全數消滅了！」

回到本陣中最豪華的大帳之中，叫了幾個心腹家臣前來飲宴一番。聽得他們不斷地吹捧奉承，德川秀忠心中得意之極。酒酣之際，隱隱然竟覺得父親的餘威在不斷消散，戰無不勝，威權赫赫的德川家康的威名必定不會被自己糟蹋。而此戰之後，戰神秀忠的威名必定能超過父親，倭國史上自己也必定會被重重的寫上一筆。

帶著如斯的夢想，德川秀忠入得內帳，酣然入睡。嘴角上仍是帶有微笑，彷彿在夢中擊敗了漢軍，已重新完成了重振倭國的大業。

因喝了酒，德川秀忠睡得很甜，正夢到在江戶的幕府將軍府內與眾臣暢飲之際，卻聽到耳中傳來轟隆隆的鼓聲，德川在夢中奇道：「怪了，誰敢在將軍府內擊喜鼓？」

心中煩燥，便令人去止了鼓聲，眼見屬下的雜役武士們亂紛紛四散而去，卻只聽得那鼓聲越來越大，越來越響。

德川心中越來越是惶恐，只覺此事頗是怪異，心中害怕，卻不知道如何是好，只是大喊道：「別吵了，別吵了！」

猛然驚醒，卻聽到耳邊確是有轟隆隆的大響，驚得滿頭是汗，卻見帳內的侍衛武士們一個個神

色慌張，向著他大喊道：「大御所閣下，快些起來，城內的漢軍向我們進攻了！」

德川秀忠雖是心慌，到底是將門虎子。當初在關原會戰時，他以中納言的身分領東軍中德川家的四萬大軍，德川家康自領豐臣舊部。其意是萬一戰死，甚或失利，折損的亦只是豐臣舊部，而德川家的實力仍可不損。德川老狐狸曾向人言道：「我死亦無妨，中納言自然可以繼承我的事業。」

待戰事一起，秀忠以四萬大軍圍攻一千二百人守護的小城，居然打了十天才能攻下，損兵折將，灰頭土臉，自此役後，遂失其父信任。此人雖是無能，到底也是見識過其父手段，又曾親歷過二十多萬人的關原大會戰，是以現下的這些侍衛們聞得雷鳴般的火炮聲，一個個均是心慌不已。那秀忠卻慢慢鎮靜下來，沉著臉向他們喝道：「慌什麼！派人去查看了沒有？是敵軍進攻，還是只開炮騷擾？」

幾個近侍官被他一通訓斥之後，甚覺丟臉，一個個紅頭漲臉的跑將出去，也不顧頭頂上漢軍炮彈不住飛來，親往前線哨探去也。

德川秀忠披衣出得大帳，向外張望。只見不遠處的長崎城及周邊四處不斷發出火炮射擊的轟鳴，一道道火光劃破長空，那炮彈在半空中發出的尖嘯聲越來越大，直到在己方陣地上空猛然爆炸。

漢軍此次發射的多半是開花彈，以引信在炮彈之外，在發炮的同時，點燃炮彈上的引信後發射出去。或是在半空便炸開，或是落入日軍陣地中滾動後爆炸。炮彈內灌入的正是以硝化甘油凝固後的新式彈藥，每一顆的威力都足足比日軍炮彈大出十幾二十倍。

聽著己方士兵不時發出被炮彈彈片擊中後的慘嚎聲，德川秀忠亦不禁在臉上露出一絲苦笑。不顧身邊侍從的勸說，他仍然披著衣服觀察著前方動向。聽得漢軍炮擊聲越大越大，發射的速度亦是越來越快。而且在大口徑火炮的轟鳴聲中，他隱約聽到有些是小型火炮的射擊聲，相比於長崎那邊的炮擊聲，這些小型火炮仿似離得很近，已經與日軍大陣相隔不遠了。

心中已是隱隱覺得漢軍此次炮擊必是攻擊前的準備，那些野戰小炮必定是漢軍推到前方，以用來掩護步兵攻擊之用。但現下還沒有確切的戰報，德川秀忠心中只是在想：「難道他們敢進攻？這可當真是笑話！」

見周圍不住落下炮彈，甚至一顆炮彈便在秀忠身邊百餘米處爆炸，有幾塊彈片甚至擊中了他身後的大帳。秀忠身邊的所有侍衛官及武士們都是大急，當下顧不上被他斥罵，又勸又拉的讓秀忠換了衣袍，穿上盔甲，騎馬向後陣退卻。德川秀忠此時亦知此地危險，漢軍炮彈威力過大，若是此時中了一塊小小的彈片，那可真是死得太過冤枉了。騎在馬上，卻忍不住怒罵道：

「那些紅毛人不知道賣了什麼次品貨給我們，十顆炮彈也不抵人家一顆！」

他這話已向負責與他交易的西班牙人抱怨過多次，甚至威脅不付餘款給對方。但西班牙人也著實納悶，不知道漢軍的火炮為什麼如斯之強。直到有幾顆漢軍自長崎城內射出的開花彈沒有爆炸，被如獲至寶的西班牙人拔掉引信，倒出裏面的火藥，方稍微看出些端倪。德川秀忠卻不相信那些紅

毛蠻人的鬼話，火藥不同？明知道火藥不同，卻又不能仿製，這擺明了就是拿不會造炮的倭國當冤大頭，用次品貨來矇騙於他。

鬱悶之極的德川秀忠一退再退，直到漢軍火炮射程已是無法延伸至此，方開始勒住戰馬，等待著前方戰報。

此時正是黎明之前，一天中最冷最黑的時候。德川秀忠自熱呼呼地被窩倉皇而出，此時張目四顧，除了一道道火炮發射時的火光，四周都是漆黑一片，再加上初春時凌晨時分的寒意，此中滋味，當真是難熬之極。

還不待那些近臣們從前方返回，前線駐防的軍團大將早就四處尋訪他的下落。那些前來報信的武士們一個個灰頭土臉，衣衫不整。只向德川秀忠稟報道：「敵軍進攻，我軍前線已然紛紛潰敗，請大御所調兵前援！」

強忍著心中惶恐，向身邊的各親信家臣令道：「到前方去傳令，各大將都不准退卻，拚死抵敵！」

眼見各家臣們紛紛騎馬而去，至前方傳令。德川秀忠只覺身上涼意難擋，禁不住輕輕顫抖起來。

有家臣見他顫抖，忙解下身上衣袍，爲他披上，又忍不住問道：「大御所，前方吃緊，爲什麼不調兵至前方增援呢？」

秀忠木然道：「此時增援，並不能有益於前方態勢。天，太黑啦！敵人主動，一意前行就是。我方調動指揮，卻太多不便。他們是有備而來，我軍大部分士兵是在酣睡中被驚醒，正在慌亂之際。前方已被打了一個措手不及，若是倉促間將後方援兵調去，只是亂了自己的陣腳，於事無補。」

他獰笑一聲，向諸家臣道：「現在就讓他們得意一下好了！等到了天亮，我軍人數的優勢就會體現出來，到時候我們一個反擊，讓他們全軍覆滅於此！」

德川秀忠的一切分析都是正確之極，黑暗中增兵前線，與日軍確實全無用處。前陣陣腳已亂，漢軍火器犀利，攻擊迅猛，此時增兵，也只是讓漢軍一舉擊潰，全無用處。若是漢軍全線進攻，日軍就是抵敵不住，也可以用耗時間的辦法來等待天亮，到時候藉由火炮調整射線，支援前方的陣線，然後借助人數優勢，大舉反擊。這樣的打法，對於擁有十幾里戰略縱深的日軍來說，自然是穩妥保險之極了。

見前方壓力倒也並不甚大，德川秀忠放下心來。派出身邊的近衛家臣四處巡視打氣，又令人在四周打起火把，將這一小片地方照得雪亮，以便來往通信的令兵能迅速找到他的方位。佈置妥當之後，他跳下馬來，命人在地上搭起馬紮，盤腿坐將上去，閉目養神。只等天明後看清戰場情勢，再做相應的部署。

就在德川秀忠氣定神閒，只等著天亮反攻之時，對面的漢軍重騎卻已做好了一應準備。只待江

文瑨下達命令，由飛騎及萬騎組成的一萬四千騎兵部署在幕府軍中最脆弱的、大半由徵召農夫組成的左翼陣線之前。

「契力，打浙江時，讓你先進了杭州，此番我定要讓飛騎兒郎勇猛直前，一會兒包抄到德川本部，看我一刀砍下他腦袋來給你瞧瞧！」

張瑞與契力何必並騎於敵軍陣前，天色黝黑一片，並不能看清對面敵人動靜如何。漢軍火炮一直在轟擊敵軍正面陣線，五六里外不住閃起紅光，又有敵人的慘叫聲隱約傳來。張瑞與契力等人側耳細聽，聽到兩三里外敵軍營地裏傳來一陣陣嘈雜的叫喊聲，似乎是各級小軍官正在整束部隊。

契力高山人出身，打獵時經常伏地聽取獵物動靜，此時正伏在地上細聽。聽了張瑞說嘴，卻先不理會，又聽了片刻，方才爬起身來。將身上的塵土拍去，向張瑞咧著嘴笑道：「一會兒再看，在咱們部落裏，說了話做不到，那可是丟臉之極！」

翻身上馬，向身邊傳令兵道：「全軍小步向前。」

張瑞因問道：「動靜如何？」

「亂糟糟的，成百上千人跑來跑去，什麼鳥兵。咱們去殺他娘的！」

張瑞一笑，亦揮手下令，命飛騎列於萬騎之前，令戰馬小步向前。這騎兵衝鋒便是如此，先令戰馬小步前進，待到兩里左右，則用大步快跑，至兩三百米之時，便令戰馬全速衝刺。飛騎都是身著重甲，手縛鐵盾，以這般的重量，若是此時便衝將起來，跑到敵軍陣地之時，戰馬早就累得不行，哪裡還能負載騎士作戰。

一萬多騎士開始動將起來，此時動靜已是不小，營內原本已該聽到，只是那些倭人正在亂哄哄的集結調動，自己便已吵鬧不休，哪裡還能聽到營外的動靜。直到飛騎與萬騎衝到一里開外，紛沓的馬蹄聲如雷般響起，在營內正自皺眉的本多忠政與神原康勝等人已然聽得清楚。各人都是臉色大變，驚道：「敵騎！」

他們原本以爲漢軍只是趁夜攻打本陣，正在集結屬下，準備往中央靠近，以做支援，卻不料敵人騎兵突然襲來，一時間，這些人竟慌了手腳。

倭國自關原戰後，已是偃武修文，不事兵革。長崎一戰，又是大敗虧輸，哪有什麼經驗可得。這些家老大臣們比之當年的戰國時期的父輩，已是差得老遠。

幾個大老一亂，屬下的大將和侍大將們都是沒了主意。德川秀忠撥給他們的多半是這幾年剛入伍的農夫，與那些世代習武的武士無法相比。他們的訓練又不能與張偉在臺灣時以現代軍制訓練出來的漢軍相比。倭國人又性喜結陣，什麼魚鱗、鶴翼、鋒矢等等，雖然是從中國掏去的落伍玩意，他們自己打仗時卻是樂在其中。這些農夫身體技戰練得不成，陣法倒是練了不少。

「對付騎兵，命令他們快結鶴翼！」

幾名重臣一聲令下，營中的大將們立時亂將起來。原本日軍作戰，是以小旗指揮，此時正處暗夜，營中雖然點了火把，卻仍然是晦暗之極。那些士兵哪裡能看到？正亂間，卻已聽到對面的馬蹄

聲越來的響將起來。這些家老們雖然沒有打過大仗，卻也知道這是騎兵行將衝鋒，看了一眼自己營門前全無遮擋，而士兵們仍然混亂不堪，各人的臉上都是冒出汗來。

神原康勝原本指揮過騎兵，此時倒是義不容辭，便吼道：「前排的快把長槍豎起來！」說罷打馬向前，親自到槍兵身後指揮。這些由農夫組成的足輕士兵們聽到命令，就立時把手中的長槍向上豎起，心中惴慄不已，只盼著敵人的大刀可莫要向自己身上砍來。

待黑暗中傳來對面戰馬的鼻息聲，神原康勝知道立時就要接觸，忙大喊道：「穩住，不要怕！」

話音甫落，卻隱約看到天空中不住飛來密密麻麻的小黑點，神康等諸將心中詫異，心道：「敵人扔的這是什麼？磚頭麼？」

正在納悶，卻見那些小黑點已有不少於空中爆炸，發出一團團如放煙火時的火光。彈片四濺，已有不少足輕受傷，發出慘叫。待那些小黑點紛紛落地，排在前面的足輕們已是承受不住這樣的炸擊，無數個火花亮起，每亮一次，便是一聲大響，之後便是或多或少的足輕們負傷倒地。

神原康勝滿頭滿臉的熱汗，心中當真是害怕之極，心中只是想道：「這難道是妖術麼？也沒有聽到他們開炮，就把這些炮彈打過來了！」

也不待他多想，猛然間同時有五六顆手榴彈同時落在他身邊，巨大的爆炸力和衝擊力將他連人帶馬炸向半空。待他落下之時，渾身已被炸得稀爛，那戰馬肚子被炸開，流了滿地的內臟，一時卻也沒死，只躺在地上吙吙的慘叫。

原本還勉強可以列陣抵抗的足輕們被這一撥手榴彈一炸，立時軍心渙散，潰不成軍。大炮轟擊他們見多了，如此這般在頭頂上飛過來的的小黑點卻是頭一次見到，一顆顆手榴彈在陣中爆炸，親眼見得那些戰友被炸死炸傷，那些未受傷的心膽欲裂。他們都是第一次上戰場的新丁，甫一臨陣就遇到這樣慘烈的戰事，還能勉強站立，而不是撒丫子跑路，已經是難得之極。

正亂間，漢軍飛騎已然突入，飛馳的重騎如同利刃一般，輕鬆將敵軍陣線剖開。漢軍也先不斬殺，除了擋住前路的一刀斬去，那些在身邊驚慌大叫的卻是全不理會。只是一直前衝，待將敵人陣線完全衝亂，所有的敵兵四散奔逃，方才三五成群，不住地追擊斬殺。

待殺到天色微明，這一片戰場上橫七豎八盡是倭人屍首。四千飛騎在敵陣中突來衝去，不住斬殺。虧得那些倭人倒也悍勇，雖然是全無陣形，被衝得各自爲戰。面對身披重甲的飛騎卻仍是敢於抵擋，不比當日明軍，潰敗之後全無抗力，便是刀子砍去，也只是閉目待死罷了。

見飛騎略有吃緊，萬騎卻也沒有旁觀。黑暗中看不真切，不能射箭，萬騎騎兵身著輕甲，跟隨於飛騎身後，手持與飛騎一般的佩刀，大砍大殺。三萬餘倭軍左翼陣線的所有士兵已被他們絞殺的乾淨，僥倖未死的千多人早就護著本多忠正等人遠遠逃去。

漢軍卻也並不追趕，因見天色微明。德川本陣那邊的炮聲已是漸歇。張瑞與契力何必知道那是漢軍槍兵正在向前調動，炮兵的野戰火炮亦開始前移陣地。趁著這點時間，立時命所有的騎士下

馬，或是休息進食，飲些淨水；又或是包紮傷口，點檢損失。

張瑞與契力何必等人於一處歇息，幾人都是悍將，手下衝殺時並不在後押陣，而是隨著大軍一起衝殺。雖然身邊都有親兵護衛，但混亂中，張瑞卻亦是被一倭人武士劃中一刀，胳膊上流血不止。所幸刀口不深，只命醫官包紮一下，便不再理會。倒是見契力等人都是滿頭滿臉的黑灰血污，便向他們笑道：「你們往常跟在我們屁股後面射箭，今日亦上陣搏殺，嘖嘖，可真是狼狽。」

契力何必與黑齒常之相視一笑，同時向他嗤笑道：「休要說咱們，看看你自己再來說嘴。」

黑齒常之站起身來，豎起胳膊向張瑞道：「別說你習過武，咱們族人哪一個不是成日打獵，練出來的好身手？不說射箭，就是比力氣格鬥，又比你的飛騎差了不成？」

張瑞一笑，回道：「這不是力氣的事。飛騎都是專門練的衝刺合擊的馬上格鬥戰術，不是有股子蠻力就成！」

見他們仍不服氣，張瑞卻也不再辯說，只是解下頭盔、胸甲，睡臥於地休憩。一會兒還要去衝擊德川本陣，那可比打這些軟腳足輕費力的多。

約莫過了小半個時辰，卻聽到德川秀忠陣中傳來一陣炮響。張瑞等人霍然起身，同時向那邊張望，不過片刻工夫，長崎城上下已又是炮聲大作，一顆顆炮彈飛向德川的陣中。不過幾個來回，德川秀忠陣中已是全無聲息，只有漢軍的三十六磅重炮不住發出巨響，仍然在不停轟擊。

張瑞搖頭嘖嘴，嘲笑道：「人家不過發了幾炮，以壯膽色。長峰兄也真是欺人太甚，咱們全靠大炮，將來也不光彩哪。」

話雖如此，卻又臥倒於地，看著那一道道火光，耳中聽著那一聲聲巨響，卻覺得賞心悅目之極。想到那倭軍陣中血肉橫飛的慘狀，各人都是嘴角帶笑。

待聽到右面戰場上又傳來漢軍野戰火炮的轟擊，還有三衛火槍兵進擊時的軍號，眾人都立時起身，重新束上甲胄，戴好頭盔。張瑞與契力何必一同上馬，向著各自屬下的軍官們令道：「提起精神來，一會有一場好殺，不要給我丟臉！」

兩人吩咐完畢，領著屬下立時向德川本陣方向奔去。不過兩刻工夫，飛騎與萬騎大隊已然進擊至倭軍本陣左側，一路上有些倭人零星殘卒，步卒立時被飛騎斬殺。若有騎馬而逃的武士大將，萬騎射手發上幾箭，亦是翻身落馬，身死當場。

張瑞與契力何必帶著一眾親衛，先行在前，待縱騎奔到戰場。只見漢軍三衛的火槍兵已經以三百人為一斜陣，一千五百人為一縱隊，兩萬漢軍槍兵持槍而行，如林的刺刀在初升的太陽照射之下，映射出刺眼的寒光。對面的倭軍大陣雖然近十二萬人，但在無休止的炮擊下早已軍心不穩，眼見漢軍雖然人少，卻是步隊整齊，又均是身著黑色軍服，雖然只是兩萬餘人，威勢卻是遠在這些已然膽怯的倭軍之上。

那德川本陣中有不少人經歷過當日的長崎之戰，便是被漢軍以這種陣形打得落花流水，與當日所不同者，就是當日漢軍守，他們攻，此番卻是漢軍攻，他們守。此時戰場上的日軍人數近十五萬

人，比之當日多上許多。雖然頭頂炮彈仍是不斷落下，士兵們不住慘叫，隊形亦是無法保持，因躲避炮彈而混亂不堪。德川秀忠看一眼戰場上己方一眼看不到邊的陣線，心中卻是稍定。無論如何，因自己有了大炮，屬下又有不少武士經過長崎一戰，對大炮的恐懼卻是比當日小了許多。

他心中冷笑，心道：「你們的火炮再厲害，能將我這十幾萬人都炸死麼？終究還是要靠步兵來打！火槍兵雖然犀利，我此番卻亦有近三萬的火繩槍兵，位於陣前，到時候與你們對射，再加上兩萬弓箭手，打起來，看是誰灰頭土臉的敗退回去！」

眼看對面的黑衣漢軍越發走近，德川秀忠見左側仍是空蕩蕩一片，心中煩燥，向身邊的近侍官命道：「早教人去傳令給本多忠政他們，怎麼到現在也沒有整隊過來？」

見那人唯唯諾諾，不能答話，德川知他亦不知道就裡，只得揮手令他退下。心中只是納悶，暗想：「難道老井伊給他們撐腰，他們竟然不顧這邊生死大戰，拔軍先退了麼？」

猛一搖頭，知道這些人雖然反對自己與臺灣漢軍開戰，卻也不至於不顧這麼多幕府軍人的死活。若敢如此，不但是身敗名裂，整個家族亦不能留存於世了。只是他們駐營之地稍遠，夜來一時炮擊，聽不到那邊動靜，派去的傳令又是無人回來。那邊亦是無人送信過來，實在叫他懸心。

那本多忠政早就溜得老遠，敗兵們也是拚命往後方逃竄，哪有人能往右面主陣報信？原本兩邊離得亦是不遠，若是白天或是靜謐之時，有甚動靜便可聲息相聞，立時援助對方。待漢軍幾百門大炮一直轟擊不止，震得人耳朵都嗡嗡作響，哪裡能聽到廝殺之聲？是以德川秀忠此時對神原康勝身死、本多忠政敗逃一事，竟是全然不知。

見漢軍陣線已快推進至己方火槍兵射程之內，德川立時下令，命火槍兵與弓箭手準備，待對方再行前進，便可以準備迎敵。

那些倭人槍兵接到命令，雖漢軍尚遠在射程之外，卻也忙不迭開始準備。在槍口內灌入火藥，用鐵通條疏通完畢，點燃火棉，放於地上，準備一會兒點燃火繩之用。日軍火槍兵以六段擊列陣，前陣趴、蹲、跪，後面的持槍準備，待前面的三人發射完畢，後面的再補上射擊。如此這般，可以保證最密集的發射，乃是西班牙人教授給日軍的最新式火槍發射法，比之倭人自己發明的三段擊，又先進很多。每個槍兵又在發射完畢之後，便將火槍遞給身邊的戰友，讓他們裝藥通膛，待一切備妥之後，再將火槍隨意交回空手等待的槍手。

依照這些辦法訓練出來的火繩槍兵，便是此番德川自當日慘敗之後，努力購置火炮之外的又一個殺手鐧。照他看來，當日漢軍的燧發槍雖然厲害，卻也只是比火繩槍點火發射快了一些，別無長處。價錢和工藝卻比火繩槍又貴又麻煩。便是發明燧發槍的歐洲，此時也沒有幾個國家大量裝備。只要方法得當，多加訓練，三萬火繩槍兵又能比那些漢軍火槍兵差了不成？

聽著對面不住傳來通槍膛的「卡嗒止嗒」聲，江文瑨臉上露出微笑。向站在身邊的王煊笑道：「咱們當年在這長崎狠揍了他們一頓，倒教他們學了個乖。你看，現下他們也用起火槍來了。看那模樣，陣勢，好像比咱們還要厲害許多。」

王煊也是一笑，卻提醒他道：「差不多了，可以命槍兵射擊，又可命張瑞和契力將軍他們準備了。」

江文璿略一點頭，令道：「命槍兵轉射擊陣形，開火！」

對面的日軍正等著漢軍繼續前行，進入射程之後便可開槍對射。雖然己方人數比之對方多出不少，卻因頭頂炮彈不斷，又是初臨戰陣，是以還是緊張之極。天雖不熱，不少日軍槍兵都是滿頭滿臉的大汗，擺著火槍的手亦是汗水淋漓，眼見對方越走越慢，陣線亦是由縱隊慢慢斜將過來，變成橫陣。各日軍槍手都是大急，又怕對方上來，又覺得這樣慢吞吞的實在壓力過大，不如現下就砰砰打將起來，也好過現下提心吊膽。

正焦躁間，見對方卻是停住腳步，又見自己後陣中也發射出稀疏的彈丸，偶有落入敵軍陣中，擊死擊傷敵軍。而敵軍卻是不管不顧，停下腳步，擺開陣勢，前隊槍兵已從腰間懸掛的腰包中掏出牛皮紙來，抖開後倒入槍管中，又倒入彈丸，也不用槍條通膛。便那麼舉將起來，向著自己這邊瞄準。

各日軍槍手正是看得有趣，各人心道：「離得這麼遠就舉槍瞄準，難道等著我們去衝他們的陣地？我可沒有這麼蠢，想來咱們的大御所大人也不會這麼蠢吧？」

正自亂想，卻見到對面幾千支槍管同時冒出白煙，又響起如同炒豆般的槍聲。各日軍火槍手更是大樂，心道，這麼遠就開槍，敵人真是蠢極，難道能打的中咱們不成？

排在陣前第一排的乃是來自江戶鄉下的農夫小泉純一郎，因住的離幕府稍近，他是最早一批入伍的日軍火槍手。因還有幾分小聰明，早早便學會了拆解槍枝，槍法也是極準，是以被任命做了一個步兵隊長，拿了幾石的薪俸，日子比當初在土裏刨食舒服許多。是以他用心竭力，在這戰事上很是經心。此時見對面漢軍已然開火，熟知火槍射程的小泉大笑，向著周圍的屬下扭頭笑道：

「這些明國人真是有趣，隔這麼遠就開始開槍，他們的彈藥不要錢麼。也不知道上次在長崎是怎麼打敗咱們的……」

話未說完，卻見離得最近的屬下胸前綻起一團血藥，那兵睜著死魚眼，與小泉一同研究自己胸前的傷情，良久，方向他道：「隊長，你不是說他們打不中我們麼？」

小泉亦是納悶之極，忙四處張望，卻已見不少日軍士兵中了槍擊，或是當場身死，或是重傷倒地。對面不但能夠擊中他們，而且對方的彈丸穿透力甚大，槍法又準，一槍過來，便是無數的日軍倒地。雖不明白如何，慌了手腳的小泉卻當先向對面開了一槍，有他帶頭，他那小隊的日軍亦是紛紛開火，整個戰線的日軍被他們帶將起來，乒乒乓乓地向著對面不住發射。一團團小火花在日軍陣地上綻放，濃密的白煙升起，一時間倒也頗有聲勢。

待到了濃煙散去，小泉等人張目向對面一看，卻見人家好端端的裝藥開槍，除了被炮彈擊中之外，再無一人倒地。

各兵自然是鬱悶之極，那德川秀忠卻是氣得兩眼發紅，直欲滴下血來。眼見自己花了血本裝備的槍兵不住被對方打兔子一樣屠殺，自己這邊開槍還擊，卻是連對方的毛也沒有打下一根來。心中怒極，當下立時命道：「命足輕步兵前移衝鋒，掩護槍兵和弓手向前！」

他一聲令下，這邊山崗上的旗手立時揮旗下令。那些指揮足輕的大將們接到命令，立刻吼叫著指揮屬下向前，又令槍兵們讓開道路，幾萬足輕與一萬餘幕府的精銳武士，再有德川的御家人一起，五萬大軍在前拚命前衝，向著對面的漢軍陣地衝了過去。

德川冷笑道：「上次和你們交戰，竟然衝不到你們身前，此時足輕們手持木皮盾護身，再加上後面有槍兵和弓手，卻看你們怎麼抵擋！」

幾萬名被德川秀忠強募入伍的農夫們，兩手舉著用牛皮蒙面的長木盾，腰間隨意懸掛著一把粗製濫造的倭刀，或是手持竹槍木棍，身披竹甲或木甲，在步兵隊長們的帶領下，一步步衝出本軍陣線，向著對面的漢軍陣地衝去。

倭國鐵礦資源委實太少，盔甲等鐵器的鍛造水準亦很落後。他們的倭刀鋒利，倒是因在唐朝時學習了唐刀的鍛造方法，再加上國內雖然一直戰亂，卻沒有中原王朝動輒因整個王朝覆滅而導致整個國家的崩亂毀壞。是以這麼些年下來，在原本學習的基礎上不斷改進，致有倭刀之利。至於其他，雖然倭國人製做的遊戲中把自己的盔甲吹得神乎其神，實則不但是足輕們沒有盔甲可穿，就是等閒的武士們也休想穿著一身鐵製盔甲。

德川家由普通的弱勢大名攀附信長，一步步壯大至今日，除了關原會戰時集結了本家旗本和豐臣舊部，加起來約十萬大軍與西軍合戰，待到今天的長崎之戰，乃又再一次以十幾萬大軍迎戰敵人。倭人在元和偃武之前，武士與中低等的自耕農區分不大，武士與農夫一樣，需在村落裏居住耕作。待戰國時戰爭規模越來越大，軍役亦是越來越沉重。一町以上者的有足眾需出軍役二人，每多一町，增加一人；無足眾依次減輕。

這些人名為武士，實為中上等的自耕農，閒時耕作，戰時出征。在這種體制下，土豪和中下層的農民隨著戰爭的拉長和規模擴大，負擔日益沉重，大規模的戰爭又造成田地荒蕪，民眾疲敝，士卒厭戰。到了戰國末期，更有全民動員的總動員體制：武田氏天正五年閏七月五日曾經發佈命令：「領內十五歲以上、六十歲以下的男子應在二十日內出陣。」織田氏在僅支配尾張一國時，尚是兵農一體，後來待有了六百萬石的石高之後，兵役範圍擴大，無需全境動員就能保持兵力優勢，於是兵農分離，命武士備禦於城下町的政策開始發軔。自此之後，織田氏方有了常備武力，待經過豐臣氏與天正十三年發佈的「刀狩令」，乃確定了武士與農夫的分離。

在這些政策的影響下，德川家的武士亦是日益職業化，而不是當年一有合戰，便在城頭吹號角，村中貼告示，那些有足具或無足具的農夫們手持竹槍木棍前來參戰的情形不復出現。德川家全盛之極，亦不過號稱六萬旗本罷了。

第八章 無敵漢軍

正在關注步兵推進的德川秀忠臉色蒼白，這一突如其來的猛烈打擊當真是令他如喪考妣。眼見敵兵步兵勢將抵受不住打擊，將這股漢軍包了餃子之後，他便打算趁著勢頭再一次強攻長崎。誰料突然從左翼殺出這麼一大股敵騎，如同砍瓜切菜般地將他的本陣衝垮。

德川秀忠爲了與漢軍決戰，完全違背了元和偃武之後的兵農分離政策，大量的農夫役農被徵召入伍，雖然尚不是發佈全民動員，在程度和規模上卻也是所差無幾。幾年下來，其幕府直轄統治下的各地已出現了農夫負擔過重，間歇有小規模的村民暴動事件。再有他強令屬下所有藩主大名於漢軍入境後實行全民徵召，領內十五至六十的男子全數徵召。其擾民亂政如此，全倭國上下對德川秀忠的不滿已是與日俱增。連帶之下，便是幕府本身，亦是威信大失。

此時擁有著強大武力，並自覺勝利在望的德川秀忠卻並不理會倭國民間私底下的暗流湧動。在他看來，只要今日大勝，祛除了漢軍對倭國的侵襲掠奪，重新恢復到閉關鎖國的狀態之後，再行改弦更張就是。

眼見持盾足輕們出陣，德川秀忠點頭發令，山頭上的持旗武士立刻揮旗發令，侍奉德川家多年的旗本武士和御家人緊隨足輕之後出陣，五六里長的戰線上盡是持盾拿槍，背插小旗的足輕，又或是手持鋒利倭刀，頭頂留著一撮毛髮的職業武士，因忌憚對面漢軍的火力強大，出陣之後，也不需要上級督促，這些足輕及武士們拚死向前，日軍的火槍手及弓箭手緊隨其後。那些軍團長與將軍們騎馬在陣中指揮，呈半月型的陣型向著漢軍衝擊包抄。

「契力，該咱們上場的時候了！」

張瑞與契力何必知道此時正是機會，倭人大軍壓上，留在本陣的雖然多是德川家的精銳旗本武士，比之飛騎與射術精絕的萬騎，力量卻是遠遠不足。此時一衝，他們必然前後顧此失彼。一戰而敗敵，此正其時。

兩人一聲令下，大隊騎兵開始起動，開始向著德川本陣突馳。

薄弱的防線瞬息被飛騎撕開，緊隨其後的萬騎散開陣形，並不隨飛騎前突，而是各自急速射箭，射殺著混亂中茫然無措的武士們。

一支支鐵製箭頭帶著弓弦震動時的顫響，準確的落在揮刀抵敵的武士身上。已經多年沒有見識過赤備騎兵突騎的日軍防線早就混亂不堪，再加上一萬多萬騎射手的打擊，四萬多人的步兵無論如何也承受不了如此的重擊。不過幾息之間，日軍的戰線已被撕裂，混亂，再也無法成建制的抵抗，面對著陣中左突又衝的重甲騎兵，再有著周邊那些射術精準的弓騎打擊，不管多悍勇的武士亦是心生絕望之感。

正在關注步兵推進的德川秀忠臉色蒼白，這一突如其來的猛烈打擊當真是令他如喪考妣。眼見敵兵步兵勢將抵受不住打擊，將這股漢軍包了餃子之後，他便打算趁著勢頭再一次強攻長崎。誰料突然從左翼殺出這麼一大股敵騎，如同砍瓜切菜般地將他的本陣衝垮。

有好幾次，張瑞親領的三百精騎差一點就衝到德川身邊，只是那些旗本武士拚命保護，甚至用身體來阻礙敵騎前進，方又將他們擋了回去。

飛騎身披重甲，高速衝擊時如同鬼魅，馬刀下斬時立時就是鮮血四濺。若是有被旗本們包圍的危險，幾十騎一股的飛騎迅即合攏，左衝右突，與大部一合，又將好不容易集結成堆的武士們衝散。

張瑞原是武術世家出身，自幼便好勇鬥狠，因勇力被張偉招募，此時帶領大軍，在敵陣中衝殺揮斬，雖然胳膊有傷，用力過猛時難免痛楚。卻只覺得殺得甚是痛快，只可惜那倭國將軍處防衛太過密集，那些武士又拚了命地抵擋，並不被飛騎衝破防線，是以無法近前。因派了身邊親兵，令道：「你帶幾個人，衝到周邊，向契力將軍說，讓他調一隊萬騎進來，我們護著，去射那倭人的大將軍。」

那親兵領命，帶了十幾人衝出陣外，旋即又領著幾百萬騎突入。張瑞一見大喜，立時帶了他們前突，直奔德川秀忠那邊而去。

「大御所，咱們後退一下吧！敵人的重甲難以砍透，加上馬力衝擊，我們很難擋住。」

眼見數百騎直奔自己這邊而來，德川秀忠自然知道對方用意。見屬下紛紛建言，勸他暫退。心中怒極，拔出配刀，大吼道：「上次退了，我忍受了幾年的屈辱。此次就是戰死在這裏，我也絕對不會後退一步！」

用刀在天空中虛劈一下，大聲命道：「去迎敵！所有的人都上前去迎戰，越退，就越是敵人追殺的對象。與其被人從背後砍死，不如含笑迎接那當頭的一刀！」

說罷，引領著幾千名護衛他的御家人拚死向前，決意與這些鐵甲騎兵決一死戰。護衛在他身邊的，全是德川氏的御家人。其中有負責警備江戶的大番武士、有負責將軍安全的內番、出巡儀衛的小姓番；再有便是將軍身邊專門負責爲他打仗征討的旗本武士。這五六千人的旗本都是德川家族的依附武士，最低的薪俸少說在兩百石以上，平日唯以習武弄棒爲業，以侍奉守衛德川家族爲己任，其武力和忠勇，都遠遠超過一般的幕府武士。

在德川秀忠的激勵下，本身又常有以死報答的覺悟。這些御家人武士紛紛拔刀前衝，雖然第一撥的抵抗立時便被張瑞率領的鐵騎踩碎，但畢竟是人數上大有優勢，再加上都是武力強橫的近衛武士。接戰不久，張瑞的幾百騎就再也無法深入，而是與這些武士們纏鬥起來。

劈開幾個一心想將自己斬落馬下的武士，張瑞見不是事，若是這樣纏鬥下去，飛騎的衝擊奔突的優勢無法發揮，在停頓的馬上與這些武士拚鬥，飛騎並不能占據上風。短短一刻工夫，已有幾十飛騎受傷落馬。忙向身後隨來的萬騎射手們命道：「快射箭，向那倭人大將軍射箭。」

萬騎射手們聽得他命令，立時原地停住，張弓搭箭，略一瞄準，便向著德川秀忠及其屬下射去。

眼見對方弓騎手趕來，德川秀忠身邊的近衛武士和持盾的小者，立時用身體和牛皮大盾將他團團護住。雖然有不少沒有防護的武士們被射得如同刺蝟一般，秀忠卻是毫髮無傷。

張瑞因壓力大減，又見斬殺敵將的希望渺茫，怒喝一聲，令道：「後退！」

正與敵人接觸的飛騎將士們得到命令，迅即勒馬而退，倭人都是步卒，無法追趕，也只得看著這隊形將被圍困的騎兵敗退而走。

忍住心裏的一股窩囊之氣，張瑞知道憑著眼前的兵力無法突破那些精銳武士的防禦，只得又帶著屬下在外陣四處突殺。好在憑著萬騎的射術和配合，飛騎又是重甲，倭人傷之可以，想殺死一個飛騎，卻得付出十餘人的代價方可。陣形又被亂，人數雖然占優，卻在飛騎的衝擊下無法聚集，只是在做消極的抵抗。

看著那些騎兵被屬下擊退，德川心中滿意之極。只是現在卻無法讚譽他們，他心中明白，若是外陣的抵抗停息，那些弓騎大隊上來，憑著自己屬下那薄弱的佩甲，是無法擋住敵人的進擊的。

現在戰局的關鍵，便是前陣的日軍迅速突破漢軍防線，包圍住那些火槍手。然後自己的弓手和槍兵回援，就可以將敵軍全殲。縱馬回到適才觀看戰鬥的高崗上，抬眼一看，只見前陣的大股日軍不顧火槍射擊，已經快與前陣的漢軍接觸，即將肉搏。

德川秀忠鐵青的臉上露出一絲笑容，此戰不易，但是在他的堅持之下，現下已是看到了勝利的曙光。

他看不到對面情形，不知道漢軍此戰的最高指揮官江文璿的臉上，亦是露出一抹微笑來。見敵軍大陣越突越近，江文璿斷然揮手，身後的幾百個圓筒同時被點燃引信，開始燃燒。

與王煊一同注視這些口徑是漢軍重炮十倍，只是用薄鐵皮打造而成的大圓鐵筒，江文璿忍不住笑道：「這次你們帶來這些新火器，當真是了不得。」

王煊撇嘴道：「那手榴彈早便研製出來，只是爲了確保炮彈夠用，一直沒有多造。江南戰事未停，漢王便說需造上一批，拿到江南試用一下。剛弄出來，就被帶到這邊來了。也好，讓這些倭人嘗個新鮮。」

邊說邊將耳朵掩住，向江文璿叫道：「長峰，快掩耳朵。這些鐵筒離咱們太近，需防把你耳朵震聾了。」

此時引信已燃到最後，只聽得哐哐哐一陣大響，兩百多個圓筒內的火藥被引燃，裏面放置的與鐵筒口徑相同的大型炸藥包被擊發出去，斜斜地飛出千多米遠，正落在躲在足輕身後的武士及弓

手槍兵陣中。那炸藥包上的引信在點燃鐵筒火藥引信時亦被點著，此時落在日軍陣中，只稍停了片刻，便一個個炸將起來。

此番爆炸卻是與大炮的炮彈不同，這些炸藥包內全都是硝化甘油凝固後的火藥，引爆之後，立時就是驚天動地的巨大爆炸聲。炸藥爆炸後的衝擊引起一股股氣浪，將大股的日軍和著泥土炸向半空，殘肢斷體和著血水在空中拋灑而下，良久方息。

已經習慣了漢軍炮彈從天而降的日軍，立刻被這突然的打擊所震驚，還不待他們回過神來，對面不遠的漢軍又紛紛向他們投擲手榴彈，衝得最近的足輕們受創最重，因爲隊形太過密集，又只顧著防備漢軍的槍擊，待手榴彈從天而降，由農夫組成的足輕們抵擋不住壓力，終於亂紛紛後退起來。

「命漢軍各部，立刻追擊！」

前部足輕一亂，亂紛紛向後退卻，後隊的武士們亦被衝亂。在頭腦清醒之後，發現剛剛的炸藥轟擊雖然聲勢驚人，殺傷的人員卻還不如一顆重磅炮彈。因炮彈除了爆炸時的衝力，還有炸裂的彈片擊死擊傷人員；而那炸藥包雖然威勢比炮彈大上許多，實際上除了被直接炸到，或是被衝力衝倒之外，就再無人員傷亡。鬆了口氣的各級大將們正在喝斥慌亂的屬下，卻發現前隊的農民們已被漢軍狂扔的手榴彈擊退，前隊變做後隊，拚命向後逃跑。

見到日軍陣形混亂，江文瑨哪能放過這樣的良機，立時便令漢軍全線前突，手榴彈和著彈雨，再加上一直未停的城防大炮，陣前野戰火炮的轟擊，整個日軍陣線如同被火與鐵犁過一般。明明還是在冷兵器時代，卻接受著早期熱兵器時代亦不能比擬的強力火力轟擊，再加上看到後陣已被敵騎突入，戰成一團。日軍職業化程度太低，不能經受打擊的弱點立刻暴露，原本還是緩慢而撤的足輕們看到敵兵追擊，炮彈和手榴彈不住在頭頂飛將過來，每一顆落地，都是身邊的戰友被炸得血肉模糊，不成人形。

當時的戰爭，只要戰線退後一步，則無法遏制。縱然是有些職業武士裹挾其中，拚命阻攔，亦是無法阻止幾萬人的大潰退。待漢軍追上前來，砰砰開槍，連接投彈，就是連悍勇的武士亦無法再行抵抗，而是隨著大部潰退的腳步不住退卻。開始是小跑，待到得後來，便是拚了命地快跑，佩刀、盾牌、槍、弓箭，扔了一地，各人都嫌身上負重太多，那些足輕連身上竹甲亦脫將下來。那些武士將具足兜鎧亦是扔掉，這些原本是身分的象徵，現下只嫌其太重，妨礙逃命。

德川秀忠遠遠見了，如若當年長崎之戰的重演，知道敗勢難止，此番也不用人相勸，用力在馬屁股上痛打幾鞭，帶著幾十名騎馬的近臣大番武士逃之夭夭。上次漢軍騎兵不多，沒有追得上他，此次眼見對方騎兵悍勇，又有那些弓騎在側虎視眈眈，稍加耽誤，便是殺身之禍。

他不住安慰自己，心中只盼著那些御家人和火槍手能逃脫性命，重新歸到他麾下。只是又想到對方騎兵眾多，來回追殺，這些人只怕非降即死。再有那些火炮和火槍也勢必難保，縱使能退回江戶，令幾百家藩主大名下達總徵召令，徵集大兵再戰，只怕也不是這些漢軍的一合之敵了。

他心中淒苦，忍不住仰天長嘯，兩行熱淚滾滾而下。此役過後，別說超越父親德川家康的威名，縱是想保全由父親辛苦隱忍幾十年一手創建的江戶幕府，亦不可得。雖是如此，心中抱著萬一的想頭，指望著藩主和大名們集結軍隊，最少要守住本土，將漢軍堵在九州上，如此這般，再派使臣談判，賠錢割地，以使倭國避免滅亡的命運。

德川秀忠逃竄之後，他的本部留守部隊原本就吃不住飛騎與萬騎的衝殺，見主帥逃走，再加上前陣已經潰敗，各人也不是傻子，知道早點跑還有生路，若是遲了，只怕要葬身此地。於是除了被飛騎纏住，不能脫身的，其餘所有的旗本武士均是發一聲喊，拚命跟著德川秀忠的馬屁股，逃命去也。

飛騎早就衝殺得累極，近四千飛騎亦已折損近千騎，若不是萬騎在身後一直相助，只怕飛騎全部要陷身在敵人陣中，不能脫身。待他們一逃，一時間壓力大減，卻又見對面黑壓壓竄逃過來的敗兵，各飛騎心中叫一聲苦，卻是不能再去追擊。縱是人力尚有，馬力卻也支持不住。只得與萬騎讓開道路，護著萬騎包夾住敵人兩翼，不住地射箭殺敵。待歇息了一陣，人力馬力都稍有恢復，敵人卻是逃得不遠，於是張瑞一聲令下，與契力一起合兵，一路追殺。

這一路自黎明前始，一直到黃昏時分爲止，一戰擊潰長崎城外的幕府大軍，俘敵六萬餘，殺死殺傷四萬餘。幕府的火炮、火槍、千多匹戰馬，盡數落入漢軍之手。此役過後，幕府再無真正意義上的抵抗力量。其餘的諸藩大名，又怎肯爲行將失勢敗亡的幕府賣命？

那小泉純一郎乃是火槍兵隊長，原本是跟在足輕和武士們的身後，按理來說，逃跑亦是該當在前。他只需將手頭火繩槍一扔，便可以大逃特逃，快馬當先。誰料適才無巧不巧地正好有一顆炮彈落在他的腳上，雖然啞火，卻將他的腿砸斷，一陣疼痛過後，兩眼一黑，便暈了過去。

待他悠悠醒轉，發現自己正躺在死屍堆中，一顆人頭可能是被漢軍飛騎斬下，正落在他的胸膛，那小泉一張眼，便看到那人頭兩眼圓睜，怒目而視。他剛強笑著準備與他打個招呼，卻見那頭下面鮮血淋漓，身子卻是蹤影不見。小泉啊了一聲，兩眼一黑，又是暈將過去。再次醒轉，已是黃昏時分，漢軍正在四處搜尋，命那些俘虜打掃戰場，把未損的倭刀和火槍拾撿起來，歸列成堆。至於滿地的屍體，則命俘虜和自長崎城內出來的百姓和町人們在四周砍伐木材，堆成木堆，當即扔將上去燒掉。那受傷甚重的，漢軍乾脆補上一刀了賬。

小泉原本想睡在地上裝死，偷眼一看，卻見周圍的那些死屍被一具具搬動，扔在不遠處的柴堆之上，燒得畢畢剝剝作響。正在害怕，猛然間聽到有一具屍體在柴堆上發出慘叫，全身是火地奔將下來。原來那個也是和小泉打的同一個主意，想等著天黑後悄悄溜走，被火一燒，頓時原形畢露。見那人不過片刻工夫便成焦炭，小泉正嚇得不知所以，卻感覺有兩個人抬動自己的雙肩雙腳，向那火堆行去。

大驚之下，忙拚命大叫，身體亂扭。那兩人原是長崎城內的町人，甚有身家。因此番戰事，不但耽擱生意，還被迫在城中吃苦，此時又被押來搬運軍械，處理屍體，原就是一肚皮的火氣，此時見又是抬到一個裝死的傢伙，心中氣極，將那小泉轉上一圈，重重地拋將出去。

「哎喲，饒命！」

小泉於地上四處亂爬，惶恐之極，撅著屁股大叫饒命。周圍的漢軍雖聽不懂他說些什麼，卻也知道其意，見他的模樣可笑之極，便一個個笑了起來。周圍的敗兵和倭國平民們見他如此醜態，一個個不忍卒睹，都是扭過頭去不看，心中氣極。大家雖然都是敗兵，卻還能保留著一分尊嚴，只有這小子如此無恥，當真丟臉。

小泉扭上一陣，卻聽到旁邊有人問道：「你叫什麼名字，站起來！」

說來也怪，他正是心慌意亂之時，聽到這威嚴喝問之聲，卻是如飲醇酒，舒服之極，立時站將起來，將身子挺直，向那漢軍將軍模樣的人回話道：「小人名叫小泉純一郎，任步兵隊長！」

江文瑨在倭國多年，除了那些平民商人會向他卑躬屈膝之外，倭國武士總是有幾分傲氣，不肯搭理他這個漢軍總督。此時見這個步兵隊長如此情形，心中大喜。此次戰勝之後，以江文瑨的盤算，需要在倭國內部重新培植代理人。最少也需要有倭國武士爲他奔走拉攏那些對幕府不滿的藩主大名，此時見了這武士如此，立時覺得人才難得，便笑問道：「你是德川家的御家人，還是譜系武士？」

小泉答道：「小人都不是。小人原是江戶城外農夫，三年前入伍，蒙大御所大人提拔，任命小人爲步兵隊長，成爲武士，賜姓取名。」

江文瑨心中一陣失望，知道這人原來不是正統武士。表面上卻不露聲色，問道：「你願意爲漢軍效力，成爲我的屬下麼？」

小泉能保得性命，已是喜出望外了。他一個農人，哪裡如同世代武士那樣講究氣節，此時這位擊敗幕府十幾萬大軍的漢軍將軍要他效力，哪有不情願的道理，立時答道：「小人願意！」

「甚好，你四處去詢問一下，願意給我效命的，一律給兩百石俸祿。只是，你們不能當兵了，也不是武士。嗯，就叫漢軍小者吧！」

這小者是日軍內部武士僕役的名稱，行軍作戰之餘，尚要侍奉家主老爺，甚是低賤。漢軍小者，便是漢軍僕役之意。

小泉卻不管這些，他一個農夫，原本是小者也沒有資格做的。更何況是年薪二百石的小者。當下連聲應諾，在幾個漢軍的護衛之下去尋「志同道合」的同志去了。

「長峰兄，你這番舉措，該是深思熟慮過的吧？」

江文瑨見王煊一猜便著，倒也不加隱瞞，笑道：「倭國武士最講氣節。甚少投敵報效的，這一點，確實比咱們漢人強上許多。不但是上層的藩主大名們戰敗或被俘後必然切腹，就是他們的家臣武士，亦有甚多切腹相隨的。那些下層武士殉主的少，但很多會成爲浪人，而不是投靠擊敗舊主的新主子。」

他與王煊在這戰場之上巡視，見四處都是成堆的降卒敗兵，兩人相視一笑，都道：「這些人，

可都是德川秀忠送來的上好禮物。」

江文瑨難掩心中歡喜，笑道：「我在長崎經營多年，也難得什麼浪人武士來投。此番幕府擴軍，把這些農夫什麼的充做武士。這些人，徒有武士之名，卻無武士氣節，正好招降了用來分化倭國內部。留用上一兩萬精明肯投降的，仿效內地的廂軍和靖安軍的體制，不給他們裝備好的武器，只留些破刀長槍的，讓他們爲咱們鎮守地方，分化倭國士農商的等級，讓這些下等農夫以下克上，管理原本的小藩主大名。嘿嘿，到那時，倭國內部衝突，正好讓咱們從中得利。」

他見王煊不解，又解釋道：「倭國武士階層是自天皇之下的上等階級，真正的武士就是在大街上擊殺百姓或町人，也不會受到處罰。這些俘虜大半是農夫出身，地位不及武士，是以也沒有武士的自覺和氣節。咱們不用真正的武士，卻用這些農夫來維持彈壓地方治安，那些前武士們能服氣麼？」

「如此衝突不斷，咱們支持這些降兵，壓制武士，挑起爭端，打擊倭國的武士階層，如此可對？」

「正是。不僅如此，還要慢慢革除藩主制度，廢掉天皇！」

王煊嚇了一跳，急道：「這可使不得吧?倭國人最忠於天皇，千年下來萬世一統，咱們廢掉幕府，他們必定不會有什麼意見。再扶持毛利、真田、武田等戰國失勢的藩主，那麼居中統治，則倭國安定。」

「不然。此事我與上次來長崎督察輸送物資的卓豫川談過，他也是這般看法。豫川自漢軍占有長崎後，便一直研究倭國情形，許多見識還超過我這長崎總督，令人讚嘆。據他所言，倭國下層對天皇根本不明就裡，武士們也不甚敬重，唯以本主爲念。天皇在戰國時，還曾以倒賣字畫維生，公卿與大名武士的矛盾亦很深重。咱們廢了天皇制，不會引起大的反彈，反使倭國這個民族失去了存在的最基本的根！現下他們不明白，就是將來明白了，也是晚了。其餘還有些舉措，都是治理倭國的善政良法，若是漢王調我回內地，我必舉薦豫川兄繼任。」

王煊見他興頭，亦被他勾起興致，兩人便在戰場之上，討論起如何料理此戰後的倭國政局。待張瑞與契力何必回來，方止了議論。因幕府主力已潰，爲防德川秀忠收拾援兵，徵召各地所有的男丁參戰，幾人商議已定，決意飛騎與萬騎歇息一晚，明早便繼續追擊德川秀忠，一直待將他追到，或是俘來，或是處斬。漢軍三衛的槍兵則不管德川逃至何處，而是登陸本島，直攻京都和江戶。

江文瑨料想此戰過後，再無甚大戰，因將此戰詳略寫成題本，派人上船直赴南京，稟報張偉。至於張偉所擔心的蝦夷牧場，他現下無力分兵，仍是救援不得，也只得罷了。

蝦夷的春天來得稍遲，一望無垠的荒原甚少綠色。那些漢軍精心引入的草場上還只是些去歲的枯草，一匹匹戰馬在牧場上嚼食著儲存下來的草料。四周安然靜謐，全然沒有張偉等人擔心中的情形。

漢軍大司馬卓豫川原本爲軍機要員，辦事勤謹之餘，又多主見，常夤夜至張偉府中，向大將軍進言獻策。臺灣政改，其人出力獻計甚多。張偉賞識其才，後因漢軍各衛司馬無人居中協調，後勤保障多有不便，於是特命其爲漢軍大司馬，凡物資調配，輸送轉運，皆由卓豫川總其責。

自其上任之後，其餘的漢軍諸將都是豔羨他一步登天，由一文員成爲漢軍大將。卓豫川本人卻是對這一任命很是不滿。他本文員，其志在治政牧民，而非行軍打仗，但漢軍後勤保障亦甚是重要，正需他這樣精細勤力之人料理。他雖數次寫題本請求兵部與漢王考慮他的任命，一時沒有人選替換，也只得罷了。

待倭國亂事一起，卓豫川正帶領著押運糧船及軍火補給前往廣州，於途中得到倭國叛亂消息。此人倒頗有些膽色，並沒有得到漢軍及張偉命令，便立時下令調轉船頭，至瓊州接了幾百駐防漢軍，連同船上原有的押運漢軍在一起，立時趕赴蝦夷救援。

他對倭國情形瞭解甚多，知道倭國亂起，其幕府軍隊必然主力圍攻長崎，而長崎城堅糧足，一時半會兒並不會有事。只有蝦夷，有漢軍十幾萬匹良馬放牧，看守的軍人不過一千多人。若是幕府派兵前往蝦夷，漢軍在那裏沒有大將，沒有多餘的彈藥糧草，只怕抵敵不住。是以他不管長崎，帶著屬下直奔蝦夷而去。

船上有幾名漢軍校尉，隨船赴廣東聽命。原本並不贊同卓豫川私自赴日的舉措。待這卓豫川將蝦夷對張偉的重要性略一剖析，又向他們言道：

「我知道你們想去廣東立功，是以不願去蝦夷這樣的蠻荒之地。現下你等知道這馬場在漢王心中何等的重要，若是咱們能保住蝦夷，其功若何？」

「卓司馬，話雖如此。您到底是文官出身，不知厲害。蝦夷駐軍不過千多人，除了幾個堡壘上架有一些火炮，再無其他重型武器。咱們這些人統統過去，也不到三千的兵，敵人若是過來三五萬人，如何抵敵？」

卓豫川扭頭一看，見是金吾衛的校尉薛勇說話。看他凝神皺眉，一副為難神情，卓豫川忍不住大笑道：「薛剛毅，虧你字剛毅，此時卻是一點剛性也無！」

那薛勇經他一激，怫然變色道：「卓大人，俺敬你一心為漢王打算，這才說話。若是大人一意孤行，您是漢軍大司馬，身分地位都在俺上，只需下令便是了。」

說罷，露出胸膛上的刀疤，傲然道：「這是在遼東被滿韃子砍的，問問各位兄弟，俺當時皺一下眉，便不算好漢子！」

另一金吾校尉陳俊與這薛勇一同入伍，兩人雖然一是蜀人，一是閩人，交情卻甚是深厚。當日薛勇在遼東受傷，還是這陳俊在亂兵裏將他救了出來。此時聽得卓豫川折辱薛勇，陳俊亦是臉上變色，向著卓豫川怒道：

「大司馬，您是文官，打仗的事您不懂！若是擔心咱們不會賣命，那不必了。大夥兒都是提著腦袋隨漢王幹起來的，論起軍功資歷，只怕還在您之上！」

卓豫川見兩人如此，又見其餘幾個都尉、果尉盡露不平之色。他不怒反喜，向各人笑道：「我因此番前去援救蝦夷，以寡敵眾，需要的是血氣剛烈的勇將；是以現下試上一試，各位果然不令我失望，乃是漢王麾下的好漢子！」

說罷站將起來，向各人遍施一揖，賠罪道：「某失言，請諸將軍恕罪。」

他折節下交，不以各人無禮而怪罪，反是滿面春風，笑容可掬；諸將都是武勇之夫，哪有這麼多的心眼，見人家賠了不是，眾人反倒不好意思，亦起身向著卓豫川行了禮，兩邊盡釋前嫌，方才坐定。

只聽卓豫川向各人笑道：「蝦夷一役，我料漢軍必勝！」

見各人詫異，又是一臉不信，便又道：「倭人必定主攻長崎！蝦夷蠻荒之地，若非漢軍過去，這倭人從不在意，哪裡肯派兵過去？現下就是來攻，肯定也是偏師，以為漢軍人少，又無堅城，其主將與倭軍上下必定驕狂輕敵！各位，只需咱們儘快趕到，協同蝦夷漢軍一起猛攻，寧有不勝之理？」

待他說完，各人都是打老了仗的，均覺得他此言有理，便齊向他躬身道：「一切唯大司馬之命是從！」

如此這般，卓豫川領著船隊直赴蝦夷島上，那日軍甫登島上，正在圍攻漢軍在蝦夷所築堡壘，被薛勇與陳俊領著援兵在身後猛衝猛打，駐守的漢軍見狀，立時在火炮掩護下衝將出來，兩邊夾擊，立時將那一萬多日軍打得落花流水，潰敗而逃。

待卓豫川收攏全軍，將蝦夷島上的日軍盡數逐出，又將俘虜的倭人盡數坑殺，這才又派遣使者赴南京稟報張偉。一來一往，待張偉得了消息，整個倭國大局已定。

江文瑨在長崎城外擊敗幕府主力，張瑞與契力何必一路追殺，終於在京都城下將奔逃的德川秀忠斬於馬下。漢軍主力肅清所有的幕府殘兵之後，命所有的藩主大名們不得妄動，除了留下近侍的城町武士外，所有聚集的軍隊一律解散，否則以幕府軍一體處置。

待江戶城下，本多忠政等幕府大臣切腹以殉，德川幕府在統治了倭國數十年後，宣告滅亡。倭國的三百家藩主大名們噤若寒蟬，哪敢有所異動？幕府尚不是這幾萬漢軍的敵手，德川秀忠傾全幕府之力打造的大軍只不過一天就全師崩潰，他們又算得了什麼？

諸事順手，江文瑨正欲在倭國大展拳腳，卻收到張偉命令，令他克日動身，前往南京。

他雖心中納悶，不知道江南戰事已畢，召還他赴南京所爲何事。令下人收檢行裝，又與自蝦夷趕來的卓豫川辦了交接，諸事繁蕪，一直忙弄了幾日，這才決意第二天起行。

卓豫川因援救蝦夷，保住了牧場戰馬，張偉大喜過望，知道他志並不在漢軍大司馬任上，又因他在如何治理倭國上頗有想法，便下令任命他爲倭國總督，凡倭國諸般事務，皆聽命於他而行。薛勇與陳俊皆升爲衛尉，各領三千漢軍，再加上自福建調駐倭國的裴選之部，此番將一萬餘漢軍留駐

倭國，以策萬全。

因江文瑨即將離日，卓豫川現下爲倭國總督，兩人亦頗有交情。無論是私情官面上，都需表示一二；於是就在這江戶城內的原幕府將軍府內，卓豫川設宴爲江文瑨、張瑞、契力何必等漢軍大將送行。

倭國規制，這閣內原本是各人盤膝而坐，用小木几進食。漢軍都是坐慣了長椅木桌，哪能受此憋屈，於是將原本的那些精緻几案扔了出去，換上漢軍自備的長椅木桌，一股腦的搬將進來。這些原是軍中所用，粗糙破舊，放在這將軍府內最華麗精緻的房間之內，當真是不倫不類，彆扭之極。漢軍諸將多是粗人，誰理會這些，一個個據桌大嚼，大塊吃肉，大碗飲酒。只江文瑨與王煊等人尚且斯文，一杯杯的淺酌慢飲。

卓豫川因見江文瑨停箸不食，舉杯不飲，一副鬱鬱不樂模樣，心中一動，心道：「難道他不捨得這個位子麼？」

心中猜疑，便舉杯向江文瑨道：「長峰兄，離別在即，請滿飲此杯。」

兩人相視一笑，舉杯碰了一下，一飲而盡。江文瑨向他皺眉道：「江南那邊正是需治政的長才，漢王調我回去，難道是要讓我牧民一方麼。倭國這邊剛剛平定，恐怕日後難免會有叛亂，孝康兄，你可要小心才是。」

卓豫川微微一笑，應道：「這是自然。可惜長峰兄即將奉命回國，如若不然，你我二人共守倭國。我文你武，豈不快哉？」

「孝康兄對倭國治理頗有見地，此番得展所長，當真是可喜可賀。未知將來如何料理？」

「如何料理，不過是依漢王的吩咐，強內虛外，控形勝之地，滅倭國文化。此是長期的打算。短期內培植倭人底層，扼制上層，消除武士，廢天皇、滅佛寺、立保甲、大興漢語。以這些手段，再壟斷其國之商業貿易，利歸中華，如此，不枉咱們漢軍將士犧牲一場！」

江文瑨撫掌讚曰：「妙極！如此這般，則數十年後，無倭國矣。孝康兄，那些武士們若老是在地方爲亂，又或是抗拒不法，咱們又不能盡誅，我倒是有一法，又能弭亂，又收實效！」

卓豫川知他見識亦非凡品，忍不住動容道：「請說！」

「就此次的俘虜而言，多半農人願降，可收爲漢軍輔佐雜兵；那些死硬武士不肯投降，你在蝦夷時行非常手段，盡誅俘虜。其實倭人並不惜死，殺之不足以爲懼。若依我的見識，漢王在國內正欲修路、興水利、挖礦山，這些若是雇傭國內百姓，則耗費甚大。不如將倭國國內的這些武士和幕府餘孽盡數逮了，全家發配至臺灣、江南、甚至呂宋，嚴加看守，強命苦役。若敢自殺者，則由其家小補上。如此這般，咱們可得數十萬的免費勞力，如此一舉兩便之策，孝康兄以爲如何？」

卓豫川略一思忖，便知道此論甚妙。因大喜道：「弟受教了！這便奏本給漢王，依長峰兄所言施行！」

第九章　立后風波

張瑞雖也是心中感慨，卻無論如何對黃尊素指使吳應箕等人為難柳如是一事難以釋懷，隨著各人也行了一禮，卻不多話。見黃尊素再也沒有吩咐，便領著步出堂外，待江文瑨等人出來，便向他們笑道：「老頭子還不嫌煩，居然又聒噪了這麼一通。」

張瑞見兩人揖來讓去，便端著酒壺走將過來，向幾人笑道：「酒桌上還說這些，就顯著你們勤勞王事不成?咱們就偏不理會，只管飲酒行樂，讓你們這些文人頭疼！」

說罷，便提耳硬灌，將卓豫川與江文瑨灌了幾杯，見兩人面紅耳赤，不再討論政務，方才甘休。

漢軍大隊將倭國所有的抵抗削平後，只有小股武士流落鄉間，或是嘯聚山林。那些藩主大名們不敢再行抵抗，都依命來江戶聽令。卓豫川為穩定大局，決意暫且不動天皇，而是命全倭國上下不論武士平民，一律不得使用武器。兩月間收繳的土槍倭刀無數，撿取些精品倭刀交給張瑞帶回國內，其餘一律熔毀了事。因倭國大局已是無礙，留駐漢軍亦已安排妥當，江文瑨與張瑞等人這才由江戶前往長崎，乘船返國。

待他們乘船至南京，已是崇禎五年六月，正是夏初。這南京乃是中國有名的火爐城市之一，幾人自倭國歸國時正是春夏之交，船行海上，倒是涼爽愜意。此時甫一下船，便覺得全身如被火烤，熱氣蒸人。幾人還穿著春天時的衣袍，更覺得其熱難擋。

張瑞抹著一臉油汗，罵道：「臺灣那邊是悶熱，這南京是燥熱，都教人難過得很。」他熱急了，索性將身上盔甲與外袍盡數脫了，只穿著一件無肩對襟小褂，騎上馬去，向江文瑨笑道：「我可不等馬車，先騎馬回家好生沖個涼，待換過衣袍，再去見過漢王。長峰兄，你不如隨我同去，契力，你也去！」

契力何必尚未答話，江文瑨便皺眉道：「你膽子越發大了，這麼穿有辱官體，讓都察院知道，你又難免挨罵！再有，咱們是奉漢王旨意回來，不見去宮門候召入見，還敢私回府邸不成？」

張瑞知他說得有理，雖然都察院掌院判陳永華是早就相熟，只怕也不肯饒過自己。衣衫是小事末節，弄得罰俸通傳，大大丟臉，卻也是不值得。

嘆一口氣，將衣袍重新穿好，只是那甲冑卻無論如何也不肯上身。只向江文瑨與契力何必笑道：「走吧，咱們這便去奉天門等著召見。」

幾人帶著隨眾自南京碼頭一路狂奔，入皇城至宮門處，命宮門禁衛入內稟報。一時間卻沒有回覆，三人又熱又餓，正焦躁間，卻見王柱子飛奔而來。

張瑞見他跑得一頭油汗，軍服前襟已被汗水濕透，向他笑道：「柱子，你也是羽林衛尉了，還這麼著沒成色。」

他原本是張偉的飛騎護衛統領，正是王柱子當年上司，等得心焦，便忍不住拿他發作。

王柱子憨然一笑，向三人行了一禮，方向張瑞道：「就知道你心裏不樂，是以我親自跑來。」又向三人正容道：「漢王有諭，令爾三人先赴內閣尋黃尊素尚書繳令，然後至乾清宮賜宴。」

三人躬身行禮，算是接了口諭。

江文瑨向王柱子問道：「漢王現在何處，爲何不現在就召見咱們？」

「三位大人，適才漢王正在坤寧宮與柳夫人說話，侍衛們不敢打擾，是以通傳的遲了。還是先稟報了我，然後才去回了漢王。因柳夫人剛從臺灣過來，漢王方傳了膳，與夫人共食，是以方命三位大人先去內閣述職，然後再過來傳見。」

他這麼一說，各人方才恍然大悟。

張瑞問道：「夫人是何時到的?漢王可決意要舉行冊封大典了麼?」

「夫人不過比你們早到半個時辰，下了船入宮後更衣完畢，正在與漢王說話，你們可巧就請見了。至於冊封，這等大事我怎麼可能與聞。」

張瑞見他不說，知道此中必有關礙之處，命隨侍在旁的上下人等盡皆退下，只餘江文瑨與契力二人在旁，又問道：

「你休要與我賣關子！我赴日之時，就曾上奏漢王，早定後宮以安人心。漢王也無甚說話，只說此事待夫人自臺灣來了再說，怎地，今日漢王要反悔了麼？」

王柱子雖是爲難，卻也知道張瑞曾受命護衛夫人，與主母相與甚好，自江南大局一定，便由他帶頭上書，請求漢王立時冊封柳如是爲正妃。現下雖然有人從中作梗，其中關節，卻也不是自己這小小的羽林衛尉能夠左右的。便答道：

「漢王迎夫人過來，原本就是要立時冊立。下諭給禮部，卻被禮部給事中封還回來。那給事中吳應箕乃是東林黨人，與現下朝中的不少大員們交情非是一般，牽一髮而動全身，此事非同小可。漢王也頭疼得很，又不好與夫人說，正在爲難之際，請幾位將軍下午覲見之時，最好不必提起此事。」

張瑞沉聲道：「那吳應箕爲何反對？」

「還不是主母出身之事！當日漢王爲將軍，夫人的身分也罷了，現下要冊封的是王妃，將來是要母儀天下的。那吳應箕久居臺灣，知道底細。經他這麼一弄，在南京的舊明大臣，儒生士子皆反對漢王冊立。」

張瑞冷笑一聲，轉頭向江文瑨等人問道：「幾位將軍，未知你們意下如何？」

江文瑨等人皆是出身貧寒的下層人士，在明朝不得寸進，這才到臺灣投了張偉。心中對同樣出身的柳如是自然沒有任何偏見，便都答道：「按說此是帝王家事。不過依我們的見識，糟糠之妻不可棄，漢王與夫人伉儷情深，立爲正妃又有何不可？」

王柱子見各人神情激奮，心中一動，又低語道：「漢王已傳了龍驤大將軍劉國軒、金吾大將軍張鼐等將軍來京議事，各位既然一意支持立主母爲正妃，不如與幾位將軍一同議定了，以漢軍公議上奏。可比單獨進言有用的多。」

張瑞喜道：「正是如此！我們去見過了黃尊素，立時去見他們幾位，然後一起求見漢王上奏！」

江文瑨初時也覺此議甚善，微微點頭，以示讚許。卻見那王柱子一臉憨厚之色，又知道他是鄉間小兒入伍，自青年時跟隨在張偉身邊，一向以忠直樸實聞名，卻不知道突然間竟有如此見識。因向王柱子笑道：

「柱子，幾年不見，你越發長進了。當年跟在張瑞手下，還是個半大傻小子。」

話鋒一轉，又問道：「這主意，是你自個想出來的麼？」

王柱子心裏一慌，正待答話，張瑞卻在他肩頭上重重一拍，大笑道：「我張瑞強將手下無弱兵！柱子再歷練幾年，求漢王放你出去，在戰場上好生廝殺立功，可又比現在強得多了。」

「只盼幾位將軍提攜！」

張瑞越看他越歡喜，見宮門處亂紛紛有大股的文臣武將前來陛見，又在他肩膀上拍上幾拍，問道：「你老娘和新娶的媳婦都留在臺灣，聽說漢王允准迎取家眷了，可接來不曾？」

「漢王有令，漢軍上下人等皆不准接家小來京。月前剛放開禁令，將軍以上方可接家眷過來。我才是個衛尉，又身負保衛宮禁的重任，漢王不曾賜給府邸，迎來了也不好居住。」

張瑞一笑，向他安慰道：「不妨事。待到了明年，南方局勢更穩，你就能把老婆老娘都接來了。」

幾人相視一笑，依著規矩，他們身為將軍，已能將家眷接來，這可是大喜事一樁。張偉初定江南，因怕各級官員和將佐墮落腐化，是以嚴禁置地買房，又禁家眷離台，用以做為人質。此時攻下南京已近一年，諸事順手，市面安定，是以除了新附的廂軍將領還需將家眷留台外，漢軍將軍以上已可以在內地安家置業，以為根基了。

他們由東華門而出，過宗人府，直奔兵部衙門。張偉雖然有意立參軍府以管轄漢軍調動、駐防、訓練、作戰，但兵部做為軍隊的統領衙門，還負有糧餉、軍械、軍服、補充兵員等責。此次大隊漢軍由倭國歸來，何處屯兵，如何佈防，兵部並不理會，但後勤補充等事，卻還需要兵部下發勘合，漢軍各部方能依照需要各取所需。

張瑞等人原本不想去見黃尊素那糟老頭子，只覺得此人脾氣又臭又硬，當真是囉嗦非常，幾千頂帳篷都要計較半日，每見他一次，就要憋得一肚皮的鳥氣。

待到了兵部正堂，黃尊素見他幾人到來，立時召了武選、職方、武庫等司的主官前來，搬來如山也似的帳本，又召了幾十個演算法高絕的會計師，劈哩啪啦打了半天的算盤，將漢軍赴日參戰各部的耗費及所需補充算了個清楚明白。

因此戰耗費甚大，黃尊素苦著臉道：「我知你們幾個又要嫌我礙眼，不過說到頭來，拿著帳單去見戶部何尙書的是我，被他削的也是我。幾位只嫌我囉嗦，卻不知道那何尙書的神情，可更加的難看呢。」

說罷，端起茶碗來略啜一口，堂前侍立的戶部雜役立時打起門簾，唱道：「送客。」

江文瑨先行站起，領著諸人向黃尊素行禮告退。這黃尊素不但是兵部尙書，是漢軍各將的該管官員，又是內閣協理大臣，身分尊榮，眾人就是心中罵娘，禮節上卻是半點不敢有虧。

又聽他說得有趣，臉上也微微帶笑，各人見他站起身來送行，身子瘦弱之極，已是鬚髮皆白的老人。這一年來兵興不止，黃尊素勉爲其難任這兵部正堂之職，張偉原意不過是借他威望壓制一下士林反抗，不料此人倒是秉承著早期東林的那股銳氣，不做則已，做起來卻是十分認真負責。又不需要他帶兵打仗，佈置防務，做的都是些煩雜細瑣之事，當真是難爲他盡心負責，居然都妥妥當當的辦了下來。

見各人就要出門，黃尊素又笑道：「下午你們要去陛見漢王，聽說近來又要用兵，煩請各位提醒漢王，戶部可沒有什麼錢了。去年不收田賦，商稅也減輕了不少，大陸百姓們雖然稱讚漢王的盛德，但是臺灣和呂宋的百姓也需要恩養休息，兩邊待遇不同，容易生變。我自臺灣來時，已有商家和我抱怨，說道臺灣商稅雖輕，關稅卻是不輕，若還是再興軍，這些銀子漢王難免要從臺灣那邊尋，還是請他謹慎的好。」

江文瑨答道：「這些事原本不該我們說，不過既然尙書大人有命，我們心中自然有數。」

張瑞雖也是心中感慨，卻無論如何對黃尊素指使吳應箕等人爲難柳如是一事難以釋懷，隨著各人也行了一禮，卻不多話。見黃尊素再也沒有吩咐，便領著步出堂外，待江文瑨等人出來，便向他們笑道：「老頭子還不嫌煩，居然又聒噪了這麼一通。」

江文瑨倒無所謂，笑道：「他也是好心，咱們怎麼做，自然是有自己的分寸，也不必依他的令。」

此間事了，各人再無別事。契力何必惦記起在乾清宮賜宴一事，想起御宴好吃，此時天已近午，肚子卻是餓得很了。在兵部大院的水磨磚石上狠跺幾腳，向他們急道：「不要說話了！咱們還是去宮裏吃飯，才是正理。難得漢王大方，賞咱們宮裏的飯吃，你們不吃，我可要去了。」

張瑞急道：「這可不成。咱們還要尋漢軍的幾位將軍，一同商議進言的事。」

見契力大急，江文瑨便向他笑道：「也不必尋他們，派幾個親兵在城內四處找找，我料他們都歇息在驛館裏，把話帶到就是了。咱們不必親去，且去享受御膳才是真的。」

張瑞低頭細想一會兒，因是有理，便也點頭應允。召了親兵隊長過來，細細將事情吩咐了，命

他帶著人四處去尋劉國軒等人，將事情前因後果稟報清楚，再到宮門處候命。

待見那些親兵就在皇城內打馬而行，走遠了，張瑞與契力等人也翻身上馬，過端門、承天門，待到了金水橋前，正待打馬過橋，直入午門。卻聽到有人喊道：「那幾人是何人？都給我拿下！」

幾名漢軍大將吃了一驚，從來都是他們統兵打仗，殺人拿人，卻不曾有人在他們面前大呼小叫，要將他們拿下。各人拿眼一覷，見是一個身著綠袍的的小官指著他們叫喊，幾名守護禁宮城門的散手杖衛的衛士們聽了他令，執著紅黑兩色的大杖，腰佩大刀飛奔而來，立時將張瑞等人團團圍了。

各人都是刀山血海裏廝殺出來，見各杖衛執刀拿杖的圍在身邊，只是覺得好笑，哪有一絲害怕。

張瑞冷眼一瞧，見打頭的那杖衛小頭目是自己飛騎衛的一名什長，此時被挑到禁宮內充侍衛，胸口上已佩了果尉的鐵飾，一副志得意滿模樣，便冷笑道：「錢武，張開你的狗眼，看看爺是誰！」

那錢武被他一喝，這才仔細抬眼一瞧，一下認將出來，忙向諸手下令道：「都給我退後，這是咱們飛騎衛的張將軍！」

各衛士聽他命令，正欲退後，那綠衣官員卻已趕到，見各人退後，不由得大怒，向那錢武喝道：「我令你將他們拿下，你卻與他們支唔說話！他們藐視漢王，縱騎馳於禁宮之內，全無禮法，你不拿他們，也脫不了干係。」

又揚著臉向張瑞等人道：「漢王治下甚嚴，卻於禮法上不曾對諸位多加限制。然此時漢王已非當日的漢軍大將軍，各位也需稍加自律，若是以臺灣舊人自詡，只恐將來未必是個了局。」

他說得雖不客氣，各人轉念一想，卻也是難得的大實話。不想這人雖是文官，說話倒很直爽。又聽他道：「共患難易，共富貴難，這話說得其實不對。實則帝王也有私情，何嘗不願與臣下共用富貴？皆因臣下因念著自己功勞，不肯勤謹事上，凡事多違法紀。君王回護的多了，難免心生厭憎。適才聽這錢武向你們說話，各位都是隨著漢王創業的大將，難道就不想要長保富貴，反要在將來丟官罷職，甚至丟了性命，方覺痛快麼？」

他雖然聲色俱厲，說話全不客氣，各人卻是越聽越覺有理。江文瑨忍不住悚然動容，翻身下馬，向他躬身一禮，抱拳道：「某等知罪了。請大人記下我們的過失，將來我自會去漢軍軍部自請處分的。」

又道：「請教這位大人名諱，如何稱呼？現下官居何職？」

細瞧那官，只見他唇紅齒白，下頷剛留出一小撮鬍子，看起來甚是年輕。卻聽他笑道：「在下姓陳名貞慧，字定生，現官居巡城御史，不過是個從六品的小官，當不起大人的稱呼。」

他適才說的是官話，劈哩啪啦連聲說來，毫不遲滯，各人聽得清楚。此時輕聲曼語，款款道來，卻又是江南一帶口音，江文瑨豎著耳朵細聽，方才明白。

便問道：「陳老爺想必是江南人麼，口音甚重。不知春秋幾何？」

陳貞慧見各人都下馬聽他說話，已不復適才的驕態，心中得意，知道那一番話起了效果。他自幹了這巡城御史，官員百姓們自然不敢放肆，凡有違制者直接拿捕就是。只是漢軍諸將官們大多是粗人，又以勝者的心態自居，哪個肯把他這個小小巡城御史放在眼裏？屬下的兵士們又多是漢軍出身，哪肯爲他拿捕自己的前任上司？至於明朝降軍，見了漢軍，一個個嚇得手軟腳顫，更是不肯上前。他著急之餘，細細思量了適才的那一番言辭，只要見了漢軍將官違制，便急顏厲色說將出來，說多了，自然甚是熟練。漢軍諸將官中只要稍有心智者，多半會被他這一番言辭打動，是以竟被他當成了鎮山法寶，一見到衛尉以上者，就這麼拋將出來，倒也當真是屢收奇效。

「下官是江南宜興人氏，現年已是二十九歲。」

江文瑨點頭一笑，答道：「定生兄，你心思細膩，才智膽氣都很好，想必是名門大家的後人？」

陳貞慧此時文名早就聲聞江南，見這幾個將軍絲毫不知道他的名氣，心中正微微沮喪。待聽到江文瑨的問話，不免面露得色，笑道：「不敢，寒家貧門小戶而已。家父僥倖做過明朝的吏部左侍郎，爲官清廉，只是勉強度日罷了。」

他的父親陳于庭乃是與高攀龍、趙南星、黃尊素齊名的東林首魁，清名遠播，聲震天下。江文瑨也聽人說過，不免又恭維幾句。

張瑞原本讚賞這陳貞慧的膽色爲人，此時聽了他又是東林黨人，心中卻是煩悶，因道：「陳老爺，咱們依命下馬，自會去軍法部自請處分，現下咱們要進去領漢王的賜膳，便請放行了吧？」

陳貞慧微微一笑，答道：「自然。諸位既然不會再騎馬直入宮禁，我自然該當放行。至於漢軍的內部處分，自然也不干我事。」

轉身一讓，命散手杖衛們散開，讓張瑞等人牽了馬放在午門之後，這才放心讓他們去了。

待見張瑞等人走遠了，立時便對錢武等人大加訓斥。他現下是直接主官，錢武等人被他罵得狗血淋頭，也不敢吱聲分辯。虧他是世家子弟，文人騷客，罵起人來卻毫不遜色，精彩紛呈，只可惜江文瑨等人走遠了，無法聽到，不然吃驚之餘，難免要對這位鐵面御史令做一番評判了。

入午門、奉天門、乾清門後，方到了那乾清大殿之外。幾個聽令過來，自有殿內守護的衛士及雜役們上前，將他們引至偏殿，送上膳食伺候。

這幾個都是農人小子出身，那契力何必還是個蠻族武士，此時見了那些雜役們一個個川流不息，端著御製膳具舞蹈般送將上來，又有絲竹管弦之聲次第響起。契力何必撿起一隻肥鴨大嚼，湯汁淋漓之餘，忍不住開口讚道：

「漢人皇帝真會享福！漢王現在是王爺殿下，已經是這麼享受，將來做了皇帝，還了得！」

張瑞與王煊、江文瑨聽了他話，一個個嘿然不語，都覺糜費太過，唯恐張偉耽圖享樂，喪了大

志，那可是了不得的大事。

卻聽那隨侍在旁，以備幾人諮詢的雜役頭兒開口說道：「幾位將爺，這你們可是冤枉漢王了。除了咱們在宮內的雜役和衛士們各有份例，平日不過是令小灶熱炒幾個小菜，都是些家常的豬牛雞魚罷了。若有節日，也不過再加一兩道新奇野味而已。我曾在前明時侍候留鎮南京的內監們，那些大太監們一天的伙食花費，就抵得上漢王一年！北京城內的崇禎皇上，更是不得了，龍袍一天一換，一餐就得幾十頭的豬牛鹿羊呢。那光祿寺負責皇室費用，哪一年不得要幾百萬銀子？饒是這樣，還是崇禎爺省著用的哪。」

「那今日御膳又爲何如此糜費？」

那役夫一笑，回話道：「漢王上午吩咐時，正是小人應諾供奉。聽漢王言道，各位將軍都是在外吃了辛苦，剛剛回來的人，又沒有家眷在京，諸多不便。別的也罷了，卻得讓你們先好生吃喝上一頓，才不負各位的心。如此這般，這才製備這諸多膳食，平日裏哪能如此鋪張！」

各人聽他轉述張偉的話，都立時起身靜聽，待他說完，各人都感動不已。謝過了張偉恩典之後，才又落座吃飯。只是各人心是感念，吃起來卻十分斯文，酒也不敢多飲，唯恐一會兒暈頭脹腦，不好說話。

匆匆飯畢，漱洗完畢，又聽坤寧宮的宿衛來報。張偉已離了坤寧宮，往御園去了。那宿衛頭領見各人已經飯畢，命人去引了在奉天門外等候的劉國軒等人，待傳見的各人都已聚齊，這才引著眾人向御園而去。

張瑞卻是來過這後宮之內，南京宮室甚小，不比北京皇宮有景山、北海、中南海、御花園等休憩遊玩之所。那明太祖一生甚是勤政，每日批閱奏摺還批不過來，哪有什麼閒心遊玩，是以南京宮內並無御花園之類的遊玩場所。待成祖北遷，南京宮室無人翻修，這些年下來，雖然有留守的太監內臣看顧，卻有不少宮殿已是破落不堪。張偉因疼惜銀子，也只是命人打掃而已，哪肯花錢修繕？此時卻猛然間多出一個御園出來，張瑞心中詫異，忍不住向那宿衛問道：

「宮裏什麼時候新建御園來著？漢王怎捨得花這個錢？」

那宿衛正在前頭領路，各人都亦步亦趨在他身後。他原是漢軍小小果尉，此時竟指使這麼多領兵大將，心中正在得意。聽得張瑞問話，更是想好生賣弄一番，便笑答道：

「張將軍，你離南京多日，御園一事卻是絲毫不知了。這宮殿是明太祖修建，因以紫金山為後山，以為風水上佳，取為富貴山之故。卻因為選在此地，宮室修得甚是狹窄。後宮多半的宮室，是填了當日的燕雀湖建造。雖是打入木樁，巨石鋪底，又以石灰三合土打造，到底是地基不穩，時間久了地勢下沉。宮內一有些小雨，竟致排澇不暢，宮內積水甚深。去年漢王便惱了，但一時錢不湊手，也只得作罷。待前一陣子漢王決意請夫人過來，一咬牙便撥了銀兩，命工匠在後宮內挖湖，修水道，以做排澇之用。這空地是原本的內監房舍拆除，四周甚是寬大，漢王因反正是挖了湖，便命人在四周建造些樓臺亭閣，花草樹木，假山魚池之類，以做平日裏與夫人來此遊樂散心之用。」

他一邊說著，一邊腳步不停，引領眾人一直向前。待到了那御園之所，果然如他所說，一路上精緻亭臺不斷，花草樹木鬱鬱蔥蔥，甚覺清涼。各人在外頭毫無遮擋的宮室大殿被太陽曬得厲害，正熱得頭暈腦脹，待進了御園之內，卻是一陣陣涼風隨著樹木擺動而徐徐吹來，當真是清爽之至。各人都眉開眼笑，那宿衛也甚是得意，引著眾人攀上一道里許長的假山，在那山上曲折行來，看著園內風光景致，各人覺得有趣，倒也不覺其慢。

待下了山來，卻又是一片竹林橫亙於前，在林內的羊腸小徑上迤邐行走，當真是翠竹修篁，心胸大快。待行至竹林深處，已是清涼之極，卻又見一幢宮殿建於竹林之內，四周有水車引水至那亭上，水花四濺，看起來便是涼爽之極。

那宿衛停住腳步，向各人笑道：「漢王便在重華殿內納涼，諸位可自己入內，我便不再引路了。」

眾人也不理會，由劉國軒打頭，一個個依次入內。

這重華殿看起來不大，入內卻覺軒敞寬大，一陣陣涼風伴著水花吹進來，竟有微微的寒意。各人待眼睛適應殿內的光線，張眼一看，只見張偉笑咪咪坐在殿內正中，正拿眼看著眾人。當下由劉國軒帶頭，各人高聲報名，準備下跪行禮。

卻聽到張偉吩咐道：「不要行禮了，整日跪來跪去的，也太煩人。」

見各人還在猶疑，張偉斥道：「還不都去了外袍，坐下來納涼。讓我下去給你們讓座不成？」

這些漢軍將軍要麼駐防各地，要麼遠征倭國，自離台後，與張偉相見的日子甚少。此時見他語笑歡然，只覺得親切之極，各人都將那謹慎事上的心思收起，一個個嘻嘻哈哈，去了外袍，坐到殿內備好的座位之上。

江文瑨與張瑞等人不同，他們不過是幾個月不曾見張偉的面。江文瑨卻是自從當日伐日取長崎後，便留在倭國不曾回來。眼前諸人除了張瑞之後，已都是多年不見，是以在略掃了張偉幾眼後，又四處打量，向何斌、施琅、張載文等人微笑示意。

張偉也是先注目他，見他四顧張望，點頭微笑。便先向他笑道：「長峰，現下看你，呆氣少了許多，眸子中靈氣四溢，竟是大大的不同了。」

見江文瑨站起來，垂手聽他說話，張偉不悅道：「諾諾，你這靈氣休要用在這上面。咱們之間說話，何曾需要如此的禮數了？這又不是在節堂或是將臺上點將宣令，不要這麼拘謹！」

江文瑨依命坐下，向他笑道：「漢王，不是我拘謹，實在是今時不同往日，您的身分地位與當日遠遠不同，難道就是稱帝之後，咱們還是如此的不知禮數不成？」

張偉原見殿內有史官在場，不免要正襟危坐，如臨大賓，此時卻是煩了，便架起二郎腿，在身上衣袍上略撣幾下，方答道：

「禮數麼，都是儒生弄出來的！搞什麼君權神授啦，天人感應啦，還不都是為了提高帝王尊嚴，防著百姓造反？龍袍越造越花哨，宮室越造越寬大，儀衛越來越威嚴。不過，自有帝王以來，

這造反弒君的事，還少了不成？咱們現下不必逆眾人的意，禮儀制度依照前朝制度，你們也好生敷衍著，別讓人揪了小辮子。待到了將來再改！」

又向江文瑨等人略問了一下倭國情形，沉吟片刻，便開口說道：「卓豫川的措施很好！我這邊正想大興土木，你們就先想著給我送便宜勞工來，這很好。至於廢天皇、禁武士持兵一事，需緩行！現下剛穩住倭國的大局，諸多舉措剛剛施行，待徹底消除了倭國的抵抗，然後扶持了農人町人的下層勢力，再來做這些事，抵觸的力量會小很多，想造反的人也會先想想後果！一會兒命參軍部將我的話擬好，派人送到倭國去！」

他這一番思慮，比起當日江文瑨與卓豫川的更加高明一些，江文瑨心中嘆服，正欲說上幾句頌聖的客套話，只聽張偉向殿內的所有漢軍將軍沉聲道：「召你們來，是因爲遼東的事，近來有了突變。」

張偉咬牙道：「這事情，說起來卻是怨我。是我小瞧了皇太極這個蠻子，想不到他三國演義看了幾次，居然學會了假死這麼一齣。死諸葛嚇走活司馬，他是裝死騙過了我，又騙了關寧鎮將，還騙了崇禎皇帝等文武大臣！」

他霍然起身，盯著諸將道：「現今的情形，難阻八旗入關了！」

眾人都吃了一驚，拿眼去看張偉與何斌等人，卻見他們神色如常，並不慌亂，知道這消息早就傳來，想必是瞞著江南的上下官民人等，不使局勢混亂罷了。

劉國軒雖身處上位大將軍，卻最沉不住氣，見殿內各人都低頭不語，暗存心思，急道：「漢王，情形到底如何？八旗兵是打下寧錦了麼？若是情勢危急，咱們要派兵過去救援麼？」

他當日隨同張偉突襲遼東，甚得祖大壽等寧錦鎮將的讚賞美譽，回師之時，曾赴錦州一行，與祖大壽把酒言歡。雙方都是粗豪漢子，當真是脾氣秉性樣樣對眼，是以雖相聚時間不多，卻都隱隱把對方當成知己好友。此時聽張偉一說，劉國軒甚是擔心關寧駐軍情形，是以著急發問。

張偉神色鬱鬱，不答劉國軒的問話，卻向殿內侍立的侍衛令道：「去，把那小兵帶過來。」

那侍衛聽令奔將出去，不一會兒便帶了一個身著明軍服飾的小兵入內。他見殿內主位上是一位王爺模樣的人端坐在上，便急忙跪了，口中諾諾連聲道：「小人拜見王爺。」

「你起來，要問你話。」

他答應一聲，急忙起了，卻不敢抬頭，只低眉順眼的拿眼角的餘光四處梭巡，略看一看，就知道這殿上坐的都是些大將軍、大官，更是嚇得大氣不敢喘上一聲，只等著那王爺問話。

張偉卻不理會，先向殿內各人說道：「這人是咱們留在山海關的細作，寧錦事起，他便逃回來報信。」

說完，方向那小兵道：「說說，你回來時，寧錦那邊的情形如何？」

「回漢王，小人在山海關吳襄總兵屬下。今年一過年開了春，趙率教總兵領著五萬多關寧鐵騎出關時，小人便在那城頭上看著，當真是兵強馬壯，威風凜凜。大夥兒都以爲那皇太極被宸莊二

妃的事弄垮，遼東女真內鬥還來不及，又怎有閒暇來打咱們的主意？是以見了大軍出關，也沒有什麼異樣心思，只覺得大兵一出，那些賊兵能是幾合之敵？統天下的兵馬，又有誰是咱們關寧軍的對手？大夥都覺得趙總兵一定能踏平川陝，得勝歸來。」

這小兵原本就是遼人，只是被高傑派人收買，這才充了漢軍細作。此時說起關寧兵馬，仍覺自豪。

張瑞等人聽來卻甚是刺耳，因而重重一哼。那小兵省悟，連忙改口道：「自然，和咱們漢軍比起來，關寧軍又算得了什麼？」

張偉一笑，斥道：「不必說這些廢話，快些講！」

「是是，小人多嘴了。趙總兵是三月出的關，他出關不到半月，就傳來建州韃子攻大凌河的消息。那大凌河正處右屯和錦州中間，是朝廷大員張春帶著幾千關寧兵，還有一萬多客兵班軍修築。將成未成之際，兩萬女真人突然圍了上來，那些班軍一觸即潰，還是咱們的關寧兵將那張春搶在內城，固守待援。祖總兵得了消息，因知大凌河干係重大，不得不救，委了親侄子弟守錦，自己帶了寧遠和錦州的兩萬精兵去救。在小凌河與韃子的肅親王豪格所部相遇，兩軍大戰數場，不分勝敗。祖大人焦躁起來，生怕大凌河的駐軍被韃子全滅了，便派了親兵請吳總兵帶兵來援。咱們吳總兵接了軍報，不敢怠慢，帶了家兵親將及萬餘精兵，一同去援祖大人。」

聽到此處，張偉不禁嘆氣，向那小兵問道：「你們幾家的總兵大人，都不曾想過韃子不肯急攻猛打，就是等著你們去援麼？」

那小兵瞠目結舌，不明所以，吃吃答道：「這種事情，都是大人們考慮的，我們小兵卻是不得而知。」

見張偉示意他繼續說話，便又道：「小人隨著吳總兵打馬急援，到寧遠會合了守城的副將何國綱大人，兩家兵馬合起，至小凌河又與祖大人合兵，此時咱們也約莫有四萬大軍，眾家兄弟都想，除非是滿韃子決心和咱們打一場大仗，不然多半是沒事的了。」

第十章　縱論天下

張偉搖頭道：「文武和濟當然好，不過也不必要硬攏在一堆，他們只需對兵部司官負責，作戰打仗歸參軍府管。沒事去巴結內閣總理大臣做什麼？自宋朝以後，抑武尊文，弄得武人們沒有地位，國家受異族的欺凌，這又很好麼？」

歷來遼東戰事，先是滿人守，明軍攻。明軍力量不足，便用添油之法慢慢增加，結果被滿人各個擊破，損失慘重。

當年努爾哈赤攻瀋陽，也不過是五六萬兵馬屯於瀋陽堅城之下，瀋陽的明軍都是關外精銳能戰之兵，數目也並不在後金兵之下。誰料先是派了近半兵馬出城邀戰，被後金一戰擊潰，城內守兵不足，蒙古兵叛亂，城池失陷。到得此時，偏又從廣寧等地來了三萬多援兵，被皇太極只帶了本旗兵馬擊破，幾萬精兵全軍覆滅，全數慘死。

明軍戰法雖蠢，後金卻也高明不到哪兒去，是以兩邊打了幾十年，都是拚來殺去，甚少有什麼戰略計謀。此次祖大壽等人聽得滿人來襲，自然立時就帶了兵去援。他卻無論如何也想不到，此番戰事，卻是不同於往常了。

只聽那小兵繼續說道：「咱們幾萬兵馬，屯於小凌河畔，與那豪格對峙。他的兵不及咱們多，不過滿韃子的射術高絕，經常幾千人輕騎衝來，射殺一陣就迅即退回。幾次下來，弟兄們死傷甚重，幾位總兵將軍氣急，決定與他們決一死戰。待咱們大部衝將過去，那豪格就頂不住勁，只得一直後退。從早自晚，咱們一直與他們接戰，待衝到大凌河那邊，與張春殘部會合。大家正鬆了口氣，準備在城外駐防，卻突見那皇太極親領了六七萬精兵趕來，與豪格合兵一處，將咱們團團圍了。幾位將軍見勢不妙，知道是墮入人家算計中，此時咱們人困馬乏，已是無力再戰。皇太極的兵馬卻是在大凌河城外養精蓄銳，就等著和咱們打。」

他眼中泛起淚花，已是語意哽咽：「祖大人和吳總兵知道若是被他們圍實了，只怕再無生路。這大凌城殘破不堪，容不住這些兵馬。城內的糧草不過是班軍和民伕們食用，只夠半年左右。若是這麼多大軍被圍，只怕一個月不到，就全得餓死。我立在兩位將軍身後，親眼得見他們鐵青著臉商議。隱約間聽說祖將軍要全師突圍，吳總兵卻是反對。他們越說越大聲，一直吵了起來。祖將軍道是不能放棄這邊的兄弟，吳將軍卻要他保存實力，以護衛寧錦安危。祖將軍說他不過，只得依了，派了寧遠副將何國綱帶了幾千受傷又沒馬的兄弟入城。他們領著騎兵突圍，回去守城。趁著天黑，

幾位將軍計議一定，立時便帶著大軍轉身突圍。」

說到此時，殿內的漢軍諸將都知道這些關寧騎兵在激戰一日，人馬俱疲之際突圍，必然是死傷甚眾，各人都是神色黯然。他們都是漢人，明末之際，女真爲禍遼東，是漢人的大敵，全國上下無不以遼東之事憂心。此時聽得鎮守關外的關寧鐵騎困頓至此，雖是敵國兵馬，卻也不免難過。

見那小兵甚是難過，張偉點頭道：「將他帶下去，好生安置。待他身上內傷好了，再給他差事做。」

侍衛們得了吩咐，便將那小兵帶了下去。

張偉見他離去，方道：「這人看起來十分猥瑣，其實也是個好漢。身上被滿韃子用鐵棒砸了一下，肋骨斷了三根，逃了性命後，因遼東事急，高傑命他逃離，他還很不願意。若不是家小早被接到臺灣，沒準還在山海關守著呢。」

劉國軒忍不住問道：「漢王，他們那日趁夜突圍，究竟如何？」

張偉先不理他，向江文瑨問道：「長峰，若你是滿人主帥，遇著他們突圍，該當如何？」

江文瑨略一思索，答道：「暴虎馮河，硬阻則死傷甚重。讓開通路，令他們逃跑。人累了一天也就罷了，那戰馬就是泥捏的不知道累？待他們一意奔逃時，以騎兵追擊邀戰，則斬殺必重！」

「不錯，此圍三闕一之理。當日皇太極正是先放開生門，讓他們死命逃跑，爾後以養足了精神的精銳騎兵追殺，這些關寧鐵騎就這麼被打垮了！因離錦州城近，他們拚了命地逃跑，卻不料人家不但後有追兵，還在小凌河又埋伏了兵馬，前後夾擊，刀槍棍箭不住斬砍射殺，待追殺到錦州城下，除了吳襄和祖大壽等人在親兵護衛下逃脫了性命，又收攏了三四千命大的部卒，其餘兵馬損兵殆盡。自大凌河城外到錦州城下，盡是明軍屍身。」

見各人都是憤恨模樣，張偉喟然一嘆，又道：「不必為他人傷感！咱們漢軍，遲早有一天會和八旗對上，到那時，看看誰才是真正的英雄好漢吧！」

自劉國軒以下，漢軍諸將都站起身來，向張偉暴諾一聲，都道：「末將都願為前部，誅滅韃虜！」

張偉揮手令各人坐下，見眾人仍是神情激動，便笑道：「不必做出這個樣來，那皇太極又不在眼前。倒是遼東那邊，你們看如何料理？祖大壽和吳襄被困錦州，寧遠城守將棄城而逃，一直奔到山海關乃至。皇太極令人占了寧遠，安撫當地百姓，關外屯民多半在寧遠附近，竟一下子被他得了大半。大凌河已被圍三月，城中糧草將盡，若不是何國綱一意主守，只怕也早被攻破。關外局勢危急至此，若是錦州一失，山海關亦不可保。八旗入關，此次卻是有了連成一片的後方，不再如以前那般掠奪了財物人口便回。若是北京一失，只怕北方大局立變，諸位，此次召你們來此軍議，便是要拿出一個章程來。」

嘴努向劉國軒，令道：「國軒，你先說！」

劉國軒猛然站起，大聲道：「請漢王調集大軍，即刻赴遼，解救錦州危局！」

張偉盯著他問道：「如何調兵，調多少兵馬，爲什麼要救錦州？」

「兵馬也不需多，只需將赴日大軍齊備，再加上全數的飛騎萬騎，再調全數的龍驤衛軍，由水師運至遼東葫蘆島上岸邊即可。五萬大軍配合火炮，一路推至錦州城下，配合城內守軍，雖不能攻破敵陣，卻也能保錦州不失。保住錦州，就能防八旗不能入關。咱們再迅速北伐，定鼎北京，占了形勝之地，則天下傳檄可定。到那時，齊集全國的力量，再征伐蕩遼東，可就容易多了。」

他這番話在戰術上，保錦州護山海關，使得張偉能得空北伐，定鼎北京，倒也不失是有些見識。張偉微微點頭，笑道：「前面的也就算了，全國的大局你倒是看的清楚。」

見他還不服氣，張偉斥道：「攻到錦州容易，你的糧道補給怎麼辦？人家不和你硬拚，派幾萬騎兵一路騷擾你的糧道，你吃什麼？火炮和火槍拿什麼打？守錦州不在兵強與否，只要你給祖大壽足夠的糧食，他能守上十年！錦州城這些年來一直在加固加高，你當容易攻得進去麼？」

說到此處，他沉思道：「倒是山海關，說起來是天險，實則一無兵，二無錦州堅險，卻不知道皇太極爲什麼圍錦而不叩關？嘿，原來是想著崇禎派兵入關，一戰擊破明朝精銳，然後錦州軍心頓散，到時候攻起來，也省事許多。就是不知道崇禎這次會如何處置，又是派誰領兵入關援錦呢？」

又向張鼐、張瑞等人問策，卻聽他們多半勸張偉即刻起兵，過江擊潰江北的明軍，然後由山東直入畿輔，直攻北京。待拿下北京後，在八旗兵前拿下山海關固守，收拾北方殘局，利用關寧阻擋八旗入關，相持數年後，再出關與八旗決戰。

張偉聽畢，只是搖頭不語。這些人只想著一路猛打猛衝，卻全然不知北方不比南方，流賊加上八旗兵的騷擾，早就殘破不堪，漢軍若是兵少，無力阻遏八旗入關騷擾破壞，便是張李等農民軍，只怕也不能全數消滅。雖是占了北京，卻無法穩定大局，徒亂了自己的陣腳罷了。

他思來想去，北方亂局如此，一時竟然摸不清頭緒。八旗兵看起來氣勢洶洶，卻為什麼不肯在山海關空虛之際一舉拿下，將整個寧錦重鎮困在關外，阻住明軍入關救援的路線，待拿下錦州後整軍安民，再行入關攻打北京，豈不更加的容易？

何斌不懂軍事，在一旁聽了半天不明就裡，只知道現下情形吃緊，滿人隨時可能入關，攻占京師。一幫將軍攘臂揎拳的，要與八旗爭勝打仗，張偉只皺著眉頭不作聲。他身為戶部尚書，很是憂心漢軍軍費。此次征伐倭國耗費甚大，再加上去年用兵江南，還有大筆的窟窿填補不上。雖然起了幕府的銀庫，到底不能視為常項收入，便插話道：

「你們說我也不懂，但有一條，咱們的財力現下決無可能負擔大筆的軍費。你們若是不信，把我這位子接了去，憑你們怎麼弄，都成！」

漢軍諸將正是摩拳擦掌，一心想去北方與滿人決戰。待見了何斌發火，方想起行軍打仗並不是自己想的那麼簡單，一個個頓時偃旗息鼓，坐回座位，只等著張偉發話。

張偉只覺一陣心煩，眼見各人都眼巴巴望著自己，顯是要他拿個辦法出來，不禁笑罵道：「當年蒙古人出兵打仗，一人帶幾匹馬，餓了吃些野物，渴了就喝馬奶。兩萬蒙古人征戰了幾萬里路，

一路上滅國無數，竟不需要什麼後勤補給。現下咱們的漢軍可了不得，每打一仗都是流水似地用銀子，也難怪咱們的何司徒肉痛。罵你們，也是該當的！」

又向何斌笑道：「你這麼一發火，我原本還有些異樣心思，被你喝得再也不想。廷斌兄，也只有你能拿臉色給這些無法無天的將軍們看，其餘的閣臣們，他們哪肯買帳？」

何斌正色道：「這樣可不對。志華，你該當聽那些儒生們的勸，把國家大典禮儀好生制定好。豈不聞當日有人幫漢高祖制定朝堂禮儀，全體功臣勛將們從禮如儀，高祖嘆曰：今日方知天子之貴。這種事，還是防微杜漸的好。比如吳遂仲，身爲內閣首相，漢軍大將們見了他，還是要恭敬些好。」

張偉搖頭道：「文武和濟當然好，不過也不必要硬攏在一堆，他們只需對兵部司官負責，作戰打仗歸參軍府管。沒事去巴結內閣總理大臣做什麼？自宋朝以後，抑武尊文，弄得武人們沒有地位，國家受異族的欺凌，這又很好麼？」

說到此處，各人又難免想起自蒙古興起，崖山宋室覆亡，十幾萬的宋朝官兵及文官武將殉難死節。好不容易明太祖驅逐韃虜，興復中華。現下卻又是天下大亂，女真人又復興起。

各人都忍不住開口罵道：「他娘的，五胡亂華之後，夷人們就騎到咱們漢人的脖子上來了。自契丹後，先是女真人，後來便是蒙古人，現下又是女真人起來欺凌漢人，難道咱們就奈何不了他們不成？」

「現下的蒙古人還算好的，大明邊軍裏不少蒙人，就是遼東軍裏，最少有幾千的蒙族軍士。這些人打起仗來，還是肯賣命的。那蒙人將軍滿桂，不就是和女真人打仗戰死的麼。」

「這話不對，蒙古人自明朝興起，一直就想著重復舊元。他們就是女真人打，也是狗咬狗的事。那個蒙古的林丹汗，不就是一直想著要兼併女真，掩有全遼，然後進軍中原麼？後來見事不濟，打不過人家，這才討明朝的好，願意和崇禎皇帝一起打女真。你當他是真心幫著咱們漢人麼，不信，咱們助他滅了女真，他實力壯大了，你看他是怎麼著，還不是一樣眼熱漢人的金帛子女！」

他們正議論的熱鬧，張偉開初只是笑咪咪聽著，拿起蓋碗喝茶。待聽到他們討論起蒙滿聯盟，蒙人左右搖擺之時，他心中突地一動，想起一事來。

便向張載文問道：「載文，前番令你派人前去與那林丹汗接觸一事，辦得如何了？」

張載文略一躬身，回道：「那林丹汗狂妄無禮，並不肯接見咱們的使者。還威脅要把他交給朝廷。依我看，若不是咱們迅速得了江南全境，只怕使者真的難逃毒手。」

他一臉憤色，張偉卻是不以為意，笑道：「這林丹汗自詡為蒙元嫡系，成吉思汗的子孫，對那些草原上的貴族都不放在眼裏，更別提咱們這些曾經被他祖上征服過的孱弱漢人了。他向明廷猛拋媚眼，不過是因為要借助明廷的力量攻打滿人，哪裡有什麼好心了。」

這林丹汗乃是蒙古察哈爾部的大汗，其人一繼位就奮然有振興祖業之志。在其經營下，察哈爾部一度強盛，士馬精壯，蒙古各部無人敢與爭鋒。然而林丹汗志大才疏，開初仗著祖父餘蔭，兼

併那些小部落時倒還順手，待到他四處掠奪屠殺，順之者兼併，逆之者被殺，其人又昏於酒色，並不能使其餘各部的蒙人心服。蒙古諸部星散已有幾百年，各逐水草豐茂之處而居，原就不想與其合併，受其管束。而林丹汗又是如此殘暴，更使得各部離心。他曾以一副甲冑強換科爾沁部土謝圖汗的絕世良馬，又以一副甲冑強換科爾沁部卓禮克台吉一千匹馬，那卓禮克畏懼其勢，也只得允了。待到努爾哈赤興起，竭力與科爾沁部交好，科爾沁部亦是需要靠山對抗明朝及林丹汗，兩邊一拍即合，遂成永世友好之姻親同盟。

張偉想到此處，心中已是瞭然。當日林丹汗畏懼努爾哈赤勢大，曾在天命五年致書天命汗，口稱：蒙古國擁四十萬眾，英主成吉思汗諭問水濱三萬人英主安否？先在人數上對努爾哈赤大加嘲諷一通，又道：今夏我已親往廣寧，招撫其城，受其貢賦，倘汝往圖之，吾將不利於汝。

努爾哈赤接書大怒，宣示眾臣知曉。自此後金與察哈爾部交惡，後雖取了廣寧，但明朝亦知林丹汗與後金結仇，乃每年賞銀八萬，希圖以察哈爾部牽制住後金。誰知在皇太極繼汗位後不久，便指使備受欺凌的喀喇沁部聯合鄂爾多斯、阿巴亥、阿蘇特及喀爾喀等部，組成了十餘萬的龐大騎兵隊伍，在土默特部落趙城同察哈爾兵展開激戰。察哈爾部的四萬五千大軍全軍覆滅，聯軍亦折損近半，當此之時，蒙古各部乃決心奉皇太極爲盟主，借後金精兵打敗察哈爾部。

在漢軍襲擾遼陽之前，皇太極率精騎親赴草原，在敖倫包打敗了察哈爾部落大軍，一直追擊到興安嶺，俘人口一萬五千，牛羊十餘萬頭。漢軍擊破瀋陽之後，皇太極無力對付林丹汗，倒教他回復了元氣，雖不如當年之盛，論單獨的力量，仍是強過任何一部蒙古部落。皇太極雖然詐病騙過了明朝，在明朝自弱寧錦駐兵實力後，突然出兵占寧遠、攻圍大凌河及錦州，卻一直不肯直接攻取山海關，正是忌憚林丹汗的威脅，若是不解決了他，則無法兼顧原明朝的長城防線，察哈爾部蒙古不但能隨時入關侵襲，還可以從蒙古草原上攻打他的身後，威脅甚大，他不能不懼。

如此一想，便知道皇太極近期來擺出的大軍入關姿態，不過是掩人耳目，只怕待遼東局勢稍有變化，他便會親領大軍，往攻察哈爾蒙古。那察哈爾部與遼東相隔甚遠，雖騎兵來回奔襲也需數月，且進兵時必選秋季馬壯之時，待他打平了察哈爾回來，崇禎五年已到了歲尾，勢必無法再興大軍。

張偉的漢軍人數不足，且耗費太大，再加上伐日一事，來回奔襲，士卒甚勞。再加上南洋呂宋等地也需時刻提防，那西班牙人能慫恿倭國人與他作對，未必不會親自上陣，攻取呂宋。是以當此之時，對岸明軍虎視眈眈，四周強敵環繞，決不是大規模攻取北方之時。那皇太極做出入關模樣，未必不是想讓張偉自亂陣腳，此時就吞併北方，到時候他解決了林丹汗，再以大軍來攻，漢軍人少難支，敗退下來，枉自損了現在無敵的聲名。

微微一笑，想到此處，對眼前亂局已是瞭然於胸。便吩咐漢軍諸將道：「今日召你們來議，原是為遼東一事。現下看來，你們也是沒有個成算。也罷，各位都是勞乏辛苦之人，可下殿於園中遊玩，待我與何尚書再議一陣子，時辰到了，咱們去武英殿飲宴，以慰勞諸位。」

各人知他與何斌有機密要事要談，各人躬身行禮，魚貫而出，自去欣賞這宮室風景去了。

劉國軒等人正豔羡張瑞享用了宮內御膳，待聽到張偉賜宴，心中歡喜，當下拉著江文瑨及張瑞等人，在御園涼亭內攀談，聽幾人講起在倭國的戰事，言道殺得倭人屍橫遍野，漢軍已成爲倭國絕對權威的統治力量之時，劉國軒等人都是聽得眉飛色舞，都深恨當日不能在場云云。

待漢軍諸將退出，何斌知張偉必定要說起徵兵擴軍一事，便正色道：「志華，適才我訓了那些個將軍，你想必聽在耳裏？」

張偉卻不想與他擺什麼漢王架子，被那夥文官強迫穿上了這親王龍袍，頭戴翼善冠，腰纏犀角帶，端正地坐於殿內，當真是全身都彆扭得很。見那史官走筆如飛，顯是在記錄適才自己與漢軍諸將的談話。張偉在心底嘆了口氣，向那史官溫言道：「密之，你可退下。」

那史官愕然抬頭，起身行了一禮，向張偉答道：「記述漢王的起居注，乃是下官的職責所在，漢王正在召見大臣，下官不可告退。」

「不妨事。我與廷斌兄說些家常私話，不必記了。」

「回漢王，帝王無私事。」

張偉被他嗆得一陣光火，卻見他梗著脖子一副強項的模樣，只得頹然坐下，擺手道：「依你便是！」又笑道：「方以智，你以《東西均》聲名直動江南，乃是有名的才子，什麼一而二，二而一，稀哩糊塗的說不明白。做人偏生這麼倔強！你椿萱並茂，難道不怕禍及家人麼？豈不聞天子一怒，血流漂杵！」

方以智亢聲答道：「豈不聞史筆如刀，孔子做春秋而亂臣賊子懼？」

張偉噗嗤一笑，知奈何不了這種風骨硬挺的書生，只得向他笑道：「既然如此，安心做你的刀吧！」扭頭向何斌笑道：「以前說官身不由己，現下才知道，原來帝王之身更加的痛苦。想那萬曆，待張居正死後，接見大臣勵精圖治，後來文官們老是用大義壓他，卻又是說一套做一套，言行不一。後來又因立后、國本等事，與整個士大夫交惡，乃至幾十年不見大臣，不理政事，他心中又何嘗願意如此呢。」

見那方以智眉毛一跳，那筆刷刷刷直寫，張偉額頭竟沁出一層細細的油汗來。

何斌卻是懶得理會他這些沒邊際的閒話，沒好氣道：「休要言不及義！我問你，去年年底臺灣得銀全數解來南京，還是不敷使用，該當如何料理？現下除了漢軍餉銀月費，還有火器局所用銀兩尚能保證，再過一個月，只怕連官俸也開不出來了。」

張偉皺眉道：「今年不是恢復收取田賦了麼？且又有大量的呂宋鑄錢進來，這都是財源啊。再有，商稅加上咱們大力扶持對外貿易，收取的關稅和貿易稅，這也都是收入。稅務和海關現下統歸你管，這戶部竟到了這個田地了麼？」

何斌冷笑道：「收田賦是能有幾百萬的銀子，可是你決意大修道路，廣開驛站郵傳，這要多少銀子？鼓勵私人開礦，收取鹽茶商稅，鼓勵對外貿易，大興織廠布廠，說起來容易，可是沒有時

間，難道今日行，明日就得利了？」

他皺眉又道：「若是維持現下的漢軍及廂軍人數，也許還應付的下來，尚且有些盈餘；可若是依你的想法，整編廂軍也罷了，大量招募漢軍，咱們又哪裡來的錢？餉銀、軍服、軍械、每月用度、訓練費用，漢軍擴至三十萬，你算算要多少錢！」

他侃侃而談，大倒苦水。張偉亦是頭疼不已，他去年打下江南後，爲定民心，爲安士林，下令不逮一官，不殺一人。後來局勢初定，乃捉拿了一些閹黨餘孽，抄拿家產，弄到了一百多萬兩銀子，再加上充公的土地房產，收益甚是可觀。可是閹黨可以拿，普通的官員和宗室卻是不能動彈。且爲了安定新附降官，縱是投誠後還有貪汙者，被都察院查了出來，也只是令密錄在案，不能處置。總歸是爲了穩住大局，不使江南混亂爲要。

待到了此時，張偉又在新官制與舊官制之間調和，又要應付清流士林對他的非議責難，還需提防貪官汙吏在地方激起民變，自臺灣過來的官吏百姓又對內地種種陋習充滿責難，對張偉姑息甚是不滿。自是年鎮之以靜，今年卻再也不能如此。是以在補充各種稅吏關吏之餘，又派遣了大量臺灣官吏及官學子弟，充實地方，暫停佐雜官員，學習政務熟習地方，以備改革。

明朝正員雖少，佐雜官員再加上編外人員，已經是地方上的一大負擔。冗官冗員負擔極重，各地方正員不通政務，凡事委給下屬。下屬們又委給監獄皂隸，皂隸們卻還有幫手、夥計。這些人擾民則可，辦事卻是一點不行。當時的中國還是小農經濟，政府不過是收取些賦稅罷了，什麼盜案賊案，多半還是鄉間自己私了；若是經了官府，只怕中產之家乃至破產，小門小戶的乃至破家。至於什麼勸農耕織、興修水利等務，卻是根本無人過問。

張偉派了官員至各省、州府、縣，原是要大興水利，發放良種，甚至興辦織布等貿易工廠，改良衛生習慣，大辦教育等務。那些明朝舊式官員，卻是愛理不理。在他們看來，多一事則是生一事，好心亦可辦了壞事。傜役過重，興事太多，除了激起民變，還有何益？這是正派官員的想法。那些自身不正，看準了漢王殿下不欲生事，不想處置舊明官員的心思，正欲大撈特撈，巴不得漢王生事，他們好從中漁利，是以拚命巴結上頭自臺灣派來的官吏，哪怕是職銜不如自己，也是抱足了他們的大腿，指望著與這些天子近臣打好關係，用來威壓原有的舊明官員。結果這小半年除了大集了百萬民工，由官府給了工錢，修建了幾條直道，連接江浙閩湘等省，又廣設驛站，以通郵傳之外，其餘諸事竟不能辦理。正直官員不欲多事，品行不好的又不敢信重，江南治理竟陷入了兩難境地。

此時見何斌為難，張偉也知道他這個戶部尚書做的不易。除了戶部以外，因稅務和海關等衙門在內地都是新設，缺乏人才管理。中層官吏都是從臺灣調來熟手，又使何斌統領全局。是以除了戶部的事情之外，稅務和海關的事情也需要他憂心。而漢軍急需擴大也是必然之事，在諸多來錢的舉措沒有見效之前，他只能量體裁衣，拆東牆補西牆。此時聽得張偉要行擴軍一事，心中煩憂，這也是人情之常。

故步下御座，一步步踱到何斌身邊坐下。見他還是愁容滿面，張偉一笑，將何斌身旁的五彩小蓋盅親手端起，向他道：「來，喝口茶潤肺，別氣得跟烏眼雞似的。」

那方以智在一旁記道：「王下座，親奉香茗與尙書何斌。」看一眼何斌神色，卻見他若無其事，順手接過來呷了一口，便放在一邊，竟渾然不當回事。方以智嘆一口氣，又奮筆疾書道：「何某感王至意，乃泣。」

又聽張偉笑道：「若是心裏沒有成算，我敢妄言擴軍一事？」

何斌反問道：「那你說該當如何？多造商船，在倭國多放貨物？緩不救急啊！」

他眼光倒是毒辣，知道日後以倭國爲傾銷商品的優質市場。那倭國已無力反抗，隨著內地大興礦山、修路、水利等事，大量的健壯武士和罪犯都將押來至中國爲苦力。至於原本的倭國本土商業，則勢必遭到打壓破壞。以宗主國的身分，把倭國人需用的每一件商品都控制在自己手中，把他們的財富掠奪過來，方不枉漢軍辛苦一遭。只是緩不救急，指望倭國的白銀來支持江南，一時半會兒卻是看不出功效來。若是急而圖之，卻正好給了那些心懷不滿的倭國大名和武士們造反的藉口，弄得全倭國大亂，反是得不償失了。

他滿心狐疑，卻見張偉眼神往方以智那邊一掃，略一頓足，方大聲向他說道：「我意已決，自今日起，拿捕所有在冊的貪墨官吏，抄拿家產，以資軍用！」

何斌點頭道：「這倒也是個法子。咱們占了南方一年，大局早就穩了。朝廷那邊剛派了大兵到川陝剿賊，一時半會兒根本沒力氣來尋咱們的麻煩。地方上偶有流賊，也被駐紮在形勝之地的漢軍彈壓。小打小鬧的，甚至地方上的靖安司就能敉平，連廂軍都不必動用。」

低頭想了片刻，卻又道：「復甫也和我說過，舊明的貪墨官員造冊在案的一千餘人，這一年來咱們發現查察的也有不少，統統拿了動靜不小。再有，只怕抄出來的銀子，也不夠一年的使費。」

「光抄貪官當然不成，還有在地方上驕縱不法、屢有惡跡的宗室諸王！」

張偉要拿諸王開刀，沒收其幾百年來積澱的財富一事，何斌早就知道，是以聽了之後全不吃驚，卻是大感興趣，笑道：「甚好！你總算是要拿這些王爺們開刀了！」

又笑道：「除了桂王常瀛之外，也就是潞王稍有賢名。其餘諸王多半驕橫不法，騷擾地方。封國百姓多受其苦，沒有不罵的。這些王爺侵奪人家產，霸占人的妻女，這也罷了，甚至有當街青衣小帽，親手擊殺百姓以為取樂者。」

屈指略算一算，何斌已是眉開眼笑，笑道：「整個江南，計有親王藩王百餘名，平均每家最少也能抄出二三十萬的銀子，古董珍玩還不在內。擴軍和興修水利、教育、郵傳等事，都盡夠用了。」

他們兩人談得熱絡，心中想著抄拿貪官和宗王之後的收益，眼前當真是滿眼的白銀飄來蕩去。卻聽得殿內一側稀里嘩啦一陣大響，兩人嚇了一跳，轉頭一看，見是方以智打翻了桌上陳設，正自慌亂。

張偉見他一臉驚惶，笑道：「方大史官，讀書人的養氣工夫，便只是如此境地麼？」

方以智先是慚愧，待聽到張偉打趣，卻又鎮靜下來，忍不住將心中疑問說了出來，盯著張偉問道：「漢王，您以建文苗裔行靖難之事，若是爲難宗室，只怕天下人都會疑您。再有，歷來國家有親親之義，君王不想著給宗室安寧，反而想辦法剝削宗室的資財，這便是漢王的理財之道，治理天下之術麼？今上在北京不管多難，亦未曾將主意打到百官和宗室身上，請漢王愼思之。」

他說到一半時，張偉已不耐煩，卻又不想弄個拒諫的惡名，是以耐著性子聽他說完。待他說到崇禎如何如何之際，張偉已是心中大怒，卻又不想過分折辱於他，便冷冰冰答道：「史官不是諫官，只需做好你的本分就是！」

見他漲紅了臉坐下，張偉到底忍不住，又惡聲惡調說道：「今上是不盤剝百官和宗室，只是商家和百姓們苦於商役和加賦，方學士世家子弟，文名響亮，自然是不會知道下層百姓的疾苦了。」

不再理他，又向何斌道：「廷斌兄，這麼一弄，擴軍、在內地興建火器局等事，可算是立時能做起來了吧？」

何斌笑咪咪站起身來，一搖一擺向外行去，當真是長袖善舞，風姿綽約。

張偉衝著他背影叫道：「我一會兒便會明發手諭，諭令各地的漢軍動手，協同都察御史們抄家拿人。戶部需盡速給兵部發文，給勘合拿錢！」

何斌遠遠應了一聲，心頭輕鬆，懶得在這大殿內與張偉多耗。張偉見他不理會自己，早就去得老遠，心頭一陣光火，知道宮殿內到底令人拘謹，是以何斌不願多留應承。

慢慢坐回御座，苦著臉看著空蕩蕩的大殿，只有那方以智還在伏案疾書。他原本是歸都察院該管，後來張偉從善如流，設翰林院掌詔命、起居注、修史等事。原都察院派來的史官裁撤，改由翰林院每日派來史官輪值。這些人卻是比都察院的那些吏員們強過許多，不但文采了得，就是責任心也強上百倍，是以現在竟然成了張偉的影子，除了張偉在後宮歇息之時，竟是每天都甩不脫他們。

嘆一口氣，卻因這強項書生想起那禮科給事中吳應箕封還詔命一事，便下令道：「來人，速至文華殿宣吳遂仲、鄭煊、張慎言來見！」

不一會兒工夫，殿外傳來橐橐靴聲，又有低語嘈雜，卻並不入內。張偉大聲問道：「何人至殿外喧嘩？」

只聽吳遂仲答道：「臣吳遂仲領內閣諸臣，奉諭來見。」

「進來！」

又稍待片刻，方見吳遂仲等扶劍躬身而入。至張偉座前行了一禮，各依班次坐下。

張偉問道：「你們既然到了殿外，爲何不迅即入內，在外面吵嚷什麼？」

鄭煊躬身答道：「臣見園內有漢軍諸將軍徜徉流連，所行非禮，是以吩咐人去知會，命他們可居於一處待宣，不可於這宮室內亂走。」

「此事該當漢軍軍法部管，尙有內廷侍衛監視左右，尙書管到他們頭上，亦是太有權了吧？」

被張偉冷冷一訓，又聽出他語意不善，看一眼神色，顯是怒氣勃發；鄭煊卻也不管，低頭道：「禮法乃是禮部當管之事，漢王既然說將軍們不歸我管，那麼今日的事，我移文至軍法部馮將軍處，也就是了。」

張偉不再與他糾纏此類細務，見幾名大臣都是正襟危坐，目不斜視，顯是等自己發話，便道：「請你們進來，是要議一下吳應箕封還詔書之事。」

身爲內閣首相，吳遂仲自然是首當其衝。給事中封還詔書，此事在漢王治下卻也不是第一次，但此事涉及到後宮之事，各大臣自然也知道漢王必定會尋他們前來諮問，是以各人早有腹案，聽他言及此事，倒也並不慌亂。

吳遂仲面若沉水，向張偉答話道：「臣以爲此是帝王家事，吳給事中未免太過多事。明朝制度，原本就是要在貧門小戶中選取后妃，以免外戚專權。太祖朝時，馬皇后農家女，以大腳母儀天下，有何不可？」

鄭煊立時頂了回去，大聲道：「帝王家事，也是天下事，士大夫當以國事爲重，帝王也自然如此。若以貧家女入宮自然無礙，然漢王夫人出身煙花柳巷，以爲后妃自然不可。臣以爲，吳應箕封還詔書，所行甚善。」

又向張偉道：「臣請殿下從諫，勿以私愛壞天下事。」

張慎言亦道：「天子無私事，漢王遲早即位登基，家事亦國事，冊立后妃一事，還請漢王慎思。」

張偉聽他們說得激烈，反覺好笑。以他的思維方式，自然不可能接受這麼荒謬的說法，故拂袖道：「我與柳氏乃是貧賤夫妻，俗語尙云糟糠之妻不下堂，難道我拋卻元配，別冊他人，就符了道義禮法，令天下得安？當真笑話。」

斷然令道：「召你們來，並不是說吳應箕是不是有理，而是要說這給事中需行廢除，不再設立！」

他此語一出，不但張慎言與鄭煊連聲反對，就是吳遂仲亦道：「給事中的封駁乃是對帝王行事的限制，漢王雖然英明神武，後世子孫未必如此，這制度還是留著的好。」

張慎言先是引經據典說得唾沫橫飛，待聽得吳遂仲之語，先覺其粗鄙，後來一想，倒是至理明言，便也道：

「明太祖立國之初，廢丞相，凡事自專獨行，十分勤政，每日批閱奏摺，處斷政務，一生中除了偶爾生病，從不荒疏政事。是以廢了丞相也不打緊。待到了他的子孫輩，立時就不成了。漢王今起於草莽，凡事英明睿斷，自然覺得給事中礙事。豈不知百年之後，只怕有一給事中，可以令天下人受益呢！」

見幾人都是一臉惶急，張偉反倒一笑，命幾人回座坐下，方道：「不設給事中，並不是說要獨斷專行。爲帝王者固然要尊賢納諫，可做臣子的，便能保證一切出於公心，又或是某一人的思想，

能左右全局麼?依照咱們現行的給事中制度，一有不對，某科的給事中即行封還，然後內閣重議，或是我重新下詔方可。那麼，若是那給事中是受人左右的麼?結黨以圖私怨的呢?或是其見識品識並不足以勝任?」

吳遂仲答道：「漢王，前兩問還有些道理，後一問便不至如此，給事中的任命咱們十分慎重，需都察院核查，吏部會推，由內閣確定，是以無論品行見識，都足以任其職。」

他身兼吏部尚書，官員任命都與其有莫大的干連，此次吳應箕突然發難，立時攪得政局大亂，他心中雖是不滿，此時卻是不能不回護一二，如若不然，可是連自己亦是掃了進去。

因此話有理，張偉倒也不便辯駁，只是接著他話頭道：「你既然知道六科給事中容易受人左右，陷入黨爭，就該當贊同我的做法。北京朝堂之上，什麼楚黨、浙黨、東林黨，哪一黨是好人了?東林黨初時還有些銳氣幹勁，一心爲了國事，待陷入黨爭之內，只怕也好不到哪兒去吧!」

第十一章 大治江南

他原本就要大興官學，在江南各地增設學校，培養人才，不使國家政務全數落入科舉考出的官員之手。這些裁撤下來的官員，有儒學、醫學、算學等各種人才，讓他們做事不成，教些初學的學子卻也不難。如此這般，又解決了安插官員的頭疼之事，又一下子得了這麼多的教師，當真是一舉兩得。

張慎言與鄭煊雖是明朝文官大員，卻並不是朝局中某一黨的成員，如若不然，也不會淪落至南京閒曹任上了。此時聽張偉痛斥黨爭，兩人深受其苦，頓時都點頭讚道：

「漢王此見甚是！大明的黨爭爲禍甚烈，比之唐宋有過之而無不及；若是咱們這裏也分這黨那黨的，只怕於國事無益。」

話雖說得光明磊落，實則現在的江南官員系統，早就分做三四派，什麼從龍閩黨、粵黨、新

附黨等等，其間又依地域或是性格學術，又多分小黨小派。其中以閩黨勢力最強，以吳遂仲爲首；東林黨次之，因在江南有莫大勢力，黃尊素等人又是朝中大員，再加上東林黨徒在江南原本就是清流代表，百姓官員中名聲甚是響亮，是以竟能與張偉自臺灣帶來的閩人文官集團相抗。至於何斌陳永華等人，因與張偉關係太過密切，卻因如此，極是害怕結黨招忌，除了何斌在財稅等部有些舊屬下聽用外，平素在家時竟是一人不見，一語不聽，決不肯結黨亂政。陳永華崖岸高峻，又是都察院判，平時官兒們躲他還來不及，哪敢上門去自尋難看？是以除此二人，朝中沒有結黨自重的，也只有幾個潔身自愛，甚惜羽毛的重臣大員了。

張偉雖知結黨不妥，卻知在自己馭下手段下，暫且無憂，待將來有了條件，正好可令這些人依政治見解，或是利益驅動下公然立黨，或許可使得黨派良性競爭，安然出現於此時的中國，倒也是好事一樁。

是以見這張慎言與鄭煊勸他大力彈壓，嚴禁官員結黨一事，張偉反又回轉頭來，向二人道：「歐陽修說小人結黨禍害國家，君子卻又是另一種做法。東漢末年的黨人，豈不是一心爲國？此事還在於人君引導，一意禁絕黨爭，一則有人則有黨，二則也傷了仁人君子的心。」

又道：「雖是如此，給事中與都察院這樣身負朝廷重責，督查官員，匡扶君主，杜絕錯漏的朝廷要員們，卻是絕然不能結黨！陷入黨爭，善政不得而行，陋習不能更改，官員有錯而不彈劾，一意只相助黨人，這如何得了！我意廢給事中，復御史台，專司審核朝廷的詔書旨意，內閣的諸項政務舉措，亦需報御史台備案查核，有違法不當、行止失措的，御史台可封回、彈劾該管的大臣；都察院有官員失職、亂政，或是對官員處置不當的，御史台亦可對該院官員進行評議審核處置。」

待他說完，底下三人都覺這是恢復以前的台諫各一的制度，仔細一想，卻又與唐宋制度略有不同，因都問道：「若是御史台處斷不明，或是因私廢公，豈不是與眼下一樣？」

張偉得意道：「不然。御史台不設主官，設評議會，御史可多選賢良方正的官員充任，亦要充實精通各種雜學的人才。人數可設為百人，百人中分門別類，對門應對各部，遇事則群商而行，眾公議而行事。他們又不需要行政，不怕辦事拖沓，只需對朝廷政務拾闕補遺就是。是以遇著大事可召集全數御史，各依見解陳說之後，御史們再行決斷，依公議結果，再向朝廷和內閣報備。如此這般，又能防止君主和閣臣們亂政，又防止一兩個人被黨爭和私欲左右，豈不更好？」

吳遂仲等人沉思片刻，雖覺張偉所說的「雜學」人士充任御史不妥，倒是比這現在強上許多，便都道：「漢王思慮，臣等不及。如此這般，一可以朝政不被人左右，令太阿倒持；又可以使人評議朝臣們的政務，匡扶人君的錯失，當真是良法善政。」

吳遂仲本是臺北官學內的醫官，對雜學云云從無偏見，此時聽了張偉的決斷，腦中略轉，已是有了成算，微笑道：「戶部可選取精於算，通貿易的聞達之士充任御史，專司審核戶部、稅、海關等部的政務；刑部與大理寺、都察院，可選於刑名律令上通曉的官員充任，其餘各部，亦都依此而行，則天下事不因某人某黨而壞，漢王的想法，當真是絕妙之極！」

張慎言卻道：「雖是如此，到底還是要多選身家清白、風骨硬挺的讀書人充任其間，否則，商人重利、刑名之人多半奸狡，若是混雜其中，左右他人，只怕反失了漢王原意了。」

張偉點頭道：「這是自然，只要充任御史的，一定要事前嚴加審明身家，每年再行清算。爲任時，一不得結交朝臣，二不許行生意、置田、入股等事，一旦有違，則剝其官職，嚴責其罪！」

商議至此時，總算是塵埃落地。吳應箕官位尚且不保，更休提其駁還詔書所引發的朝局動盪。那些東林黨人原本卯足了勁，準備在張偉逼迫吳應箕時一起抗爭，一則使張偉再立新后，二則昭顯東林力量，以此掌控全局。

黃尊素等人雖是正人，奈何東林黨此時已是良莠不齊，比若錢謙益當年謀官不成，此時卻又復爲禮部侍郎，做官的心正是熱切，自然想東林黨的勢力越發壯大，以他在東林內部的身分地位，再加上那些原本的大老年歲已在，黨首之位非他莫屬，得利之後他自然也會水漲船高，身居高位了。

待張偉斷然將給事中一職裁撤，又得了閩黨及各內閣重臣的支持，便是黃尊素等人聽說御史台之復設，亦是頷首微笑，連聲贊同，其餘心懷不軌，正欲興風作浪的黨人，哪裡還敢再行多事？

此事一了，還不待眾人回過頭來。張偉又下令裁撤大理寺、光祿寺、少府、欽天監、太醫院、行人司、太常寺、太僕寺等原明朝的諸多衙門。一時間，數千名官員丟官罷職，天下爲之騷動。

大理寺原本是專門平復審議刑部案件所設，後來多與都察院和刑部坐審要案，實則是虛設無用。自有御史台和都察院加強職能，又有靖安部專司捕盜、破案，刑部只審不執，大理寺已是無用。那行人司專司帝王出行禮儀杖衛，太醫院供奉的太醫只是醫不死人，救命卻也是想也別想，欽天監算不出曆法，還需請傳教士來相幫方可。一定江南，張偉便想裁撤這些無用的閒曹，使這些冗官冗員無可寄生。但為了穩定大局，卻也只得暫且留著。此番盡數裁了，心裏大暢之餘，卻也是頭疼這些個官員的安置。若是盡數驅趕回鄉，只怕立成遺老遺少，在鄉里成為施政的阻力。若是重新安插，卻又失了裁減冗官、節省用度的原意。思來想去，不得其法。

倒是陳永華偶入，與張偉彙報抄拿貪墨官員一事時，見他正是為難之際，卻是出了個主意。張偉一聽之下，甚覺有理，因下令道：裁撤衙門的官員，吏部可甄別人選，將那確有才幹的留用，安排至需用衙門，甚或下調地方也可，著該部好生實行，勿使賢才流落。其餘各官，可令其至各處新設官學任教，由官府依照原俸給銀，命其好生教學，為國家培養英才可也。

他原本就要大興官學，在江南各地增設學校，培養人才，不使國家政務全數落入科舉考出的官員之手。這些裁撤下來的官員，有儒學、醫學、算學等各種人才，讓他們做事不成，教些初學的學子卻也不難。如此這般，又解決了安插官員的頭疼之事，又一下子得了這麼多的教師，當真是一舉兩得。

這一些舉措動靜甚大，漢軍每日在當地靖安司及都察院官員的指引之下，抄拿貪汙官員，當真是夜以繼日，片刻不停。再加上裁撤在京各衙門、地方各冗員，一時間江南謠言四起，民心不安。好在此時北方的皇太極和崇禎都是頭疼自家事，哪有閒心來管他。亂上一陣，縱使被抄官員們對張偉恨之入骨，看了裝備精良、如狼似虎的漢軍士卒，也只得嘆一口氣，捲著鋪蓋滾蛋了事。好在張偉和漢軍要錢不要命，抄了家產後倒是不需坐牢，不用殺頭，比之當年明太祖捉貪官剝皮揎草，仁慈多了。

何斌卻是不理會這些，他與張偉一樣睜大雙眼，盯著這些被抄拿的官員們。只是張偉盯著他們是防著造反起事，他卻是盯著白花花的銀子漫天向他飛來，當真是笑得合不攏嘴。只是這些銀子多半左手進，右手出，每日等著批銀拿錢的漢軍將軍們不絕於途，戶部正堂滴水簷下，成日都是那些吹牛說笑，乘涼等著傳見的漢軍負責招兵的將軍們。只待押銀的戶部司官們一到，立時就是蜂擁而上，拚了命的打點，陪笑臉，說好話，只盼何斌早日接見，批下銀來，便可以立時回去招兵募勇，加以訓練。

他們雖急，何斌卻是不能痛快給錢，總是將所需銀兩一算再算，壓縮至無可再壓，方才肉痛之極地批將下來。在雷州新開的鐵礦用銀，在南京新設的火器局工廠，他卻是一點不省，因知造槍造炮的精度和數量關係到漢軍乃至整個江南的生死存亡，一點怠慢不得。

如此，沸沸揚揚鬧騰了兩月有餘，抄拿家產的漢軍一個個都成了抄家老手，都知事前不動聲色，然後突至其人宅前，翻牆而入，將一家老小齊集一房，然後逕自四處抄檢，金銀分做一處，珍玩古董字畫歸爲一處、地契房前及商行入股契約之類又是一處。抄拿完畢後，方又宣示罪狀，給那些貪官留有一些基本的生活用具，然後驅逐出門。

被如此抄過的那些貪官汙吏們，當真是欲哭無淚，抄家過後，就差赤條條被攆出門去。雖然還可勉強生活，只是都享受慣了，又哪能受得了貧苦生活？於是每日奏報犯官自盡，甚或是圖謀不軌的表章源源不斷，由內閣轉至張偉案前。

因炎夏難耐，南京宮室地勢低窪，更是溽熱難耐。張偉耐不住熱，便索性由乾清宮搬至御園內的重華宮裏居住。他近來關注漢軍擴軍及臺灣火器局遷來部分工匠，充實南京火器局諸事，又時刻擔心遼東局勢，尋常政務都有內閣處理，他倒也落得清閒。只是抄家充實國庫一事，江南儒林已略有微詞；再加上犯官們聲連一氣，近來頗有些不穩跡象。無奈之下，也只得多加注意，唯恐有那不知死的鋌而走險。

張偉用手指彈彈表章，一陣苦笑，扭頭向在一旁侍候的柳如是道：「民不畏死，奈何以死懼之？這群混蛋，當真是要錢不要命！」

見柳如是不明所以，張偉便將那內閣呈進的表章遞將給她，自己端起冰鎮酸梅湯，大口喝了幾口。

柳如是略看幾眼，只覺心中一陣犯噁，立時扔還給張偉，嗔道：「這種事情，叫我看來做什麼！」

張偉笑道：「這有甚麼？為夫的手上也算是沾滿鮮血了，難道還怕什麼陰私報應不成？為大事者不拘小節，什麼都不敢，我只怕現下還是鄭一官手下的小海盜。」

他彎腰將掉落在地上的表章撿起，順手在柳如是臉上擰了一把，笑道：「若真是那樣，哪能娶得妳這樣如花似玉的娘子呢。」

柳如是先是被他逗得一樂，待聽得他的誇讚之辭，卻垂首低頭，道：「你近來夠煩的了，冊立的事，先緩緩再說吧。」

「這些事，妳不必管！」

見柳如是垂首低頭，張偉心中不忍，便在她身邊坐下，溫言道：「妳道這些老夫子們是當真和妳過不去麼？或許有些人是當真如此，不過多半是和我過不去，又不敢在國家大政上公然抗拒，只得尋了這些小事，來磨我的火性！當年嘉靖皇帝、萬曆皇帝，不都是如此麼？妳只管放寬心，何斌他們，還有漢軍的將軍們早就上書給我，勸我早定後宮，以安人心！」

說罷一笑，坐將回去，又道：「可惜咱們的孩兒是個女孩，不然不但冊妳爲正妃，還要立他爲世子。」

「這些事我並不在意，只盼你能多清閒些，就比什麼都強了。」

張偉見她神色，已知她在這後宮寂寞，自己越來越忙，陪她甚少，這宮裏又不比當年在臺灣之時，還可以隨意進出，關防和物議甚嚴，她現下的身分，再加上一幫人正盯著立她爲妃一事不放，這些煩憂事情壓在心頭，是以有些鬱鬱寡歡。

便將那奏報南昌官員全家自焚以抗抄家的表章放下，又將桌上的表章盡數歸列一堆，向殿內侍候的翰林侍讀學士黃宗羲令道：「這些我已看過，送回內閣，依他們所議就是。」

沉吟一下，又道：「那些個犯官們尋死，著諭內閣不必理會，該抄拿的仍是抄拿，若是秘密結社、陰謀不軌的，隨機處斷，不必來奏報給我了。」

黃宗羲聽得他吩咐，將那一堆表章捲上一捲，向張偉和柳如是施了一禮，逕自匆匆去了。

見他遠去，張偉又示意那史官今日無事，令他退下。殿內再無旁人，張偉便向柳如是笑道：「如是，妳想必是悶得久了，是以心裏不樂，咱們不如微服而行，我帶妳去散散心去！」

柳如是聽得他要帶自己出遊，心中立時大樂，便待答應，轉念一想，又道：「你不理政務了麼？大臣們聽說咱們只管出去玩樂，準定又得怪罪於我了，是以，我還是在宮裏不出去的好。」

她諸般都好，只是這思前慮後，諸多顧忌的性子，讓張偉很是不喜。便耐住性子，向她道：「妳若不去，可枉費了我的心了。咱們微服出去，不過遊玩半天，我也舒散一下，總悶在這宮裏，我可要憋死啦。」

兩人終於換了衣袍，張偉重新穿上青衣，頭上束著四方平定巾，一個尋常儒生的打扮；心中覺得自在喜樂，高興得只欲大叫。再看柳如是亦是尋常婦人打扮，仍是俏麗異常，也顯得輕鬆快意。

張偉連聲吩咐侍衛：「莫要跟的太緊，不要做出這如臨大敵模樣。南京城內尚且如此，待我出去遊歷，你們該當如何？若是被人發覺了，我要重重的責罰！」

一群侍衛自然答應，卻仍不敢離得太遠，只是做出不相干模樣。至於別人是否能看出這幾十名

壯漢是否在護衛眼前的車轎，那便是仁者見仁，智者見智了。

張偉將柳如是扶入車轎，命兩個婦人入內坐了，後面又隨行一輛照顧起居。自己騎上馬去，腰扶佩劍，得意洋洋令道：「往雞鳴寺！」

這雞鳴寺乃是南京城內的古剎，最是有名不過，柳如是小時曾隨著媽媽來過幾遭，只是隨喜上香，哪能盡觀各處的風光景致。此時隨張偉前來，兩人攜手並行，在寺內各處閒逛，好在因此時天熱，寺內雖是陰涼，尋常百姓哪有能力乘車而來，走在路上熱也熱死了。是以此時寺內空曠無人，倒正適合這二人閒逛遊樂。

寺內和尚雖見這兩人是尋常打扮，身後卻跟隨了諸多護衛，知道這兩人身分不同凡俗，因奔來幾個知客僧人，小心翼翼跟隨於兩人身後，隨時講解奉承。

二人初時還覺礙眼，待見那僧人倒還知趣，不和他們說話，只跟在身後不語。待略一詢問，便將這寺內各處古蹟名勝詳細解說，一樁一件娓娓道來，也令他二人大長見識。這僧人侍候各處來的達官貴人多了，張偉又無甚架子，侍候起來更是得心應手，一個個馬屁拍得價響，當真是令他們心花怒放。

兩人在寺內隨喜一番，張偉見柳如是歡喜，也很高興。兩人最後到得大雄寶殿，隨興拈香默祝。張偉見她神色虔誠，在佛前跪坐良久，方才起身，便向她笑道：「我知妳在求什麼，可是求佛祖再賜給咱們一個孩兒，而且要是個男孩？」

柳如是臉色一紅，嗔道：「偏你話多，小心教人聽了笑話。」

張偉無所謂一笑，答道：「這些和尙見的還少麼，哪一個年輕婦人到這裏不求神拜佛，要麼求子，要麼也求官人飛黃騰達，要麼就是闔家平安。左右不過是這些，難道還能求出花來不成。」

見那幾個和尙倒也知趣，亦步亦趨隨到此處，卻並不上來囉嗦，張偉便召手叫來一個，向他笑道：「各位大師辛苦半日，生受在下了，一會兒命人給香油錢，給貴寺修繕山門之用。」

也不理會他們的如潮奉承之辭，攜了柳如是便待出寺。

站在殿外高處，卻突見寺東偏院處紛紛擾擾，數百人喧鬧不休。他與柳如是一直在正殿四周遊逛，此時方見，不免詫異，便向那幾個僧人問道：「那邊是怎麼回事，這佛門清靜地，如何這般鬧騰？」

那爲首僧人聽他動問，卻先不答，只向四周略看幾眼，見左右無人，方才答道：「那些人，都是咱們大明的藩王！」

張偉眼角一跳，答道：「竟是如此！那他們在此地，又是爲何？」

那僧人微微一笑，答道：「這是漢王殿下的恩典了。這些藩王都是有罪之人，漢王只是抄沒了他們的浮財，沒收了土地王宮，命他們於咱們雞鳴寺內暫居，來日再行安排。」

他雙手合十，念了一聲佛號，又道：「鼎革之際，不殺前朝的宗室，只是如此處置，這已是大恩德一件啦！」

「聽說那漢王也是建文後人，太祖苗裔。此次起兵靖難，倒也不算鼎革。」

那和尚往張偉臉上略掃幾眼，見他神色如常，不似說笑，原本不欲答話，卻是喉嚨一陣發癢，忍不住又道：「這位施主，這不過是前人撒土，迷後人的眼罷了。聽說漢王從海外歸來不假，可是建文帝一事究屬無稽之談，漢王不過是僞託罷了。嘿，咱們可不管誰家坐了龍庭，只要漢王能保得江南太平，都一樣！」

張偉聽他說完，心中一陣愉悅，卻又故意挑刺道：「這話更是不對。且不說漢王假充建文後人不對，現下他既然已冒認明朝宗室，那麼如此苛待宗親，有違聖人之教。」

他揮手向那邊喧鬧處一指，又道：「大和尚你看，這些宗室的親王郡王，以前是何等的尊榮富貴，現下落魄成這模樣，看來真令人感傷，漢王何其忍心也！」

和尚此刻卻是不再隨他所說，冷笑道：「這位施主，您或許身居富貴人家，不知道這些藩王們的手段！貧僧出家之前，也是尋常百姓，居於襄陽城內，經常能在城裏見識眾親王郡王們的手段。國朝兩百多年，被王爺們苦害了多少百姓，搶掠了多少良家女子，兼併了多少肥田膏土，多少百姓被害得家破人亡。那個時候，可有誰爲他們感傷呢？」

這和尚雖是言辭無理，張偉倒也不以爲忤，微微一笑，命侍衛放下百兩銀子做香油錢，帶著柳如是往那寺東偏院一觀。

到了那處，卻也並不近前，只離了一箭之地旁觀。但見一個個原王府中人喧鬧搬運，將張偉開恩留給的一些財物搬入院內。因人數太多，每個親王尚能得幾間屋子，與一家大小同住。那些等閒的郡王也有一家得一間房的，也有幾家同住的，一個個怨聲不絕，卻是不敢開口辱罵張偉。

柳如是看得心中不忍，她婦人女子，看到這些細皮嫩肉的親王郡王們親手搬運那些箱櫃等沉重物件，寺中和尚在一旁看著，只是冷言冷語，竟無一人上前幫忙。有一年老郡王失手打破一件瓷瓶，顯是貴重之物，當下癱坐在地，失聲痛哭。那些和尚不但不上前相勸，卻一個個嘻嘻哈哈，笑聲不絕。便向張偉勸道：

「他們雖是有罪之人，到底曾是國家親藩，如此對待，傳出去甚是不妥，不如召一些人來，幫幫他們。」

張偉卻已命人悄然傳了那負責監管的小官來，正欲問話，聽到柳如是開口相勸，張偉便道：「妳到底是心軟，妳可知道，這些王爺哪一個不是兩手染血，殘害百姓！全江南的百姓，妳問一問，對這些王爺們可願生食其肉以泄心中怨恨？」

說罷，不再理會，向那小官問道：「這些都是哪幾家親王、藩王，我兩個月前便下的手令，怎麼到今日方才將他們盡數取來？」

那小官得知眼前這位便是漢王，正在發呆，聽得張偉問話，連忙答道：

「回漢王，現下這裏有襄王、荊王、淮王、吉王、湘王、遼王、岷王、楚王等八家親王，其餘郡王五十四家。因漢王您的手令，各親王郡王只准帶家小離城，侍衛太監並不准隨行，這些王爺們

拚命抗令，各地執行的官吏們都是費了老大的勁。因怕他們自殺身死，有礙漢王清譽，是以並不敢太過用強，拖了許久，這才一家家的匯齊了，押送到南京。先是在漢軍軍營內看著，因多有不便，陳院判便命將他們押至雞鳴寺內，待將來廢王宅大院築成，再行遷入。」

江南的諸親王，除了潞王、桂王等幾名親王郡王因聲名還好，被張偉勒命捐銀以助國用之外，又收回皇莊，一併降爲公爵了事。其餘諸親王自然沒有這般好運，全數家財盡皆被抄，僅是襄王一府，便抄出近兩百萬兩的金銀珠寶、古董珍玩，再有土地、商行之類，也是盡數沒收。

這些王爺們尊榮慣了，連吐口痰都是金痰盂伺候，哪能受得了如此，是以百般設法抗拒，只是人家刀槍在手，他們早就被困於王府之內，連原本侍候的王府侍衛和太監宮娥都早被放出，除了漢軍留下的一些雜役之外，身邊連個商議的人都尋不出來。若想自殺，時刻都有人盯著看守，別說刀子毒酒之類，就是繩子也沒有一根。哭鬧吵嚷之後，到底胳膊扭不過大腿，還是被強行抄沒了家產，連一個太監也沒有留下，全家老小被執入南京城內。

張偉看著這群灰頭土臉的王爺，心中冷笑，心道：「還虧是落在我的手裏。落在張獻忠、李自成的手裏，一個個都將你們剝皮熬油呢，還有如此好命在此抱怨！」便向那官兒命道：「嚴加看守，內不得出，外不得進，若有疏漏，我定不饒你。」

說罷，自與柳如是出得寺外，又四處遊逛一番，方才興盡而回。

就在張偉攜著柳如是在南京城內閒逛之時，位於盛京城外原努爾哈赤的福陵東側，皇太極只帶了十幾個侍衛，前來給自己的愛妃宸妃上香掃墓。

宸妃自去年從臺灣返回遼東之初，因皇太極延請良醫，百般保養調理；再有她回到皇太極身邊後心情大好，原本孱弱之極的身體竟一天天好起來。皇太極看在眼裏，心中很是歡喜，每日不離宸妃左右，竟將國事和後宮的其餘嬪妃盡數拋在一邊，全不理會。

當時博爾吉特氏的正宮皇后已薨，莊妃與宸妃乃是姑侄，又是從臺灣患難同歸，雖然心中亦是泛酸，倒也罷了；其餘嬪妃以及盛京城內的親王貝勒，心中卻極為不滿。待臺灣的木刻印刷的西洋油畫一到，盛京城內及宮禁內外立時就是一場軒然大波。皇太極雖極力隱瞞，哪裡抵得過有心人故意洩露，宸妃得知此事之後，病情急轉而下，不過幾天工夫，便已是奄奄一息。

此時皇太極蹲坐於宸妃墓前，看著墳瑩上一株株碧綠的小草，心中淒苦之極。他只與這宸妃有著真正的夫妻感情，其餘嬪妃十餘人，或是政治而娶，或是只為了生理需求，哪有這宸妃才是真正貼心之人，是真懂他的賢內助。

他雙目紅腫，已是痛哭過一場。那種撕心裂肺的痛苦早已過去，現下纏繞在心頭的，只是無法割捨的思念。雖然由濃轉淡，卻更是歷久彌新，無法釋懷。

他蹲得久了，只覺兩腳發麻，雖欲起身，竟一時站立不起。還是隨侍而來的冷僧機與索尼一左一右，將他攙扶起來。起得急了，皇太極只覺得腦子一陣發暈，竟致頭昏眼花，立直身體，略一定神，卻覺得鼻端一陣發熱，已是鼻血長流。

侍衛們連忙上前，遞上布絹讓他擦拭乾淨。皇太極心中一陣焦躁，向索尼與冷僧機苦笑道：「這兩個月，鼻血流得越發的多，頭老是眩暈，間或心悸。朕的身體，一年不如一年啦。」

梅勒章京冷僧機乃是傳統的八旗武人，作戰勇猛，身先士卒，卻是不慣奉承說話，此時見皇太極眉宇間鬱鬱之色甚重，說話也是無精打彩，心中著急，卻是一句話也說不出來。只得向那索尼猛使眼色，指望這個內院啓心郎能夠化解皇帝心中的鬱結。

索尼也是心中著急，卻知道此時等閒言語都無法觸動皇太極，短短一瞬間，心裏已是轉了七八個念頭，額頭上早就是大滴的汗珠滾落下來。

待扶著皇太極略走幾步，腦中如電光火石般的一閃，竟突然得了一個好主意，便向皇太極款款言道：「皇上，您可得保重身體。聽說那張偉最近正在江南大興土木，招兵買馬，修建馳道。看樣子，他是準備和咱們大幹一場啦！」

皇太極亦是得了消息，這些都是冒險在遼東做皮貨人參生意的商人所透露，雖不準確，張偉加強軍隊，修建大路以備調動士卒，卻是瞞不了人的。

此時聽索尼一說，他便思索道：「他此時大舉募兵，決不是爲了北方的明國軍隊。他的十幾萬軍隊，戰力確是非凡。當年襲遼，咱們僥倖得脫性命的旗兵早就有言在先，張偉漢軍的火力甚猛，打起仗來也能拚命！北方雖然還有幾十萬明軍，並不是他的對手！」

說到此時，他已是精神大振，甩脫索尼與冷僧機攙扶他的雙手，負手大步而行，邊走邊向兩人笑道：「這小子，當年來遼東時，我竟是小瞧了他！明國的人，大半是一副君子模樣，有本事的，更是鼻孔朝天，傲氣逼人；沒本事的，才是一副小人嘴臉。那個張偉，當年在遼東時，滿嘴的銀子金子，我雖覺得他不是凡品，卻也沒有覺得怎樣。嘿，現如今，他竟成了我第一大敵。」

索尼向前急趨幾句，隨著皇太極的話頭皺眉道：「當日我與佟養性去臺灣時，看到的治政、商貿、官府百姓，都是一派興盛模樣。張偉治台不過六七年光景，就弄出那麼大的局面，行軍打仗，都是謀定而後動，以獅搏兔似的兇猛，務要一擊必中，決不行險。」

皇太極聞言，扭頭向他讚道：「索尼的見識不錯，這張偉如何打仗興軍，你算是看出來了。我這幾年，將張偉平臺滅鄭、征明伐倭的戰事都精研過一番，他打仗確是如此。多半是依仗兵精炮利，或是人數占優，或是火器犀利，平實而戰，穩重向前，甚少犯錯。不過，也沒有什麼奇計妙思。」

見冷僧機若有所思，面露輕視之色，皇太極又道：「別以爲人家不通戰略，實則他這樣的打法，是最好不過。他治理有長才，急略非所長，揚長避短，以強擊弱，這豈是容易的事？你明知他平實推來，可你非擋不可，必擋不住，這就是本事！」

他縱聲大笑，引領眾人翻身上馬，用馬鞭指著大凌河方向，大聲道：「走吧！咱們去把大凌河攻下來，然後我親自領兵，越興安嶺直攻林丹汗那狗頭，打垮了他，就可以直入北京，占了北方，

咱們和張偉那小子一較雄長吧！」

十幾人騎馬急馳，過盛京城下，彙集了由大凌河前線返回的上三旗精兵之後，一路向前，再不停歇。

歷來八旗出兵作戰，時間久了戰事不息，則以各旗輪換回防休整，以恢復戰力。剩下的各旗兵，也基本上能保證圍城或是阻敵之用。皇太極圍大凌河，原以爲必定是一夕而下，那張春不過是少府卿，從未經歷過邊事戰爭，城內不過幾千遼東兵馬，班軍早就潰於城外，只需攻上幾次，還不是手到擒來！

誰知祖大壽等人來援，將寧遠副將何國綱留在城內，收集整編兵馬，拚死抵敵，城頭早有先期運來的十幾門紅衣大炮，一遇攻城便拚命轟擊，八旗兵野戰無甚損傷，攻城時猛攻不下，反是死傷慘重。因不想在這大凌河城下損失過大，寧遠亦已順利拿下，錦州也圍得水桶也似。明廷雖是著急，但趙率教早就領兵到了川陝，縱使回援也於事無補。江北兵馬並不敢大股回調，守江必守淮，明軍占了淮北之地，還能防著漢軍直入山東、畿輔，若是防禦空虛，無兵可守，只怕不能收復南京，連北京亦不能保。權衡利弊之下，崇禎也只好祈求上蒼保佑，那祖大壽等人能在關內多拖一段時間了。

急不能下，皇太極又需養精蓄銳，準備遠赴草原攻伐察哈爾部蒙古。無奈之下，只得令滿州八旗輪休，蒙古和漢軍八旗分別圍住錦州和大凌河，待滿州八旗歇息過來，往攻堅城，滿漢八旗再行休整。

待皇太極趕到大凌河城下，早有留守的滿蒙漢八旗將佐們迎了上來。請安問好之後，昂邦章京佟養性上前奏道：「皇上，咱們仿製的紅衣大炮四十門，已經著人運來前線，就等著您下令之後，就可轟擊城池了。」

皇太極聽了大喜，向佟養性讚道：「這真是再好不過！以前只有漢人們有大炮，倚著堅城利炮擋住咱們滿人的鐵騎，現下咱們也有了炮，卻待看如何！」

一時間漢軍炮手們得了命令，將四十門仿歐式的紅衣大炮推上前來，黑洞洞的炮口對準了不遠處的大凌河城。校準、填藥、裝彈之後，便依次開火射擊。

城頭明軍料不到滿人竟然也有大炮，雖然第一撥射的準頭不足，大半彈丸都落在城下，或是直飛過去，給城頭明軍造成的損傷微不足道，但城下的滿人齊聲歡呼，歡喜大叫；城頭的明軍驚慌失措，膽寒不已。幾次炮擊過後，城內的明軍士氣直挫，敗局已然不可挽回。

皇太極心中欣喜若狂，他對明軍自然是不屑一顧，對張偉的漢軍卻甚是忌憚。他自詡滿人的騎射不會比漢軍的火槍兵差，甚至在機動性和勇猛上還有過之，但漢軍動輒是數以百計的火炮上前，對敵軍進行覆蓋性的射擊，卻一直是他心中的夢魘。雖然在臣子面前一副胸有成竹的模樣，但經常在夢中夢到八旗騎兵被漢軍炮火壓制，成片的騎兵沒有衝到敵前，便被火炮轟上天去。驚醒之後，雖是苦惱萬分，卻是全無辦法。

直到此時，眼見己方也鑄成了幾十門火炮，只需全收關內遼土，重用懂得鑄炮的漢人，再修好那些俘來的明朝大炮，那麼八旗也可以擁有成建制的炮兵，到時候，還有何懼？他不知道漢軍的火炮早經改良，比之佟養性所鑄之炮射程更遠，更準，火藥威力也更加的大，是以心中躊躇滿志，只覺天下再無敵手。

將指揮炮兵的佟養性叫了回來，皇太極向他笑道：「昂邦章京辛苦，朕心甚慰！命爾爲固山貝子，授給精奇尼哈哈番世職！」

佟養性此時鬚髮皆白，已然是花甲老人，自身的功名利祿早已不放心上。他是遼東開原人，努爾哈赤初起兵時，便已跟隨左右；初授三等副將，後升至二等總兵，又娶了格格，成爲額附。整個家族利益早與滿人聯在一起，李永芳死後，他受命總理遼東漢人事務，成爲八旗正藍旗的旗主。自張偉攻遼之後，滿人甚重火炮，比當日受挫寧遠城下更是急迫。他是漢人首領，便在歷年俘獲和投誠的漢人中尋找能鑄炮的好手，日夜不停的試鑄研發，終於在今時此地成功。授他爲貝子也罷了，倒是給了精奇尼哈哈番的世職，委實令這個自忖時日不多的老頭欣喜不已。

第十二章　錦州失守

祖大壽雖從內城帶兵，拚命出來廝殺，卻已無法阻止。蒙古兵一時打不開城門，便在城頭垂下長繩，多爾袞等人早有準備，一隊隊兩白旗的滿兵攀城而上，加入蒙兵陣中，與外城明軍激鬥。不到兩個時辰，錦州外城即告陷落。祖大壽等人退入內城固守。

他這邊頌聖感激，皇太極也不以爲意。既然已有大炮，城內軍心已亂，正好要趁著此時攻城。於是下令調兵，準備鐵頭車、雲梯等攻城器械。又命炮兵準備，再行轟擊一陣後，便要命大軍攻城。

正準備間，卻見城內孤單單射出一箭，前面的八旗將士大罵幾聲，便待回擊。皇太極心中一動，阻道：「不必，那必是城內有消息出來，撿過來！」

射邊的親兵縱馬上前，命小兵撿了過來，親手奉於皇帝。

皇太極見箭桿上附有絲帛，已是忍不住嘴角帶笑，心知必定是城內抵受不住壓力，要與他談判投降條件。

他精通漢文，自然無需翻譯，自己看了幾眼，已知大意。這城內漢人欲降，卻又害怕滿人加害，要討皇太極的一紙文書保命。便下令道：「給他們回射箭書進去，就說只要願降，朕視同滿蒙八旗一般，都是朕之赤子，有人敢加害，朕必不饒！」

兩邊箭來箭往，終令城內漢人放心。突然間城內大開，成群結隊的明軍將士灰頭土臉地行將出來，在滿人的監視下先行放下武器，一隊隊排列整齊，在城下箕坐等候處置。適才兩邊還是生死大敵，此時眼見一個個長相兇橫的滿人持刀弄劍的站於身側，各明軍手無寸鐵，心中難免驚慌。好在皇太極從不殺俘，對投降漢人甚是禮遇，這些兵士都是遼人，盡皆知曉，是以雖慌不亂，也不是如何害怕。

先是小兵出來，然後便是城內的守將次第而出，依次是副將劉良臣、劉武、參將孫定遼、張存仁等，一個個背縛雙手，自己捆綁了行至皇太極馬前，依次跪下，齊聲道：「臣等死罪，抗拒天兵。」

皇太極在馬上一笑，跳下馬來，將各人依次扶起，詢問姓名，好生撫慰。又問道：「城內主將，據我所知是明朝的少府寺卿張春，武將之首是寧遠副將何可剛，怎麼他二人不見蹤影？」

見眾將面露愧色，皇太極已是心中有數，因問道：「怎麼，這倆人不願意投降麼？那也不打緊，請他們出來，我與他們好生談談。若實在不降，不想做官了，做老百姓也是可以的。」

那劉良臣是眾武將之首，年齒最長，只得由他上前答話，他吭哧半天，方說道：「那張春雖是文人，卻是十分蠻橫。我們說了，既然打不過皇上您的大兵，不如投降算了，反正明朝皇帝也是昏聵無能，咱們何苦為他賣命！」

皇太極微笑點頭，連聲道：「這話很對，他怎麼說？」

劉良臣面露難色，他是遼東軍人世家出身，悍勇之極。民族大義什麼的，也不加理會。之所以力抗滿人，不過是軍人榮譽和對祖大壽等邊帥的知遇之恩罷了。此時一降，雖覺得內心有愧，倒也未覺如何，心裏已視皇太極為自己的主子，哪肯將張春辱罵之辭盡數說出來？只得含糊道：

「那張春是個南蠻子，講話含糊不清的，大夥兒也不理會。反正他只是個京官，身邊也沒有什麼軍士跟隨，我命人將他捆了起來，放在馬棚裏。既然皇上您要見他，派人帶他來就是。」

說至此時，臉上含愧，又低聲道：「那何可剛倔強得很！咱們要降，他只是不准，說什麼君臣大義也罷了，咱們和皇上是夷夏之分，要嚴守民族大防。任是如何的勸，他只是不肯降，還鼓動各營的軍士一定要死守，大夥兒勸他，也是不聽。沒辦法，咱們只得帶了兵士將他拿了，準備強迫他投降。誰知這人強項不屈，口中一直大罵，又拿這麼多年的交情堵咱們，說要是帶他投降，就操我們八輩子祖宗，咱們只好將他殺了！」

皇太極一陣心痛，他最惜大將之才。這何可剛以不到一萬的兵馬，據大凌危城，居然能夠死守

數月，不肯投降。城內早就斷糧，先殺軍馬，後吃女人、百姓，甚至瘦弱士兵，就是死守不降。原本要一意拉攏，收爲己用，此時居然已被這些將軍們斬殺，心中當真是痛惜不已。

卻又怕這幾人慚愧，只得哈哈一笑，向他們道：「這人愚昧得很，殺了便殺了，死不足惜。既然如此，把那張春帶來，待我勸降於他。」

劉良臣等人諾諾聽命，遵命退下不提。只是臨下去時，又忍不住嘀咕道：「那何可剛真糊塗，爲皇上效命，不也是很好麼……臨死時面帶微笑，真他娘的寒磣人！」

皇太極不再理他，命人將這幾個將軍帶到一旁，送上菜食，給這些饑餓之極的將軍們享用。至於尋常小兵，也自有飯食招待。這些軍士們餓得久了，待八旗兵將吃食送上，已是歡聲雷動，對滿清皇帝稱頌不已了。

心裏雖是蔑視之極，卻又向佟養性等漢軍吩咐道：「這些兵休養之後，分別編入漢軍八旗之內！」

待那被五花大綁，嘴裏堵著棉布的張春帶到，皇太極忙命人去了張春捆綁，鬆了口中棉布，向他微笑道：「張少府，你以一個文臣帶兵打仗，還如此強項不屈，倒真是教人佩服。現下勝負已分，抗拒於事無補，不如投降，可保富貴。」

他甚惜人才，見那張春一臉桀驁不馴模樣，知道難以打動，卻仍不肯死心，又笑道：「你看看，我身邊不少漢人臣子，家丁部曲都是過千，豪宅田地無數！」

張春呸了一聲，答道：「天下事，都是壞在這些狗奴身上！若是大明臣子與爾等勢不兩立，文武大臣盡肯死戰，敗而不屈，寧身死而不事虜，遼事何至敗壞於此！」

皇太極被嗆得難受，又勉強笑道：「天下者，有德者居之。王侯將相，寧有種乎？這也是你們漢人的話，朕也覺得有理！當今天下，凋弊殘破不堪，百姓流離失所，甚至易子而食，這不是明朝皇帝的罪過？朕以涼德之身，繼承大統，欲使天下平定，百姓富足，這有何不可？少府雖然忠君，只怕北京的崇禎皇帝，未必體諒公的忠心吧？」

他這番話娓娓動聽，自忖必能打動張春，誰料那張春眼皮一翻，傲然答道：「胡人無百年運！現下看你們得意，只怕煊赫幾十年後，就是亡國滅種之時！以胡人掩有華夏，自古有不敗亡的麼？」

皇太極心中大怒，恨不得把那破布從地上撿起，重新塞到他嘴裏。這人當真嘴臭得很，一下子便說出了滿人心裏最大的心病。他們之所以多年不敢有入主中原，成爲漢人之主的想法，就是骨子裏被這些學說所左右，唯恐入關後如同蒙人一般，差點亡國之後，兼復滅種。

還不待他說話，那張春在皇太極身上略一打量，又狂笑道：「汝還敢大言不慚？父親的屍骨不能保，自己的女人被人凌辱，充做營妓，還敢在我面前言天下之事？當真可笑之至！」說罷，連聲大笑。

皇太極聽在耳裏，竟如同雷擊一般，只覺得眼前這個死蠻子可惡之極，又覺得這人正是張偉分

身，害死了他最喜歡的女人，怒發如狂，當即從身後抽出那滿人中最強的弓箭，用盡力氣拉開，就待當場將這張春射死。

他以前對待明朝官員從未如此，而且早有吩咐，不得慢待凌辱，此時居然要親手射死，身邊的代善、薩哈廉等親王貝勒立時衝上前去，將皇太極牢牢抱住。

代善向他喝道：「弟弟，你瘋了不成。這蠻子是有意尋死，你射死他不打緊，咱們將來再想讓人投降就難了。」

經他們一勸，皇太極立時省悟，將手中弓箭一拋，臉色已轉復過來。竟上前去親手將張春的捆綁解開，溫言道：「人各有志，先生一意不降，我雖不能放先生回去，卻也願意讓先生保住名節。自此之後，先生可在遼東爲民，安享太平之福，如此可好？」

張春見他已然平復情緒，不但不欲殺他，還推誠以待。想起剛愎自用、殘暴無能的崇禎皇帝，再看看眼前的這位滿人皇帝，喟然長嘆，已是兩眼含淚，跪下道：「臣，願意爲皇上效犬馬之勞。」

此役過後，皇太極不但解決了大凌河這個戰略要地的歸屬，還得了一大批強兵悍將投順，心中喜悅，奔赴錦州城下，尋了圍城的多爾袞等人吩咐幾句，命他們隨時注意關外明軍動向。對錦州城內之敵不必逼迫太甚，一直圍到他們無糧，則城池可不攻自破。反正除了山海關之外，明朝除錦州已無寸土，錦州城高堅深，城內將士用命，急切之間攻下，於事無補，反倒是損兵折將。

他自己決意解決察哈爾部蒙古，帶了八旗精兵誓師出征。八月一日，大軍西渡遼河，歷兩晝夜，經都爾鼻、西拉木輪河、昭烏達等地，沿途的蒙古部落紛紛來會。加之滿人騎兵，兩部騎兵已逾十萬人。皇太極便在昭烏達召開盟會，對蒙古各部「率兵多寡不齊，遲速亦異」進行批評，他是盟主身分，各部蒙古首領皆叩首聽命，無人敢置一詞反駁。

大軍越興安嶺，林丹汗得知此次進兵如此聲威，早就率部眾逃之夭夭。大軍四處追擊，除了一些落單的牧民外，竟是空無一人，方知林丹汗已逃至歸化。大軍即刻奔赴歸化，沿途斷糧，正好遇到漫山遍野的黃羊，皇太極命大軍捕羊以充軍糧，一天之內得羊十萬隻，皇太極左右開弓，一人射殺五十八隻。

追至歸化境內，又分兵兩路，一路以皇太極親領，率岳托、薩哈廉、多鐸撲向林丹汗的駐地，一路以阿濟格領蒙古諸部，進攻大同、宣府外的察哈爾領地。

林丹汗猝不及防之下，被合圍於敵陣之中，率領親騎左衝右殺，卻遠遠不是同樣勇悍，又多年征戰，經驗和戰力都在巔峰的滿人八旗的對手。自早到晚，殺聲不絕，三萬多察哈爾的精銳騎士盡數戰死，聯軍折損不到萬人。

此次出征行程萬里，歷三個月又二十六天而返回盛京，除了林丹汗死於陣中，其妻、子皆被俘獲，沿途十餘萬察哈爾部落的部眾歸順，獲牛羊馬百萬匹。

回到瀋陽之後，全遼上下都是歡天喜地，爲英明神武的皇帝歌功頌德。時近新年，滿漢人等盡皆準備好過年的酒肉、物事，迎接遠征歸來的丈夫、父親、兒子。有戰死未歸的，其家人也得了皇帝賜下的牛酒，銀錢，雖然傷心親人不能回來，在以射獵征戰爲業，數十年來不停打仗的滿人心裏，也是常有之事了。

休息數日之後，因征戰萬里而瘦了一圈的皇太極卻極是精神，親赴太廟告慰努爾哈赤之靈。當日林丹汗污辱努爾哈赤，努爾哈赤拿他沒有辦法，只得隱忍了事。此次遠征林丹汗人頭落地，正好被拿下祭奠亡靈。當是此時，雖然老汗的屍體還被放在北京，滿人的心中對皇太極的敬意，卻又是加深了幾分。

崇禎六年正月初五，皇太極於宮中勤政殿內大宴諸親王、貝勒、貝子及滿漢八旗文武大臣，當即宣布，留在當地掃蕩察哈爾部落的阿濟格得了元朝的傳國玉璽，此刻已往盛京趕來。待中午祭壇築成，便領著眾人親迎玉璽。

待午時，阿濟格等凱旋而歸，至新築成的壇前。壇上設黃案，焚香，阿濟格舉案獻傳國玉璽，由正黃旗大臣納穆泰、鑲黃旗大臣圖爾格接過，群臣跪。皇太極接過玉璽，跪謝天恩，儀式方完。這隆重的儀式背後，對傳國玉璽，這歷代大汗視若珍寶的玉璽被滿人得到，其中的含義和對人心的做用，委實是非同小可。自此之後，滿人不但以遼東爲自己的禁臠，對關外的漢人居處，亦是有統一兼併之心了。

「睿親王多爾袞，朕命你一定要圍死錦州，不使他們得到補給，你卻荒疏軍務，擅自下令讓屬下各軍輪休回盛京。又圍城不嚴，大軍離城二十多里，以至城內還能私通城外，得到糧食。你是何居心，敢如此不遵朕的命令？你不必來盛京見朕，亦不准回家，降你爲郡王，與豪格戴罪立功，若事仍不諧，還要重重治罪！」

多爾袞待傳旨的索尼念完，額頭上已是沁出一層細細的油汗來。他年紀輕輕，卻甚得皇太極的寵愛，雖然前次阿敏和莽古爾泰謀反，他並未參與，其實卻是坐山觀虎鬥，對兩方都不相幫。待皇太極將兩個大貝勒收拾之後，他才又重表忠心，卻再也得不到皇太極愛惜不疑的信重了。此次他爲主帥，領侄兒豪格圍錦州，因皇帝有命，不需急攻，是以他們都有些漫不經心，竟被祖大壽鑽了空子，屢次出城打糧。按說錦州早該斷糧，竟然支撐到今時此刻，也不能不說是他們的責任了。

「臣弟謹遵皇上的教誨，一定好生圍城，不使錦州的兵馬再出來。我是主帥，一切的責任都該由我來負，令士兵出家的命令也是我發下的，與肅親王無關，請皇上寬恕肅親王，並任命他爲主帥。」

豪格年紀與多爾袞相仿，性格原是粗魯莽撞，經皇太極多年教誨，論起心思已不在多爾袞之下。此時聽了叔叔的認罪之辭，皮裏陽秋，顯然是點醒父親，圍城的叔侄倆是一根繩上的螞蚱，處置他，親兒子也一樣跑不了。便也叩首謝罪，道：「我雖然是副帥，主帥做出錯誤的命令，我不能阻擋，沒有勸說。我也有罪，請父皇治罪！」

他輕輕數語，又將皮球踢了回去。叔侄倆對視一眼，都覺得對方眼中陰沉冷漠，如電光火石般一閃，卻又急忙避開。

索尼向兩人一笑，忙道：「皇上從草原打察哈爾剛回來，原以爲錦州必然被攻下來了，誰知城池還是同當時一般固守，心裏生氣，發作你們幾句，這也沒有什麼。爲今之計，早日破城才是正經。」

雖然遼東禁煙，不過多爾袞與豪格貴爲旗主親王，除了不當著皇太極的面，誰也管不得他們。此時聽了索尼的話，兩人面面相覷，不知如何是好。心頭一陣焦躁，叔侄倆同時打著火，兩支長柄煙槍燃將起來，不消一會兒工夫，帳篷內就是煙薰火燎。

索尼忍住嗆人的烤煙味道，邊咳邊道：「兩位不必煩憂，破城之計，皇上已經有了。」

兩個剛降的郡王正自愁眉苦臉，不知如何是好。那錦州城高防堅，清兵衝不到城下，便被城頭數十門火炮轟得七零八落。再加塹壕、尖樁、護城河，還有祖大壽這能攻善守的遼東大帥於城內鎮守，城頭上盡是關寧精兵，尙有三四千人的蒙人射手，八旗兵一至城下，那些蒙古射手便左右開弓，射術不在滿人之下，是以強攻數次，都不能得手。

此時聽得索尼言道皇太極已有破敵之策，兩人一時大喜，同時將手中旱煙按熄，齊聲道：「皇上是怎麼說的？」

「皇上在我臨來時交代，破城之計，唯在外城的蒙人身上！」

眼前這兩位都是滿人裏掐尖兒的人物，只需這句話一點，立時便瞭然於胸。

多爾袞沉吟道：「早前，我已與蒙人將領諾木齊，吳巴什連絡過，他們都不肯降。」

豪格亦道：「這些蒙人雖然都說滿蒙一家，又說什麼祖大壽待他們不薄，不忍背棄。又說什麼要保有蒙古人的榮耀，不能在背後捅盟友一刀。父皇的想法雖好，只怕還是難辦。」

索尼笑道：「那些都是場面上的話，如何能當真！皇上說了，明軍中的蒙人不過是仗著城高糧多，咱們不易攻入，又有幾年的糧草可食用，是以不肯投降。再說，也是覺得明朝是大國，咱們還是蠻夷小國，有些瞧不上。這些蒙人與在草原上放牧的不同，雖然還說是蒙古，實則已慢慢漢化了。」

一時間兩人都點頭稱是，都道：「這話對。那些蒙古人多半是說漢話，甚至著漢服，一心幫著漢人打咱們！若是能攻進去，都盡數屠了！」

索尼一笑，不理會兩人的憤恨，只道：「皇上吩咐，將咱們得了傳國玉璽還有江南的局勢，給幾個蒙古副將知曉。命咱們的巡兵和城頭上的蒙古兵多說話，告訴他們，明朝皇帝沒有工夫來救錦州了，他們的糧草能支持一年，咱們就圍一年，支持兩年，咱們就圍兩年，總歸要圍到他們糧盡那一天。此時若是不降，城破之日，無分男女老幼，盡屠之！」

多爾袞點頭讚道：「不錯，就這麼用攻心之法，不信他們不懼！」

當下幾人在帳內計較已定，佈置人手前往錦州城下，以射書入城，喊話等諸般辦法動搖外城蒙

古兵的軍心。不過十餘天後，城內蒙人盡皆人心惶惶，謠言四起。

諾木齊與吳巴什等人初時還彈壓闢謠，待後來經數次書信往還，兩人亦是絕望。此時江南被占，北方農民軍雖然諸路明軍撻得四處流竄，但一時半會兒主力未傷，九邊及關寧明軍或被張偉的漢軍拖住，或是在剿滅農民軍，崇禎皇帝委實是派不出兵前來關外救援了。

兩人思來想去，又被皇太極書信中的滿蒙二族，語言異而衣冠同，是以因守望相助，共伐明國等話語所打動，思慮再三，終下定決心投降。

祖大壽聽到風聲，決意除去蒙古將領，以明將領蒙古兵士。還未及動手，便被吳巴什等人發覺，一眾蒙古將軍搶先動手，在外城與明軍激戰。城內明軍猝不及防，一時間竟吃虧甚大。祖大壽雖從內城帶兵，拚命出來廝殺，卻已無法阻止。蒙古兵一時打不開城門，便在城頭垂下長繩，多爾袞等人早有準備，一隊隊兩白旗的滿兵攀城而上，加入蒙兵陣中，與外城明軍激鬥。不到兩個時辰，錦州外城即告陷落。祖大壽等人退入內城固守。

六千餘蒙人及家屬投降，並獻上外城屯積的糧草，同時在外城向內城呼喝叫罵。祖大壽等人既失糧草，又失軍心，再得知朝廷根本無兵來援，萬般無奈之下，亦只得投降了事。

自此，崇禎六年伊始，不出正月，關外全遼之境竟歸滿清所有。明朝除了一座孤零零的山海關由降將吳襄之子，年方弱冠的吳三桂爲副將，署理防守之外，在關外再無寸土。而長城沿線的蒙古部落亦全數歸順滿人，除了歷年來在遼東附近的蒙古人被編成八旗，成爲清國的正式部屬軍隊外，草原上尚有大大小小的各個部落奉皇太極爲盟主，隨時會聽令出兵助戰。

皇太極成功的解決了自遼陽和赫圖阿拉被破，父汗屍骨被掠走，兩名皇妃被辱等諸多的不利因素，掩有全遼，收服蒙古，此時關外及大漠萬里之地，盡數聽從他這個滿人皇帝的指令。女真之盛，除了沒有占據華北之外，已不在當年的大金之下了，他的聲威，亦是遠遠超過了其父，現下對他而言，只需解決明朝，直面江南張偉的挑戰了。

只是明朝在北方尚有幾十萬大軍，除了邊軍和奉調入內的關寧軍外，尚有中原大軍、陝軍，實力雖遠不及八旗大軍，卻仍需舉國之力，方能一舉滅之。清兵再度入關，勢必不會再退回關內。而此時皇太極卻無後來的「借兵助剿，爲崇禎復仇」的藉口，要成功的對整個北方的漢人進行有效的統治，殊非易事。而除了城池被圍，萬般無奈之下，也沒有明朝大軍大股的對滿人投降的先例，是以皇太極此時心中雖是極欲入關，只時此時遼東初平，大局不穩，也只得按捺住性子，窺探明朝虛實，準備一擊便中，定鼎中原。

明朝在關外全無辦法，對江南漢軍亦是無法可施。只是此時十幾萬精銳明軍齊集川陝，陝西總督孫傳庭與三邊總督洪承疇彙集宣大、薊遼總督袁崇煥及盧象升，這幾位明末最有名，也最有才幹的文臣領兵，屬下盡是白廣恩、猛如虎、曹文昭、虎大威這樣的大將、猛將，對抗漢軍和八旗不成，用來攻打戰力極弱的農民軍，倒是綽綽有餘。

這些總督、巡撫、總兵官雖眾，此時最受皇帝信重，能力才幹亦是不在人下的，自然是三邊總督洪承疇。他久在川陝督師，對農民軍屢次戰勝，若不是明軍精兵老是被抽走，陝甘山西一帶兵力空虛，他只得固守防線，不使李自成部出陝流竄，便是他的大功一件。

張獻忠部原本被明軍逼在川內，眼見抵受不住，待漢軍占據江南，奪取襄陽，張獻忠壓力頓時大減，連克數城，再次奪了成都。於四川平原募集士卒，訓練精兵，屯田駐守，又連開了幾個明朝糧庫，賑濟貧苦川人，一時間竟然聲名大好。又打了幾年的仗，手下的精兵強將甚眾，論人數雖不如大收陝甘災民的李自成，論實力卻是遠在他之上了。至於帶領眾人造反的高迎祥，此時只是在山西陝北各處遊蕩，躲避吸引明軍，以讓李自成部壯大之後，占據全陝、山西，待那時再與之會合。

江北九邊的大軍調了近半至潼關之後，洪承疇便立時轉守為攻，連番大戰，擊斃郝搖旗，俘劉國能，李自成部大潰之後，立時收縮，不敢再言出陝一事。因陝西此時千里赤地，明軍早失人心，李自成部雖受創甚重，實力仍是不俗，仍號稱有五十萬大軍。洪承疇不敢輕敵，一直待盧象升與袁崇煥引領著邊軍到來，幾人商討之下，便決定以趙率教的關寧騎兵為先導，領十餘萬邊軍，直撲被李自成占據的陝西首府西安。

李自成原不欲應戰，意欲讓城別走，只是此時入川道路早被封死，全陝境內大旱無雨，糧食早已食盡，要麼渡黃河奔大漠，要麼就由陝入甘，環境越加的困難。無奈之下，自忖手下也有近十萬能戰之兵，再加上十幾萬健壯陝人，雖沒有打過幾仗，也沒有甲冑兵器，手中大半持的木棍、鐵叉，只是倚著人多，要在此地與明軍打一場大戰，勝之，則可以順利出陝，局面大是不同。敗了，再行流竄也是不遲。為穩妥起見，到底派人抄小道入川，請求張獻忠在四川向陝西施加壓力，以助他一臂之力。

「諸公，明日便令各營開拔，直攻敵軍大營！」

斜陽西下，將整個明軍大營映射得金黃一片。洪承疇引領著其餘諸臨陣的文官，一同在營外高崗上眺望遠方的農民軍大營，幾人雖都是文官出身，卻盡是久歷戰陣之人，如何看不出來敵方大營雖連天覆地，一眼看不到邊，卻是凌亂之極，全無章法。

袁崇煥在洪承疇還是督道參議之時，便已是威震天下的薊遼大帥、兵部尚書，此時因不被皇帝信重，雖勉強任用，卻是在洪承疇之下。洪承疇對他卻不敢怠慢，向他笑道：「袁公，依你看來，明日破敵之策何如？」

「不敢，此事由彥演兄做主便是。」

洪承疇見他神情鬱鬱，竟似對眼前戰事渾不關心，因詫道：「破敵在即耳，公竟做此態，卻不知是何意？」

袁崇煥看他一眼，心中只待隱忍不說，卻也甚敬洪承疇才幹，因道：「彥演兄，破流賊易，定天下難矣！」

他負手而立，暮色漸漸掩住了他的臉孔，各人都是文心周納、胸懷天下之人，哪會不知道他話中含意。盧象升因慨然道：「成事在天，謀事在人。吾輩深受皇恩，自當拚命報效，成則成耳，縱是不成，也落個青史留名！」

又道：「彥演，你在廳門上書：君恩深似海，臣節重如山。我見了甚喜，咱們做大臣的，恪守臣節最是緊要。至於其餘，不必多說了。」

盧象升的這番話雖是慷慨激昂，忠義無比，各人卻又在他話裏聽出絕望之意。明朝北方凋敝至此，皇帝只顧加稅，竟信了內閣及兵部胡言，要在九邊編練七十三萬精兵，需餉無數。於是不顧北方情形，催科吏員不絕於途，偶有縣官愛惜百姓，不肯催逼，反而是立時被革職下獄。那些如狼似虎的卻偏生得到重用，於是百姓受逼不過，紛紛造反，畿輔、山東、河南，小股的「賊兵」散於四鄉郊野，雖不如李自成和張獻忠勢大難制，卻也使原本就嚴峻的北方形勢越發吃緊。自去年年底，河南繼陝西後開始出現災荒，先是乾旱，繼而又是遮天蔽日的蝗災，人民無食，饑民遍野，當此之時，朝廷無有賑濟，反是以更沉重的賦稅加諸百姓頭頂。

各大臣久居鄉野，對這種情形自然是憂心忡忡，連連上書，請求皇帝減賦賑災，卻均被嚴旨訓斥，命他們專心剿賊，其餘政務不必多管。崇禎已如快輸光的賭徒，只盼著能剿滅流賊，然後以這些大兵迅速打回江南，奪回江南財賦之地。而北方是否能支持，江南是否能一戰而下，他卻是絕然不管了。

袁崇煥久鎮寧遠，對八旗戰力和皇太極的能力自然是心知肚明。此時皇太極攻平全遼，威脅京師，隨時能夠入關爭奪天下。以八旗兵的戰力，加之蒙漢八旗的配合，勢必如摧枯拉朽般將腐朽之極的明朝政權摧垮。眼前的流賊算得什麼，只怕流賊一破，皇帝要麼逼他們出征關外，要麼往征江南，無論是哪一條路，只怕都是九死一生。

聽了盧象升的豪壯之語，袁洪二人對他也甚是敬服，兩人相視一眼，同時大笑道：「盧公豪氣，吾甚佩服！」

洪承疇卻不似他們這般沒有信心，在他看來，或許事情尚有轉機，憑著眼前這十幾萬大軍，擊破流賊後，好生安撫，或北攻，或南下，也未必一定就敗。因此又笑道：「剿平張李二賊之後，定要傳首天下！以之鎮服那些心懷不軌之人，北方平定，事尚可爲！」

西安城下一場血戰，洪承疇命各部軍馬衝垮李自成大營後，又預先設下數道埋伏，務求立誅首惡李自成。李自成卻在劉宗敏、田見秀、李過等悍將的掩護下，棄大隊於不顧，率精騎衝出包圍，竄往鳳翔，沿途裹挾饑民，衝往寧夏衛、涼州衛，在明軍尚未追來之前，回頭攻破蘭州，肅王朱識鋐被俘，宗人皆死。明軍立時往蘭州齊集，他卻立時撤出，經寧夏衛等邊地往攻西寧，一戰克城，此處明軍實力大弱，竟被他連打幾個勝仗，高迎祥部又繞道大漠前來會合，一時間實力大漲，於是高李二人便決意先在西寧安身，派出屬下往各個州府充做縣官，竟打算長期在此割據了。

整個陝甘的形勢早如滾油一般，哪經得起他這麼左衝右突，一路上饑民百姓望風景從，他雖是屢戰屢敗，其實主力未損，明軍疲於奔命，又在四方剿滅小股流賊，糧草軍餉多有不濟，軍心散亂。崇禎帝接報之後，雖是怒極，卻也是無法，只得下旨切責了事。唯軍餉軍械難籌，只得又嚴令

地方官員嚴加催科，不論地方如何，務要保證前方軍隊的餉銀。若是這幾股軍隊也垮了下來，明朝的氣數也就到頭了。

洪承疇等人知一時半會兒奈何不了李自成，那西寧、甘肅等地乃是蠻荒落後之地，回漢雜居，李自成四處流竄，根本不肯與官兵主力交戰，即使偶有小勝，也傷不了他的筋骨。只得命人在陝甘邊境嚴加把守，設幾道防線，不使李自成重新流竄回陝。又將數次斬殺的十餘萬流賊屍體在陝西各處築成京觀，凡從賊者一律誅殺，希望以此手段嚇阻那些欲「從賊」的百姓災民。在西安略做修整後，迎回秦王。因王宮被李自成下令縱火焚毀，只得迎王入西安府衙暫居。至於想重新修葺，那只能讓秦王自己掏錢，地方官員和朝廷是無能爲力了。好在那秦王倒還識趣，經此一役後，竟然脾氣大好，見洪承疇等人跪在眼前，竟親自上前，一一將他們攙扶起來。

「諸位先生，孤此番得脫大難，重回西安，諸公功勞甚大，孤不勝感念。惟盼早日敉平流賊，則天下幸甚。」他滴下幾滴眼淚，泣道：「數年來，宗藩累次遇害，孤若不是曹文昭將軍一力保護，奔往太原投晉王，只怕也被賊人所害了。」

前不久肅王遇害，雖然不是洪承疇該管之地，算不上他失陷親藩，但此時他指揮明軍十幾萬精兵強將，不能包圍李自成，致使他流竄到蘭州，殺掉肅王後，連城內宗親也一個沒有放過，盡數屠滅。此時秦王朱存樞雖對他大是感激，他卻是內心有愧，當下又請罪道：「臣等無能，使殿下奔波流離於草莽之間，臣死罪。且肅王遇害，亦是臣的罪過。」

秦王先命身邊的內侍們給這幾個文臣奉茶，又勸慰道：「肅王被害之事，實與先生無干。蘭州城內亦有駐軍，肅王發內庫銀五十萬，規定斬一賊者賞五十，射傷一賊賞二十兩銀，城內軍民竟不肯效力，賊人一至，立時開城投降。乃至宗室盡落賊手，全數遇害。」

說到此處，他當真是氣極，向各人道：「諸位老先生都是國家干城，皇帝腹心大臣，唯請諸位戮力效命，盡誅亂賊，方不負朝廷深恩。」

自洪承疇以下，袁崇煥等人盡皆伏地叩首，答道：「臣等謹遵王諭。」

按明朝宗室之法，藩王決計不能干涉政務。河南的唐王先是請發王府庫銀以修城牆，地方官竟不允。倒是皇帝下令斥責，地方官員這才從命。那唐王又請發還衛兵，這次連皇帝亦不能從，只是以祖制搪塞過去了事。是以明朝末年天下紛擾，各地的鎮守藩王除周王外，多半都是碌碌無爲，等死而已。秦晉潞等王，或降賊，或降清。如紹武帝，雖然是爭皇帝位時爲臣子不恥，被清兵俘獲後立時絕食，一米不進，李成棟勸降，紹武帝答道：我若喝你一口水，不配做太祖的子孫。唐王兄弟節烈如此，也當真是明朝藩王中的異數了。此時秦王返回西安，諸督師大臣前來拜會，秦王卻也不能有什麼具體的指示，縱是說了，只怕也立時被這幾個文官頂將回去，故只是泛泛吩咐幾句，這幾個大臣便待辭出。

卻聽得秦王又道：「那曹文昭將軍，仍是延綏東路副總兵官麼？」

盧象升躬身答道：「正是，曹某與延綏東路總兵官尤世祿一同在臣的屬下聽命，此人戰功甚著，確是一名勇將。」

秦王詫道：「曹將軍以智略勇毅聞名於世，怎地還不能獨當一面麼？」

他自知失言，咳了兩聲，又道：「當日他護送孤逃往山西，被那山西總兵官魏雲申接著入太原城，孤這才逃了性命，是以關切。」

洪承疇微微一笑，答道：「此事盧總督不知究竟，臣倒是略知一二。這曹某原本是要任一路總兵，倒是聖上駁了回來。他的親侄兒曹變蛟此時正是江南叛軍的一路大將，甚得那張偉信重，朝廷為防嫌疑，只得壓下曹文昭的祿位，也是防嫌保全之意。」

秦王原本是想在這亂世中拉攏直接帶兵的武將，這曹文昭的底細如何不知？今日的事，不過是公然向他示好罷了。聽完解釋之後，便哂然一笑，向諸人道：

「疑人不用，用人不疑。當日太祖起兵，用了多少降兵降將，若都是如同曹某這麼處置，不敢信用，這天下如何打得下來。按理，藩王不過問這些政事，只是請諸位老先生留意。」

洪承疇幾人無話，即刻辭出。分手之後，不但沒有給曹文昭加官進爵，盧象升倒是叫了進來好生訓斥了幾句，警告他不得再見秦王。明朝文官對武將戒備之心甚重，像袁崇煥在遼東時與麾下大將推心置腹，卻是罕見。

此時已是崇禎六年盛夏，赫赫揚揚的剿賊之戰眼見已陷入纏鬥之勢。遼東的關寧兵世居關外，卻是不耐炎熱，加之離鄉已久，思家心切，軍心早便不穩。只是趙率教治軍甚嚴，比各邊的邊軍要好上一些。饒是如此，哪一天也得鞭打責罰幾個鬧事軍人方才安穩。遼東失陷一事，上層的軍官早就知曉，卻是萬萬不能透露給軍士們曉得，如若不然，只怕賊尚未剿平，就得先防著兵變了。

第十三章　李氏兄弟

李岩霍然起身，目視南方，慨然道：「自然是投江南。漢王修明政治，免賦濟民，江南百姓受惠甚多！我又聽說漢王改革官制，與除明朝積弊，天下事，我李岩也思慮多年，倒要看看漢王有什麼辦法，使得三百年之興亡政革之弊不再現於後世。」

自秦王行宮而出，袁崇煥便與趙率教等遼東諸將並肩而騎，向兵營而回。初至戰陣之時，各人還遵著皇命，關寧軍亦歸盧象升指揮，待到了後來，遼東各將凡事皆向袁崇煥指示後方行，盧象升等人無奈，卻也深信袁崇煥乃是正人忠臣，乾脆就不理會此事，隨他們罷了。

袁崇煥迭遭變故，自也不似當初。對遼東各將的信重，感念之餘，隱隱然卻也當成了保命自重的籌碼。是以無論如何，他也不能坐視這些視他爲主帥的將士受到損失，連番征戰，關寧軍一則悍勇，二來他指揮得當，倒確實是沒有什麼損傷。

這西安剛剛平定不久，當日攻城破損甚大，一行人並騎於大街鬧市之中，卻只見幾個稀稀落落的人影如鬼魅般閃過。什麼菜市米鋪早就歇業，城內居民要麼在開初李自成占了西安之時便已逃出，要麼就是在官軍到來前逃之夭夭，留在城內的，城破之時被屠甚多，餘下者也多被李自成裹挾在大營作戰時死傷殆盡。偌大一個西安府，此時殘破至城內居然不足萬人，還多半是官紳人家隨同官兵一同返回。僥倖留在城內未死的平民，一個個餓得如同枯骨一般，每日在城內四處遊逛，尋到吃食便保住性命，尋不到的，每日被官軍雇傭的民伕用小推車送到城外，燒化了事。

見袁崇煥滿面憂色，看著一群群圍繞在馬旁的饑民，意欲從身上掏出銀子灑給他們。趙率教忙道：「大人，您隨著秦王回來，不知城內情形。現下是有銀也買不到糧，給銀子也是無濟於事。」

袁崇煥喟然一嘆，縮回手來，在馬身上重重一捶，那馬吃痛，咴咴叫上幾聲，甩開那群饑民，一時間跑遠了。趙率教等人急忙跟上，向袁崇煥埋怨道：「大人，何苦如此。咱們一路過來，全天下哪一處不是饑民遍野，若是如大人這麼難以承受，還不知道怎樣呢。」

「率教，你便是如此狠心麼？」

「大人，不是咱們狠心。這亂世中，不能亂發善心，比若適才的那些饑民，您想給錢與他們，這是您的善心，可若是我們離了你，還不知道會怎樣？」

袁崇煥聽了大是不滿，剛欲訓斥，卻突然在路邊見了一物，立時汗毛倒豎，顫抖著手指向一個面色饑黃的漢子。只見那人面色木然，兩眼露著兇光，見一群軍人圍在他身邊，立時捂著自家面前

的一個小小鐵鍋，大聲道：「這是我的，你們可誰也別想搶！」

此時城內饑民遍野，別說糧食，縱是稍微嫩點的樹皮都被剝食乾淨。這漢子居然能在街頭大食其肉，陣陣肉香隨風飄向遠處，不但那些躲在遠處的饑民們張開大嘴拚命吃風，就是連跟隨在將軍們身後的明軍親兵，亦都嘴饞。

趙率教情知有異，順著袁崇煥的手指一看，見是一個小小人手露在外面。心中一陣厭惡，便知道又是遇著煮食嬰兒的饑民。因向袁崇煥道：「這人是餓得瘋了，在大街上就敢煮食人肉，是以那些饑民聞到肉香，竟不敢過來。」

又向身後親兵命道：「來人，把這人斬了！」

幾個親兵跳下馬去，跑到那黃瘦漢子身邊，一腳將那鐵鍋踢翻，露出一個小小嬰兒屍身，各人強忍著嘔吐，匆匆將那漢子拖到一邊，兩人架住胳膊，一人拉開頭髮，便待斬他。卻聽那漢子又哭又笑，用力喊道：「這是我的兒子，老子生了他出來，現下餓得前心貼後心，拿他來吃，又待怎地！」

趙率教聽得噁心，連連揮手，執刀的親兵手起刀落，將那人一刀兩斷，頭顱滾落一邊，鮮血灑滿長街。將屍體草草歸在路邊，自有撿屍的人前來收拾，各人又重新上馬，隨同長官上司們出城。

見袁崇煥兩眼帶淚，心中猶是不忍，趙率教嘆道：「這邊吃人的事，我都見多少回。咱們的糧餉還能保障，便會略分一些給他們。卻也不敢多分，軍士們沒了吃食，可比饑民難對付的多。適才那些饑民，白天在城內乞食，晚上成群結夥的遊晃，遇著單身的，便一棒打昏，剝洗燒煮吃掉。就是大白天，也有在城內陰私角落偷吃人的。是以大人在城內時，務請小心，多帶護兵爲是。」

「這樣下去，可怎麼得了！朝廷不想法子，流賊勢必越剿越多！」

趙率教無所謂一笑，回道：「大帥，還是天啓四年，你就領著咱們征戰遼東。這麼些年過來，還不明白麼？大明顯然是到了亡國的時候了。河北、山東、河南、山西、川陝，算算現在這些省分，哪一個不是災荒不亂，饑民遍野。以前還有江南的糧米和銀錢過來，現在，嘿嘿，想也別想啦！咱們混吧，卻不能學祖大壽，他……」

說到此時，趙率教猛然醒悟，不再說話。袁崇煥卻沒有將他的話聽在耳裏，心中只是一直在想：天下大局糜爛至此，這下一步該當如何，委實需要好生想上一想。

他身邊護兵只道他還在煩憂，因安慰道：「不管如何，朝廷總少不了咱們的吃食就是。」

見袁崇煥不理，那護兵是袁氏族人，還是從廣東跟隨而來，卻又忍不住嘀咕道：「前幾日接了家信，言道廣東老家那邊風調雨順，百業發達。要是得空能回去看看才好，自從老家出來，可是好多年沒喝上家鄉的井水了。」

河南南陽府地處豫陝鄂交界，自漢朝便是聯繫秦楚之間的戰略要道，乃是聯繫關中平原和江漢平原的四戰之地。

原本的世家公子，開封府杞縣望族，山東巡撫、右僉都御史、兵部尚書李精白之子李岩，此時卻是灰頭土臉，繞過南陽府城，正在這南陽鄉間歇腳。

他此時二十餘歲年紀，在天啓七年時便中了舉，卻因父親的關係，不能爲官，只得在家閒居。其父是魏忠賢的閹黨，李家名聲爲之敗落。李精白爲官甚是無恥，在魏忠賢得勢之時，僞造祥瑞上報，又曾送金器，上刻：孝男李精白。在家時私設公堂，殘害百姓，其宅後有萬人坑，凡拷打致死者都拋入坑中。其爲官爲人都是如此不堪，不但士大夫不恥，就是尋常百姓，也是恨之入骨。魏閹一倒，他被崇禎列入閹黨之列，在家監禁三年，家產大半充公。

李岩父親如此，李家在杞縣多年的聲名自然亦受到牽連。好在這李岩爲人慷慨任俠，仗義敢言，其父在時，李岩便曾多次規勸，亦救了不少百姓的性命。待其父死後，其家產雖大半入公，家宅土地卻是無礙，又頗有些浮財留下。這李岩爲贖父過，每一年都是減免田租，遇到災年，甚至是一粒米都不要人的。凡百姓需要，都是盡力相幫。是以這麼些年下來，杞縣李公子的名聲大好，方圓數百里內都知李公子大名。

崇禎五年，河南大災。杞縣縣令遵了皇命，不但不給賑濟糧食，反倒每日派了衙差下鄉四處催科，凡是交不起賦的，便用大枷在縣衙門口枷了，一直待交得起田賦爲止。

先旱後蝗，眾百姓勉強以稍許的存糧和穀麩、樹皮，甚至觀音土塡命。官府不加賑濟也就罷了，還派了如狼似虎的衙差四處催逼，光在縣衙門口，旬月間便枷死了數十人。整個杞縣人心惶惶，餓死之餘還怕官府催逼，眾百姓無法，只得向田主們求告，請求借貸，或是放糧讓百姓度過荒年，來年自然加倍奉還。

誰知各田主得了縣官之命，不准放糧接濟災民，賦稅未完之前，得糧的百姓統統需先將田賦交上，是以不准各大戶田主給賑。那些地主哪一家不是堆得小山也似的糧倉，卻只是心疼不肯拿出，此時聽了縣令大人的命，自然是樂得聽命。李岩初時便已拿了幾十石的糧石出來，待聽了縣令命令，又見了家門處饑民處處，將心一橫，又將家中僅餘的幾百石糧食盡數拿了出來，放給饑民食用。一時間，李公子聲名大漲，不但杞縣聞名，就是開封府城，亦是有人傳頌。

那縣官早就惱怒李岩處處尋他麻煩，此時得了這個機會，稟報長官，道李岩乃是閹黨之後，放糧賑災，收買人心圖謀不軌。上司批覆下來，立時逮捕入獄。

李岩被捕之日，因傳言官府要將他殺害，各鄉的饑民感念他的深恩厚德，又對官府的催逼無可忍受，於是一夫倡命，萬人景從，數日間就嘯聚了過萬人，在李岩弟弟李侔率領下攻破縣城，救出李岩，殺了那縣官公然造反。

此時河南境內數百股義軍四處活動，卻是在官府追剿下四處流竄，攻破縣城，殺害縣令卻是頭一遭。再加上杞縣距離開封府城甚近，那府城內聽了風聲，立時便派了總兵官領兵來剿。李岩雖是智略過人，手底下卻都是一群沒有兵器的亂民百姓。雖有義憤武勇，卻是沒有訓練和戰鬥經驗，幾次惡仗打將下來，官兵死傷有限，造反的百姓卻是死傷慘重。李岩原本還想趁虛攻入開封，此時卻

是知道事不可爲。十倍於官兵的義軍都不是敵手，況且每戰必敗，人手越打越少。思來想去，只得一路南逃，到了這南陽地界，手下已是不足千人了。

「兄長，咱們到底是去投張獻忠，還是南下投張偉？」

此時張獻忠幾乎占了全川，兵強馬壯，善恤士卒百姓，一改屠城殺人的作爲。四川原本就號稱天府之國，土地富庶，又沒有什麼天災，這幾年在張獻忠的經營下，居然風調雨順，百姓富足，是以這李侔見其兄若有所思，便忍不住發問。

見李岩仍是低頭不語，李侔急道：「官兵四處剿捕咱們，若不是河南現在四處烽煙的，咱們人又少了，官兵追的不急了，只怕我們兄弟二人，早就人頭落地了。兄長，你快拿個主意啊！」

李岩自造反後，方改原名信爲岩，就是取山中岩石不懼風雨之意。見兄弟著急，想他弱冠之年便隨著自己顛沛流離，心中一陣淒然，禁不住在他頭上撫弄一下。卻聽李侔抱怨道：「兄長，不想法子，卻摸我做甚。」

李岩一笑，想起他年前已娶了媳婦，是個大人了，只是現下兩人的妻子都被官府收押，未知生死，心中對妻子和兄弟甚覺虧欠，卻也無法，只得正容答道：

「這事我想了幾天，現下已有了決斷。那張獻忠以前名聲甚差，攻一城，屠一城。又淫掠婦人女子，姦淫之後充做軍糧，這是什麼東西！現下他只是得勢，是以做出一副禮賢下士模樣，其實此人對官紳世家和讀書人很是仇視，有一天失了勢，還不知道會如何，咱們決計不能去投他！漢王張偉麼，在臺灣時我就聽說過他，把一個蠻荒小島治理的不在中原名城之下，幾年間天下賢士紛紛來投，攻下江南後一人不殺，保境安民，減免賦稅；現下又稱王建都，擴軍備戰。其實他若是攻過江來，只怕早就打到北京，只是不肯把北方災民背在身上，又怕實力分散，對付不了遼東滿夷。我看他的意思，是有些保存實力，以待北方變化的意思。此人的心術，看似光明，其實也很是能忍了。」

他眼角泛起淚花，泣道：「有能力救助天下者，偏偏不肯。眼見赤地千里，餓莩遍地，漢王卻在江南安享太平之福！就這一點，我甚是不恥他的爲人！」

李侔聽到此處，當真是雲山霧罩，不明所以。因急道：「說來說去，咱們到底是投誰？」

李岩霍然起身，目視南方，慨然道：「自然是投江南。漢王修明政治，免賦濟民，江南百姓受惠甚多！我又聽說漢王改革官制，興除明朝積弊，天下事，我李岩也思慮多年，倒要看看漢王有什麼辦法，使得三百年之興亡政革之弊不再現於後世。」

又沉吟道：「只是咱們落魄去投，不知道人家那邊都是精兵強將，會不會把咱們放在心上。原本我也不在意地位權勢，只是這亂世之中，家人盡陷官府，若是咱們無權無勢，還不知道怎樣。想救你嫂子和我弟婦，咱們兄弟還是得好生做將起來才行！」

李侔隨著他站將起來，聽得自己一向視若神明的哥哥如此起誓發願，心中興奮，亦隨他道：「兄長，咱們李家兒郎未必比人差，將來出將入相，也未可知呢！」

兩人計較已定，便帶了屬下悄然南行，這南陽府離襄陽數百里路，兩人帶著一眾屬下晝伏夜行，連趕了近月時光，待崇禎六年九月初，方趕到了江邊。明軍雖是禁絕南北往來，這一條大江逶迤幾千里，哪裡能處處禁得住？李岩帶著人衝到江邊，驅散沿江防守的鄉下鎮兵，奪了十幾艘漁船，在大股官兵趕來之前，已是渡到長江，到了那襄陽城下了。

至江心便已遇到了漢軍巡江小船，因近來北方大亂，每日都有饑民流賊過江來投。似李岩這種帶著千多人被官兵趕過江來的小股流寇，當地守將已是見多了，當下也不多話，派了一個都尉官前來巡查。

那都尉原是張偉親兵小頭目，姓錢名武，在宮禁之內因擅放張瑞等人縱馬，被巡城御史陳貞慧親眼看到，稟報上去，那王柱子也回護不得，於是被下放至地方，官反是升了一級，只是由漢王身邊的帶刀侍衛發配地方，心不甘情不願之極。

這襄陽城卻已是與江北氣象大不相同。被張偉占據已近兩年，這兩年來商稅甚低，頭一年還免了田賦，再加上政治清明，官府並不多事。是以百姓熙熙攘攘，商家在路上擺列南洋各處運來的奇珍異貨，沿街叫賣。

張偉這一年多來治政，已是漸漸與臺灣相近。新設郵傳部，就是取當日在臺灣時，官給馬車運載行人的好處。這馬車是仿西式的新式馬車，均是打造的軒敞華美，或是兩馬，或是四馬而架，上設官府印記。百姓只需上交十幾個銅錢，就能從襄陽一路坐到荊州，穩當便利。再加上幫人帶信，甚至貨物托運也可由貨運馬車而行，費用低廉高效之極。是以開辦不過一年半的光景，整個江南稍大點的城市已盡數有了官車行。

李氏兄弟被這一隊漢軍都尉一路帶到城內兵營之內盤問，一路上見了這太平光景模樣，心中當真是感慨之極。李侔便低聲向李岩道：

「大哥，十來年前，中原還是太平時節時，開封府又是省府大城，看光景仍是較這襄陽差得遠了。你看這路邊的貨物，多半是南洋來的奇珍異物，有許多咱們官宦人家子弟都沒有見過，更別提老百姓啦。」

又回頭看一眼自己身後的隊伍，見各人都穿得破爛不堪，手中或刀或劍，大半是執棒弄棍的，又都是灰頭土臉，不成模樣。看押他們前行的卻偏是漢王龍武衛兵，一個個身披重甲，手按利刃，當真是威風凜凜，兩軍相差如同雲泥之別。

因赧顏道：「大哥，你看咱們的兵，連人家城門口的什麼靖安兵都不如。看這些龍武軍，一個個身高體壯，身披十幾斤的重甲行若無事，咱們可真是差太遠啦。」

李岩一笑，向他道：「你不是覺得這個差的遠，是覺著咱們穿得太破爛吧。」

不再理會，卻向一個路人略一拱手，操著河南口音的官話問道：「這位先生，弟有一言求教。」

李侔定神一看，見兄弟攔住的是一個富商模樣的路人，頭戴瓦楞帽，身著團花細綢長衫，腳踩

絲履。因李岩身上臭味熏人，那人禁不住捂住口鼻，吱唔道：「有話你快問，我還有事。」

李岩見他無禮，心頭甚怒，但又有求於人，只得勉強又施一禮，恭聲問道：「這位先生，在下河南李岩。敢問這一路上那些打造華麗的馬車，是做何用，怎地上面拉的人行行色色，裝扮不齊，那些車卻是模樣一般，都刻著印記？」

那人上下打量他一眼，卻不知道「河南李岩」是誰，在腦中略一思索，只得勉強將這郵傳之用向李岩解釋了。見他低頭沉思，心中一陣藐視，心道：你一個土包子，知道什麼，倒白耽擱了我去進貨，南洋來的香料，近來可很是好賣。

說完拔腳便行，路過李岩身邊，卻又聞到一陣臭氣熏人，因而忍不住好心道：「你們來投漢軍，可要知道漢王最不喜你們這些人。漢王接近將軍大臣們，凡是身有異味的，都逐將出去，上行下效，咱們原本也是一年洗一次澡，現下可都是得常洗才是，不然官員們都不愛見，切記切記。」

李岩當真是哭笑不得，不料初來貴境，竟被一個小小商人大大教訓一番。當下也只得唯唯諾諾應了，抬腳待行。卻又聽到那商人一路行去，向自己屬下一一言道：

「不要亂摸，這些貨物賣了你們也是賠不起。不論你是何人，壞了商行的貨物，誰也回護不得。漢王最重商貿，保護商人，可不是大明那邊的規矩了。」

又聽他絮絮叨叨道：「真臭……唉呀，唉呀！」嘖嘖連聲，一面感嘆，一面搖頭晃腦地慢慢去遠了。

李岩等人正自懵懂間，前面帶路的漢軍都尉卻是不耐，喝道：「那漢子，有甚想看的，一會兒來看個夠。現下快隨著我去參軍行部報備，等著安置。」

「是，這位將軍。」

李侔極親熱地答了一句，小跑幾步跟在錢武身後。向他笑嘻嘻道：「這位將軍，身上穿著這麼重的甲冑，可累麼？」

錢武雖沒好氣，也只得答道：「一會兒我脫下來，讓你試試看，如何？」

「這邊太平無事，其實倒也不必如此。」

錢武回頭一看，見是對方中主事之人說話，又見李岩神色淡然，不如一般初次來投的義軍那麼屈膝卑顏，雖是身上衣衫破爛不堪，神色憔悴黯然，卻有一股說不出來的氣質，只讓人覺得這人並非等閒之輩。

便向李岩一笑，答道：「居安思危麼，平日裏都貪圖舒服，不肯穿戴，戰時就能身輕如燕？這都是漢王的規矩，你們待久了，就曉得了。」

一路上談談說說，隨著那錢武繞過鬧市，穿街過巷，約莫行了小半個時辰，方到得城內漢軍大營之中。

營門處盡是錢武熟人，哨兵們見他帶著大隊人馬回來，忙都上前笑道：「錢都尉，又是江北那邊逃過來的麼？」

錢武白他們一眼，斥道：「難不成是天下掉下來的，廢話少說，驗看了就讓我帶他們進去。」

雖是熟識，那些軍士仍是一五一十驗看了權杖，錢武親自填了票，註明帶了何人入內，是何緣故，待一切手續完備，方才帶了李岩等人進去，其餘的兵卒只得留在營外坐地等候。

見李岩等人左顧右盼，四處張望，錢武便道：「這邊不過是幾千龍武衛的駐地所在，真正的大營建在城外。等這邊的事完了，自有人帶你們去那裏。」

李岩因不知這邊底細，雖見錢武神色倨傲，並不隨和，也只得問道：「請教這位都尉大人，漢軍軍制，我大概知道，分爲衛大將軍、上將軍、將軍、衛尉、校尉、都尉、果尉、什長，未知對否？」

一群人正隨著錢武往那軍營內座北朝南的一排建築走去，沿途上盡是赤著身子操練的士卒。此時正是盛夏時節，天氣炎熱，一個個精壯軍士赤裸上身，在泥土裏不住摸爬滾打，呼喝有聲。

龍武衛軍因是持刃搏鬥的重甲武士，最重身體訓練，原本漢軍的各項身體鍛鍊方法盡皆使用，還加了精減選編的格鬥之術。

李岩等人一路行來，只見一個個軍士或用磚頭拍臉，或是捉對廝打，招招擊打在對方身上，叭叭有聲，聽來甚是嚇人。至於打沙包、舉石墩、伏地挺身等新鮮玩意，李岩等卻是聞所未聞，從未見過。見一個個軍士皆是肌肉盤結，精悍健壯，不由得皆在心裏感慨稱讚，方明白漢軍戰無不勝，攻無不克，並非僥倖。

錢武一路上一面與各個訓練的軍士們招呼嬉笑，一面答道：「全對。不過漢軍還有軍爵等級，與將軍職位並不相同，日後時日久了，你就曉得了。」

「那麼咱們這群新來投效的，該當歸哪位將軍管制？到何處效命？」

錢武向身邊的副都尉笑道：「聽聽，每個新來的都是這樣，心裡很急著呢。」說畢，方向李岩道：「這些事不是咱們老粗們操心的，平日也懶得打聽。因近來做了這差事，方略曉得一些。漢軍原本出戰，都是各衛的將軍們指揮，凡駐守、操練、糧草，都是各衛自行辦理。占了江南後，諸多事務不是各衛將軍們能夠自專的，也辦理不來。是以由兵部和參軍部、大司馬府在襄陽、杭州、福州、南京各地派出行署，處置戰事之外的雜務。像你們的事，該當由參軍部管，我現下就是帶你們去見襄陽城的參軍部署理將軍。」

各人聽了無話。李岩原本對漢軍軍制知之不詳，聽了錢武這番解釋，方知為什麼漢軍軍權都落在武人手中，漢王卻仍指揮如意，並不怕武人作亂，不怕文官掣肘武將。

待被引入參軍行部正堂，自有司官迎出，問及緣故之後，便命李岩等人稍待。待參軍將軍薛毅出堂，問清李岩等人底細，讚道：「各位不懼豪強官府，殺官造反，為百姓不懼刀斧，真好漢子！」

又向李岩翹起大拇指讚道：「李公子之名，在下亦曾聽聞。仗義疏財，果敢勇毅，當真是難得的英雄豪傑！」

李岩微微一笑，知道這將軍不善言辭，這一番話想必是預先準備好的客套話，此時一股腦倒將出來，還不知道是說了多少次才有的效果。想來這兩年多來，江北各處動亂，百姓無以聊生，只得紛紛投效江南漢軍之故。

因欠身一笑，從容答道：「不敢。岩雖在鄉里略有薄名，然賤名不足有辱尊聽，將軍過譽了，岩愧不敢當。」

薛勇原不過是個校尉，因倭國一戰功勞甚大，漢軍內又一時安插不下，且有意要鍛鍊此人，是故把這老粗悍將安插來這襄陽任參軍將軍一職。他粗鄙不文，心裏雖是清亮，只是苦於說不出嘴。初來任上頗受了一些嘲笑，待到得後來調來一些熟手佐吏，又有書辦相助提點，還好了一些。

兩人客套一番，薛勇皺眉道：「貴部的情形我已知道，轉戰千里甚是辛苦。留存下來的部下想必都是勇武敢戰、堅忍不拔之士。來投我軍，當真是漢軍的榮幸。只是這麼久時間下來，體力和精神想必都是勞乏之極。」

說到此處，李岩知道下文才是真正的安排，他略有緊張，生恐被敷衍打發了事，便一欠身，答道：「我們雖是自河南輾轉而來，士卒疲敝，甲胄不修，然存留下來的確實如將軍所言，皆是武勇精壯之士；且又大多負有深仇，與官府朝廷勢不兩立，只要將軍略給些糧草衣甲，將來北上伐明，我部願爲前驅，披堅執銳勇往直前，必不至成爲漢軍的累贅。」

他這番話說得入情入理，怎奈薛勇聽得多了。那些來投的義軍首領們，哪一個不是將胸口拍得很響，待仔細一查，那些什麼「精壯」、「武勇敢戰」的士兵們，要麼面黃肌瘦，對著饅頭大米甚是勇猛，稍重的甲冑卻是穿不起來；要麼就是流浪慣了，流賊習氣甚重，不堪軍令束縛。故皮笑肉不笑道：

「貴部勇武，本人也知道。不過漢王的規矩甚多，新附軍不能整編入漢軍伍中，非得甄別打亂，挑選合用戰士入伍，不合用者則安置為民。首領調為他部聽用。運氣好的，立時就有差使，運氣不好的，等上幾個月也有，投附軍隊甚多，有什麼法子呢！」

又逼問李岩道：「是散編，還是願意仍為一部？依我看來，你們都是一處來的，必然還是想在一處。是以不如依我的安排，先為廂軍一部，歸本地的參軍部指揮彈壓地方。做得好了，漢軍自然再有安排，如何？」

李岩雖神色難看之極，心中不悅，卻也知道人家說的是實情；打亂散編，挑選武勇之士入伍，這是漢軍建軍以來的規矩，斷然沒有讓自己帶著屬下全部加入的道理。便站起身來，向薛勇笑道：「既是這樣，李岩一切依將軍安排，先告退了。」

薛勇一笑，便知道仍如往常一樣。這一批投效過來的新附軍雖是行伍不整，衣衫破爛，看起來倒也像是個軍隊模樣，可見這帶兵的李岩也還有幾分本事，便道：「請將軍帶著部下入城外大營，換裝、訓練、領餉安家。至於駐防之地，所部任務，總得過兩三月後，再行分派。」

說罷起身送客，將李岩等人送出堂門。回到內室之後，又叫了參軍書辦入內，將今日之事彙總節略，報備給南京參軍部知曉。

正忙亂之間，卻聽得門外親兵入內稟道：「薛將軍，城外大營的劉國軒將軍派人過來，道是有新軍入營，請將軍與兵部司官一同過去驗看。」

薛勇呻吟一聲，苦笑道：「我好好一個武將，卻被派來做這些佐雜之事，當真是要把我磨死過去，才肯甘休麼。」

口中抱怨，卻是不敢怠慢，急忙帶了一眾屬吏，騎馬出營，直奔城外大營而去。

正巧見李岩等人在路上行走，他卻不過情面，派了幾個小兵牽了馬來，讓李岩兄弟騎了，一同往城外大營奔去。

待出了城門，卻與孔有德及兵部各司官撞在一處，才知道今日不但是龍驤衛軍有新軍下撥入營，還是龍武衛軍前番入營新軍大閱之日。

調撥募集兵員都歸兵部掌管，訓練分配至各部乃是漢軍參軍部之事。因襄陽地處戰略要地，龍驤及龍武大部駐軍和大將軍的駐節之所皆在此處，幾次新軍下來，南京那邊都甚是持重，襄陽分部亦是不敢怠慢。

自崇禎五年夏初起，因抄拿官員、宗室親藩所得甚多，漢軍先是花巨資在南京興建火器局，在廣東等地加大鐵礦開採，大量的優質鐵石由一路修好的直道源源不斷地運至南京鑄成火炮、槍枝、彈丸。

一邊大造火器，一面又在江南各省招募新軍。漢軍餉俸甚高，是以招兵文告一貼，立時就有成千上萬的壯丁報名入伍。反是張偉仍秉持精兵強兵的想法，一年多來只擴軍至二十萬人，便暫停招兵，先行訓練。這一陣子眼見北方局勢大壞，滿人隨時可能入關，便又下令再募十萬精兵，充實各部。因戰事或許就近在眼前，便下令各部加緊訓練，務使新募軍士數月內可敷使用。

兵部尚書黃尊素因知襄陽要緊，南京那邊乃是漢王治下，便也罷了，這邊不親來探看，卻是不能放心。因帶了從員，自南京匆匆趕至，也不入城，直入城外大營查驗。

待孔有德、薛勇等漢軍將官到齊，方知是兵部正堂親自過來。參拜行禮完畢，黃尊素也不多話，便命人將一部部的軍士親自帶來驗看。也虧他六十餘歲年紀，鬚髮皆白，精力卻是甚佳。兩萬名龍武龍驤新兵一隊隊驗看完畢，又命操練校閱，鬧騰得人仰馬翻，到底才算滿意。

漢軍諸將雖是武人，卻也不是不知時務的呆子，此時見了黃尊素如此動作，便知道這老頭子身處內閣中樞，想來知道內廷消息，或許是漢王決意攻川，又或者由襄陽渡江直攻河南，也未可知。

劉國軒頭一個問道：「黃大人，這麼著急，可是漢王決意要用兵了麼？」

他們著急打探消息，黃尊素人老成精，如何不知，故微笑搖頭道：「這事情不是文官們該管，行軍打仗的事內閣都不過問，我如何能知道。我此次過來，只是盡我的本分。你們龍驤龍武兩衛十萬大軍，關係到南京上游安危，我如何敢怠慢，還是親自過來的好。」

又笑道：「漢軍本部倒也罷了，廂軍身負地方守護重責，也不能因忽怠慢。邇來投效兵馬甚多，不能良莠不齊盡數收了，總要甄別使用，分而治之；斷不能大意，若是出了亂子，其禍非小。」

各人自然是唯唯諾諾，各自遵命。當下又說了一些細務，黃尊素便命各人辭出，獨留下劉國軒與孔有德二人說話。

「兩位將軍，明軍近日集結於川陝交界，漢王前日召集內閣及各參軍會議，很是憂心。」

劉孔二人面面相覷，卻是不解其意。劉國軒問道：「咱們扼住上游來兵，不使遊兵入境，任他打生打死，總歸與咱們沒有干係。有十萬漢軍在此，那明軍和張獻忠部又能如何？」

「倒不是害怕明軍怎樣，而是明軍精銳仍在外纏鬥，京畿一帶空虛，若是此處被滿人趁虛直入，北方局勢堪憂。是以漢王思慮再三，或許要先入北方，制形勝之地，預備與滿人決戰。還有雲貴兩省改土歸流之事，很不順遂，此時派大兵過去，是萬萬不能了；看現下的情形，只得敷衍了事。所以若不取川，只怕到時候後方也是不穩。」

黃尊素長嘆一聲，呆著臉看向遠方，向兩位面露興奮之色的大將軍道：「征戰之事，兩位或許無所謂，可憐我江南百姓才享了兩年太平日子，很不想漢王興軍，再加上有心人播弄其中，其間阻力不小，兩位只是武人，並不明白。還是安心鎮守荆襄，靜待時局變化再說。」

黃尊素到來之後，這襄陽城外漢軍大營頓時是人仰馬翻，忙亂不堪。雖然兵部管不到漢軍日常事務，行軍打仗更不與兵部相干，是以與明朝體制不同，兵部正堂並不是漢軍將軍們的直管上司。

只是但凡軍餉、糧、器械、駐地、招兵等物，都是兵部該管事項，各人都拚了命地想成爲兵部優先照顧的對象，此時黃老頭子親自過來，不借著這個機會抱住他老人家的粗腿，更待何時？

眼見營地內人奔馬跑，雞飛狗跳。李岩帶著眾人在亂紛紛的人群中尋得了該管的廂軍將領，遞交關防呈章後，那將軍便命李岩的大隊屬下驗過了身體，一一造冊呈名，記下相貌體格特徵，家鄉籍貫等等，其手續之繁蕪複雜，當真是令一幫從鄉間造反而出的農民兵們心浮氣躁不已。

「李岩，河南開封府杞縣人氏，年二十二，身高中平，面白無鬚……」

一直待到了最後，那廂軍書記官在紙上用濃墨記下李岩的相貌特徵，職務差使等詳細備註，方將手中毛筆擱下，向李岩笑道：「李將軍，自今日起，你便是漢王治下的廂軍將軍了，恭喜恭喜。」

那書記官站起身來，向李岩拱了個手，又坐下繼續說道：「貴部爲廂軍襄陽守備軍左衛屯軍，李將軍爲左衛屯軍的校尉，貴部有兵一千一百二十五人，比校尉治下略有超過，這也不打緊，沒準將來補充了兵員，提拔李將軍爲衛尉，也很難說。」

李岩見他行事周到，語氣溫潤有禮，不敢怠慢，忙回了一禮，又著實客氣幾句，方向他領了對牌、印信等物，憑著這些命人至倉庫領取了衣服被褥，餉銀兵器等物。一直鬧到半夜，方被人引領著到宿處安歇，一夜無話。

第十四章　馬球遊戲

李侔呆立在原地，瞇著眼看了一陣馬球，見場內塵土飛揚，各人都灰頭土臉，在馬上卻是豪氣逼人，帶著自己一方的球隊來回奔騰，竟打得對方無還手之力。李岩搖頭苦笑，也不好再勸。弟弟年歲已是不小，難得有個喜好的興趣，做兄長的也只得略說幾句而已。

自此之後，他便一門心思依著漢軍規定操練士卒。廂軍原本是地方守備部隊，不持火器，只領取刀牌槍盾等物，衣飾上也沒有漢軍的鐵製軍徽，餉銀乃是一人一年二十兩，還不到漢軍一半。是以訓練操法強度也不足，雖遠勝當年的明軍，比之漢軍正卒卻差了老遠。一般廂軍的將領，也只是依著操典規定而行，唯李岩志向不比凡俗，趁著駐防在漢軍大營內的良機，一切操練都依照漢軍龍武衛的標準施行，雖屬下連聲叫苦，卻全不理會。不到兩月的工夫，這襄陽廂軍中都知道李校尉之名。

薛勇等人後來知道，也很欣賞其人，只是漢軍編制已滿，李岩又不肯將軍隊拆散分編，便也只得作罷。派了他在湖北各處巡行緝盜，軍紀肅然，令行禁止，很讓湖北上下的文官們喜歡。

他雖是如此努力，只是按照漢軍升遷和作戰的辦法，即使將來北伐激戰，廂軍也不過是留駐原地，很難有什麼傑出的表現。縱使他一直升遷，最多也不過能做到屯衛將軍一職，想有什麼大的發展，卻也決無可能。

每日克勤克儉，瞭解熟識漢軍體制之後，李岩已慢慢後悔當日之決斷。若是當時斷然加入漢軍之內，趁著襄陽正在招兵之時加入，雖然做不了校尉，至少也能做個都尉，將來北伐過江時，還能帶兵打仗，以自己的才能，自然不會居於人下。而此時雖是努力，裝備和士兵素質仍遠遠不及正規漢軍，看著那些正規軍的都尉，甚至果尉都不將自己放在心上，一個個眼高於頂的模樣，李岩這樣的才智高絕之人，自然是心中鬱鬱。

這一日處理完公務之後，已是傍晚時分，此時正是盛夏，天黑的晚，一天的事完畢，營內將士閒來無事，在外面校場上嬉笑玩耍。

李岩步出廳門，見弟弟李侔正帶著一眾軍士翻身上馬，在夕陽下直奔校場中心用石灰粉畫好的球場之內，李岩叫道：「李侔，小心摔下來！」

他對這個幼弟鍾愛異常，總覺得他還是個沒有長大的孩子。漢軍的馬球戲是為了鍛鍊騎兵之用，源自唐朝，張偉又稍加改良，在軍中推廣。先是強制，這些年下來，整個張偉屬下所有體系的

軍隊，甚至不少文官百姓，都喜歡上這個馬球之戲。

李岩是士大夫家庭出身，雖不信奉千金之子坐不垂堂的教條，卻也不喜歡自己弟弟與漢軍一樣，在馬上縱橫奔馳，揮舞球桿，做一些驚險動作。雖然馬術大有長進，到底也不需在校尉的弟弟親自上前搏殺才是。勸阻過幾次無效，李侔別無所好，軍人與百姓不同，什麼賭博聽戲等娛樂一概不准，每日除了操練別無他事。唯有這馬球比賽還有些趣味，是以一沾了手就不肯放下。幾月下來，小李公子的球術大爲長進，整個湖北都傳頌其名，在漢軍中竟比李岩有名許多。

李侔呆立在原地，瞇著眼看了一陣馬球，見場內塵土飛揚，各人都灰頭土臉，在馬上卻是豪氣逼人，帶著自己一方的球隊來回奔騰，竟打得對方無還手之力。李岩搖頭苦笑，也不好再勸。弟弟年歲已是不小，難得有個喜好的興趣，做兄長的也只得略說幾句而已。

見他負手而行，屬下的副校尉與幾個都尉圍攏過來，與他寒暄閒話。這幾月來，江南江北都是無事，明軍在川陝一線雖然調集兵力，但西有李自成，北有高迎祥，無法以全力攻打四川，張獻忠親率大兵鎮守，堅城深壘以待，明軍士氣低落，一時間竟無法破敵，兩邊看似打得熱火朝天，其實正是膠著對峙，明軍一時難進，張獻忠卻也沒有能力打出去，漢軍駐在襄陽，竟是無事可爲。

因身邊都是從河南一同出來的心腹手下，李岩並不隱瞞心中所思。與各人略微討論幾句李侔的球技之後，便苦笑道：「成日無事，除了在湖北境內跑了幾遭，捉了幾個小盜，咱們只是乾拿餉，不做事的閒人了，不打球又能怎樣?這樣下去，我看我也得學上一學，好舒展一下筋骨了。」

主將抱怨，屬下自然是湊趣應和，都道：「是啊，都閒得骨頭疼，哪一天派咱們打回河南去，那才好。」

其實眾人多半是農夫出身，一路隨行而來的多半是無產無業、甚至連家室也沒有的光棍漢子。此時在這富庶之地當兵拿餉，每月白花花的銀子準時匯來，一分不差。吃的穿的住的與在家鄉時如同雲泥之別，初時殺官造反的英氣早就消折殆盡，只盼這樣的安逸日子永遠不要改變，待攢上幾年銀子，在此地討個老婆，買幾畝地，或是做個小本生意，不比回河南那樣的災荒之地強過百倍？

李岩也知道各人的心思，心裏微微一嘆，也不好作聲。他壯懷激烈，可管不了屬下心中所想。再說這些想法也是人情之常，若是一門心思只想著上戰場去刀頭舔血，只怕也未必是什麼好事。

辭別眾人，便欲出營閒轉。帶了幾個親兵在營門處牽了馬，先往襄陽城內的廂軍左屯衛將軍府內打探了一番，得知近期內仍是無事，那將軍只命李岩好生訓練士卒，又勉慰幾句，便端茶送客，命他辭出。

到得晚飯時間，在城內隨意選了一處酒樓，帶了從人上去二樓，點了酒菜獨酌。

「李將軍麼?這可真是巧！」

李岩轉頭一看，見樓梯轉角處露出一張笑臉，原來是當日帶他入城的那錢姓漢軍都尉。

忙站起身來，拱手道：「原來是錢都尉，一向少見，卻是李岩失禮，不曾親去府上拜見，未知都尉一切可好?」

那錢武大咧咧道：「都好，托漢王的福，能有啥不好！這陣子我也不在城裏，你便是來尋我，也是白跑！」

李岩原是客套，哪裡要去他府上拜見，此時聽這老實人如此答話，倒覺得不好意思。見他帶著幾個軍官上來，四處尋座，便道：「今日巧遇，合該我做個東道，請諸位飲宴，也是答謝當日都尉辛勞情分。」

幾人都是粗魯武人，這樓上十分擁擠，一時難尋座位，幾個人稍一客套，便一個個大馬金刀坐下，又吩咐人添了酒菜杯筷，酒過三巡，一個個臉上便泛紅起來，對李岩這個廂軍校尉方稍加辭色。

「李校尉，邇來也曾聽聞過你的聲名，才幹見識都是一等的人才，只可惜在廂軍中充任軍官，很難有什麼大的想頭了。一步錯，步步錯，我很爲你不值。」

見李岩神色尷尬，那錢武又大剌剌道：「像我，原本在漢王身邊任侍衛，讓那小白臉抓了把柄，在這地方上幹起武官來，每日奔波辛苦的，比在漢王身邊差了老遠，又有什麼法子呢。」

他說得興起，將上身的佩甲去了，光著胸膛道：「前陣子被調去雲貴，路上就跑了兩個月，真正和那些土司及明朝敗兵打仗倒是少有。這還虧得是新修的上好直道，一直跑將過去，若是不然，半年也別想回來！那些個鬼地方，隔幾里路就是成片的山，上頭調咱們過去，定然是嫌我們閒待著沒事，讓咱們跑上一跑，方才甘休。」

他雖是說得有趣，李岩看他神色，卻是比當日憔悴消瘦許多。身著重甲的龍武軍在雲貴那樣的山地雨林瘴癘之地跑了幾月，當真是苦楚之極，也難怪他訴苦了。

正欲安慰，心中卻一動，忍不住問道：「錢都尉，莫不是要從雲貴對四川用兵不成？若不然，漢王自當會派火槍兵去剿匪平叛，在當地整編的廂軍戰力也是不弱，何苦調龍武軍辛苦跑過去。」

「嘿，你算是問著人了。尋常的武官，別說都尉，就是校尉將軍，只怕也不曉得。倒是我，到底曾是漢王的近侍，消息比一般人靈通許多。」

他猛吹一氣，又向左右顧盼一番，方低聲道：「聽宮內的侍衛們說，漢王近日軍議，多半是對著四川，排兵演練，也是由襄陽出兵入川。聽人說，雲貴那邊原是穩當，漢軍當日攻破，生擒了明朝世鎮雲南的沐家上下，那邊已再無反覆。後來漢王思慮雲貴不穩，恐將來攻入四川時會有干礙，便痛下決心，行改土歸流，設官立府，遷無地漢民入內屯墾之事。這麼一來，才激起大大小小的土司們叛亂。若是依照明朝規制，設衛監視土司，任命下發敕書給那些蠻子，命他們世代鎮守，哪來的這些變故。」

李岩點頭道：「這麼說也對，這膿包留著不擠，遲早是大禍害。若是漢軍攻入川內時，張獻忠部流竄到雲貴，和那邊的土司勾搭成奸，朝廷對那邊的控制不如內地嚴實，卻是更大的麻煩。此時將那邊穩住了，很是穩當。漢王行事佈局，當真是講求一個穩字。」

又沉吟道：「既然這樣，趁著這邊暫且無事，調用新徵召的軍士們去雲貴那邊打上幾仗，跑上

一跑，將來入川時就好上許多。入川之後也得爬山涉水的，可比雲貴那邊難上許多。」

那錢武一拍大腿，喊道：「著啊！薛勇將軍也是這麼說，如此看來，只怕入川之日不遠了。嘿，我可要好生打上幾仗，也博個封妻蔭子才好。」

幾人議論一番，都覺得大戰在即，除了李岩之外，那幾個漢軍軍官都是單純的武人，一聽得有仗可打，那軍爵賞賜自然滾滾而來，各人都是興奮之極，說不一會兒，便攘拳把臂，拇戰起來。

李岩不耐吵鬧，便推說要回城內大營，會了酒賬之後，便向各人道別。他是廂軍軍官，有仗也是撈不著打，各人安慰幾句，便送他出去了事，仍回二樓繼續飲宴說笑。

踏出酒樓之外，掏出懷中金表一看，那指針已在十點左右。眼見一隊隊巡城靖安軍迤邐而過，城頭的司昏鼓開始敲擊，提醒人們即將宵禁，城門就要關閉。

向四川用兵的消息雖然上層極欲保密，然而這種大規模的調兵作戰卻瞞不了人。初時不過是中下層的軍官們猜出來，待到後來，各種戰略物資源源不住地湧向荊襄之地，便是連稍有些體面，在官府內有些耳報神的商人百姓們，也知道漢王殿下即將對四川的反賊張獻忠用兵了。

此時的中國階層分野倒也簡單，不過士農工商四字罷了。用兵一事，自然不勞農人操心，除了家中有親人在漢軍中當兵吃餉的還稍加掛心之外，其餘的農人不過是勞作之餘，閒聊幾句罷了。賦稅低，天時好，不趁著這好時節多出些力，把官府由海外進來的什麼玉米、土豆多種上一些，以備荒年之用，去操那個閒心做甚？只要明軍不打過來，又重收三餉，天下事，農夫們是全然不管的。那工匠百工每日忙得屁滾尿流，此時江南四處需用百工，到處興修水利橋梁道路，稍懂些技術的匠人們恨不得被劈開來使喚，哪有閒情管什麼打仗的事？

倒是只有商人與士子，才對此次興軍很是在意，多般猜度議論。這兩年多來，漢王提升商人地位，鼓勵工商，與明朝壓制打擊的態度截然不同。江南原本就是明朝工商興旺之地，雖然神宗派出礦監、稅監敗壞，到底元氣未失，兩年多來的大舉扶持，與南洋各處的貿易，對倭國的產品傾銷，多半都是有暴利可得的上好生意。光是蘇州各地依照臺灣布廠而興建的工廠作坊所使用的產業工人，便已達四五十萬人。前次漢軍擴軍，便在四處採買軍服物資，江南各處的商人便是小發了一筆。此時興軍，又是所費甚多，各種物資源源不斷運往襄陽的同時，也是江南戶部的金銀流向各個商家之時。

商人得利，自然對戰事甚是支持。大大小小的商人由江南各處奔往前方，就近與漢軍司馬府洽談商量，凡一切需要自民間採買選購的物資，都由這些商人提供。至於儒生，雖然不能在表面上心向明朝，但對漢軍討伐流賊，卻也各個拍手稱快，讚頌不已。若是北上伐明，只怕什麼窮兵黷武、殘害生民的怪話，免不了要說上幾句了。

待南京參軍部的命令一到，漢軍的前期準備早已完備，一接命令，便即刻從施州衛沿水陸兩處沿江而上，直攻入川。

張獻忠的主力全數都在川陝邊境與明軍對抗，此時突然有八萬漢軍從後路殺來，縱然是蜀道難行，進軍不快，卻也很快攻下幾個險要大城，直逼瀘州，兵鋒直指重慶。

「哈，你們看看，快看看，張獻忠給我送的什麼信來！」

自對四川用兵之後，張偉便將庶務政事放在一邊，每日召集在南京的參軍部各參軍將軍，漢軍神策、神威、飛騎、萬騎等各營的大將軍商議前方軍情。

周全斌數月前便已從呂宋受調而回，此時南洋局勢對中國大是有利，那葡萄牙人鬧騰著要脫離西班牙人的掌控，完全獨立，兩國正自鬧得不可開交，竟沒有什麼精力來管海外殖民之事。

荷蘭與英國的戰事已打了三年，初時荷蘭依仗商船數量眾多，迅速改裝成武裝炮船，在南洋及北美四處邀擊英軍艦船，因其有數量優勢，英軍此時的戰術也並未比荷蘭強上許多，是以戰爭之初，英軍被荷蘭壓制，竟致無還手之力。

待打到第二年，英軍改海上決戰爲四處攻擊荷蘭的商船。那荷人當時壟斷了西歐至北歐的各種貿易，商船在地中海內來往不絕。英軍主力艦船齊集本土，在海上到處擊沉或俘獲荷蘭商船。待荷人醒悟過來，軍艦回師救援，卻是無力回護全數的商船，每日來回奔波，英國艦隊卻總是不與之決戰。如此耗了兩年，荷蘭元氣大傷，貿易收入幾乎爲零，國力已是難以支撐。

兩邊這麼打生打死，硬拚了幾年，實力都是大減，此時不但不敢爲難張偉，反是拚了命地討好他，生恐此時張偉在某一方投注，在其背後插上一刀，那可便是萬事皆休了。兩國開初都在臺灣設了聯絡官，待張偉打下江南，實力大漲，便更是拚命巴結。那些使臣隔三差五的求見邀好，生恐有一朝伺候不到，讓張偉惱了，那可是不得了的事情。

因這種情形，張偉又慮及與滿人決戰之期可能不遠。周全斌大將之才，此時再留在呂宋甚是浪費其才，故此幾月之前便調了他回來。此時在這武英殿中議事，就坐於張偉下首，張偉順手一遞，便將那張獻忠派人自瀘州城內射出的書信遞將給他。

周全斌略一欠身，接過那書信展開一讀，忍不住啞然失笑，只見上面寫道：

「漢王殿下，你姓張，小子我也姓張，咱倆個原是同宗，何苦來攻打。不如聯了宗，一起對付大明，豈不更好？」

便回話道：「這人粗鄙之極，也不知道怎麼占了全川，手下還有那麼多的精兵強將爲他賣命。」

又將手中書信遞予江文瑨等人傳閱，各人看了，自然不免湊趣，一起笑上幾聲。均道：「這樣的一個人，也能成事，當真是天下無人了，讓他這種妖孽也出來現世！」

張偉卻想起張獻忠祭祀張飛廟時的祭文，張獻忠寫道：「你老子姓張，咱老子也姓張，咱們就聯了宗吧！」那種粗豪不羈的勁頭，倒也是個漢子。此時情勢危急，這人便自稱小子，哀告求情，當真是令張偉哭笑不得。

見眾人都鄙視於他，張偉反斂了笑容，正色道：「倒也不能小瞧他，這個人能屈能伸，情勢

不利裝孫子，一有機會便是蛟龍入海，再難制他。況且他手下有幾個猛將，都是敢殺敢拚的大將之才，絕不能小覷了他。我已命劉國軒及孔有德，攻下瀘州後就止步不前。」

他噗嗤一笑，向諸人道：「也算是賣他這封信的面子，看他失了近半土地人口，下一步如何走法。」

別人尚未領會他的意思，江文瑨便開口道：「漢王想來是要看看明軍的動靜如何麼？」

「正是，長峰你猜的對。牽一髮而動全身，江南剛穩定兩年，這一次攻川也是迫不得已，此時若是與明朝大幹起來，引得滿人入關，實非我所願意的情形。」

江南情形各人自是深知，雖大力發展貿易工商，又收取田賦商稅，到底是時間尚短，整個民間也不過是剛剛溫飽，好比小樹剛剛抽芽，若是大力搖晃，動了根基，則是其禍非淺。

因軍務完畢，見各人都要辭出，張偉起身笑道：「政務繁蕪，咱們且去城內駐軍大營散心去！那邊有各處駐軍的馬球比賽，這幾日忙，我沒空過去，今日倒得抽出空來，去看上一看！」

他自歸來之後，這些年來甚少有什麼娛樂開心之事。反是爲了鍛鍊漢軍各部騎兵的馬術，想起唐朝時中國人武勇，皇室都有馬球之戲，其風甚熾，一直流傳到朝鮮、倭國等國。到得宋朝時，失了養馬之處，也只得在地上踢來跑去。明太祖爲禁絕百戲，連傳了千年的蹴鞠之戲亦是禁絕。

中國人在先秦兩漢時，文武分野不明，士人亦需學騎射劍擊，是以各種鍛鍊武勇的遊戲流傳於世。到了明朝，整個民間頹廢一片，除了淫糜於春藥，浪費體力於床笫之間，皇帝都死於服用春藥不當，近億的漢人竟然沒有一項能增強體力，需著武勇之氣的遊戲。思來想去，也只得借復古名義，命士大夫佩劍，習駕、射之餘，亦習劍術。科舉之士，不但要能文，亦要習武。在此之外，在漢軍全軍推廣仿足球的馬球之戲，一來勤習馬術，二來寓武於戲之中，比簡單的命令更爲有效。

還在臺灣之時，馬球、龍舟、武術、技擊等遊戲就由漢軍流至民間，上行下效，整個臺灣民風亦慢慢變得彪悍勇武。待到了江南之後，不過兩年時間，因知漢王喜歡，各地的官府駐軍又經常以重彩吸引馬術精良之徒參與其中，這些個類似於現代體育競技的遊戲已是深植民間，於潛移默化中改變著當時人的生活習慣與思維方式。

此次全軍的馬球比賽，便是出征的龍驤及龍武二軍亦是派了球隊參加。在南京城內赫赫揚揚打了幾十場下來，今日便是決賽之時。漢王要去觀戰，這殿內諸將一來要湊趣，二來也實是大半喜歡，是以盡數跟在張偉身後，出午門，過天街，直奔城西的漢軍大營而去。

待到了營內校場，因這次比賽有意培養士風，漢軍大營開放，百姓士民不需花錢購票，便可入內觀看，因此全南京喜歡球賽的市民皆往這營內校場而來。

此校場乃依現代足球場規制建造，可容數萬人的球場之內，當真是摩肩擦踵，人山人海。張偉所坐，自然是場內單獨闢出一塊看臺，以宮內的禁衛們護守四周，隔開群眾，張偉一至，便可坐下觀看。

「咦，廷斌兄，復甫兄，你們倒是捷足先登。」

張偉一屁股坐將下去，見四周都是來自臺灣的高官巨賈，圍坐左右。見他到來，一個個站起身來陪笑不迭。反是南京的那些文官大臣們，對這種蠻子的遊戲仍是排斥，來者不多。

見何斌與陳永華等人早已就坐，張偉向他們略一招呼，便亦落座觀看場中比賽。

此時場中早已亂成一片，青草鋪就的場地已被踩踏的凌亂不堪，那奔馬不住帶起大塊的草皮，有時馬上騎士掌控不住，就連同草皮一同飛將出去，引得場內數萬人一齊驚喝不已。

馬上騎士都是手持樣式相同的球棒，爭搶在地上滾動的皮球，不住地傳停帶射，往對方球門處擊打。若是中的，則場中支持某方的漢軍軍士及百姓們歡呼不止，若是偏出，則嗟嘆者有之，歡呼與責罵聲響徹雲霄。

這種對抗激烈的比賽，只需看上一會兒，所有的儀表風度都會消失無蹤，再加上不少人買了賭注，干係到身家性命，吆喝起來更是賣命。不少原本以儒雅自持的書生文官，都是臉暴青筋，拚命呼喝加油。

「嘿，當真是斯文掃地！」

「可不是，率獸而食人，不過如此哉？」

張偉正看得興起，卻聽得身後有人嘀咕議論，說的話尖酸刻薄之極。扭頭一看，正是幾個南京文官，呆著臉看著場中，滿臉的無奈。便招手叫人過來一問，方知是南京知府衙門中被迫前來觀戰的幾個文吏，原本就是不喜，此時見了場中激烈衝撞，便越發無禮的議論起來。

心中一動，卻先不加理會，待場中分了勝負，張偉便向何斌等人笑道：「你們既然來了，不如下場，和我一隊，與勝隊打上一場，如何？」

不顧他們推讓，因知道平素為健康起見，何斌等人早就學了張偉，沒事便跑步騎馬，已不是當年那身體孱弱之人，便拉了他們下場，在眾目睽睽之下翻身上馬，與那得勝的漢軍球隊交手。

他們不過是下場隨喜，又都是身分極貴重的人物，那勝隊如何敢當真與他們打，每當張偉騎馬衝來，那球隊不搶球，反倒個個爭先恐後，將那皮球送到張偉棒下，不過一刻工夫，適才還悍勇之極的勝隊便已被連灌數球。

張偉揚棒大笑，向他們道：「一個個都是滑頭！」

說罷，將手中球棒一扔，搖頭笑道：「勝負無足觀，只待明日傳出漢王親自下場擊球，便不負我一番苦心。」

又問那勝隊中打得最好的領隊，向他道：「你球打得甚好，你是漢軍哪個衛軍，哪裡人，叫什麼？」

那馬球手不過十七八歲年紀，看起來甚是靦腆。張偉見他緊張，便笑道：「你在球場上是好漢，怎麼和人說話這麼害羞，這哪像個縱橫球場的馬球手！」

他到底年輕，被張偉一激，臉上立時漲紅起來，便挺腰亢聲答道：「末將是廂軍左屯衛都尉李

倴，河南杞縣人氏，見過漢王殿下！」

見他欲下馬行禮，張偉一把拉住他胳膊，笑道：「球場無父子，咱們現下是敵手球隊，正在爭勝，行的哪門子禮。」又向他笑道：「河南杞縣，開封府治下吧？既然是廂軍部屬，想必是因這兩年河南大災跑過來的？」

「正是，末將與家兄李岩半年前由河南南陽渡漢江，入襄陽，蒙漢王不棄，收爲部曲。」

張偉露齒一笑，向他讚道：「不得了。廂軍的馬術和球術訓練不及漢軍多矣，你來了這麼些天，居然能打到這個地步，當真是了得！不過，你們一個個軟腳蝦似的，莫不是看不起我們幾人麼？」

這馬球比賽是五對五的賽事，爭勝之時衝撞難免，偶爾甚至有自馬上跌落，受傷倒地的。眼前的五位全是自漢王以上數得出的高官大臣，李倴等人哪敢當真逼搶？比如適才與張偉兩馬並肩，只需往張偉肩頭一倚，他必會滚地葫蘆似的摔下馬去，若是當真如此這般，把張偉跌出個好歹來，只怕李氏兄弟人頭難保了。

見他吭吭哧哧不敢說話，張偉也知他甚是爲難，便哂然一笑，將那李倴單手一舉，叫道：「此球場英雄李倴也！」

見他如此動作，場內的漢軍諸將官及觀戰士卒亦立時隨他歡呼叫喊，那賭贏了錢的亦是歡呼跳躍，場中一時間沸騰起來，幾萬人將腳底跺得價響，一個個皆是熱血沸騰，竟似剛打了一場大仗一般。

張偉亦是心神激蕩，這種激烈的體育競技最易鼓動人的情緒，便是連他自己，亦是難免深陷其中。

再三向場中眾人揮手示意之後，張偉親領著一群參賽球手自甬道而出，直回禁宮。

李侔是第一次來此禁宮之內，一路上經天街、端門、午門、金水橋，但見到處是高堂軒戶，金碧輝煌，心中又是讚嘆感慨，又很興奮，可惜哥哥不能同來，無法見此盛景。

待到了奉天殿旁的西角樓上，張偉先賜各人坐，又命侍從等人奉茶。見各人都是拘謹之極，扭著身子不安於位，便向眾人笑道：「適才一個個鬥得跟烏眼雞似的，恨不能把對手給生吞活剝了，現下卻又和大姑娘一般地扭捏，像什麼樣子！在我這裏，不必太過拘謹，做那副奴才樣子，我不喜歡。」

各人被他說得都是一笑，神態已輕鬆許多。

接見獲勝球隊，慰勉鼓勵幾句，再頒發錦旗、賞銀，這都是臺灣歷年來的規矩。張偉已做了多次，依樣葫蘆做將下來。

眼前時辰不早，便向李侔笑道：「這幾天有空你可常來，我還想與你真較量一場呢。」

李侔抿嘴一笑，自然不敢說漢王不是他的一合之敵，只得躬身含笑應了，應答如流。

張偉見他年紀雖小，卻是落落大方，一派世家子弟風範，問道：「你原是官宦人家的子弟麼？看你言行舉止，斷然不是小門小戶的子弟出身。」

「正是。末將的先父原本是大明的山東巡撫，後任兵部正堂。」

「喔，原來如此。」

張偉隨口應上一聲，不經意間問道：「未知令尊的尊諱，又是如何逃過江來，投效漢軍？」

這些年明朝的部院大臣，甚至是內閣輔臣他亦是暗中見過不少，連皇太極也曾把臂言歡，區區一個兵部正堂的公子，倒也並不值得他動容。

「回漢王，先父李精白。末將乃是隨家兄李岩，自杞縣殺官造反，因距離開封甚近，官府追剿甚急，咱們抵敵不過，由南陽渡漢江，逃至襄陽乃止。」

他見張偉一副若有所思神情，還以爲是想著自家兄弟不肯打散部曲，不肯投效漢軍，只充任廂軍之事不滿，便小心翼翼道：「家兄原是要領著末將投龍武軍孔大將軍帳下聽用，誰知咱們的千多名部下都是自杞縣跟來，不肯分散，除了家兄又不肯聽命於人，爲防他們生亂，便決意全師投充廂軍。」

他絮絮叨叨解釋，張偉已從初始的震驚中回過神來，忙向他笑道：「無妨，漢軍廂軍都是我的部下，廂軍各將多半都是這種情形，這也是人之常情，並不足怪。」

見李侔釋然，張偉又道：「你那兄長李岩，現在何處？」

李佺聽他動問，卻是一慌神，忙站起來道：「家兄就在城內，因不得宣召，不能進皇城之內。」

張偉原本是要立時宣召這個以悲情英雄，濁世佳公子的形象留傳後世的李岩李公子，轉念一想，卻只向李佺道：「賢兄弟都是豪傑之士，將來有機會，我必定要與兩位再飲酒暢談，論天下之事。今日已晚，就請各位先回。」

說罷，自顧起身，先行退出。殿內各人都起身低頭，恭送如儀。

那李佺強忍興奮，與各位同僚寒暄致意，一同步出宮外。待出了端門之後，方上馬騎行，自天街一路而出，直出了皇城之後，方在城內事先約好的驛館中尋得了李岩。甫一見他，便將今日之事一一道出，言語間甚是興奮，更是掇弄其兄，想辦法求見漢王，得到賞識後自然能夠飛黃騰達，將來隨大軍殺回杞縣，救出家人，興復李氏家族，指日可待。

李岩靜靜聽他說完，屈起手指數落其弟道：「一、小人輩方希圖以遊玩嬉戲的辦法招得帝王寵幸，你打馬球，不過是喜好，漢軍又提倡這個，是以我不管你；若是希圖以這種手段來謀取升遷，邀得王寵，我必不饒你。其二，漢王不過是貴人口角，一時客套，你若是把這個當了真，一心想走終南捷徑，我看漢王為人行事，也必不喜歡這樣的人，只怕這捷徑越走越窄！」

一通訓斥過後，見幼弟垂首低頭，不敢辯解，李岩滿意地嘆一口氣，負手走向房內窗前，支起窗櫺，見外面是熙熙攘攘不絕於途的人群，無數商家小販沿街叫賣；路上行人都是衣著光鮮，步履

從容，再有那西夷洋人、南洋商人匆忙而過；又有幾個高鼻藍眼的傳教士沿門挨戶的勸人入教；當真是八荒輻輳、萬國咸集，集四海之精華於此一地。

論起繁華富庶，幾年前的南京就可堪稱中國之首，再加上這幾年來的商貿發展，此時的南京城內，不但是整個中國，亦可稱是全世界最繁華富庶的城市了。光是那些新挖掘而成的城市供水和下水道工程，就已比滿地糞便的巴黎和倫敦強過百倍。

與國外相比如何，李氏兄弟自是不知，他們雖是官宦子弟，除了去過北京和開封兩個大城之外，便是來到江南後遊歷過的幾個城市。兩相比較，高下立判。一邊是民不聊生，官府中胥吏衙役，再有那錦衣校尉及宮廷內監四處橫行，哪有半分南京城內安詳和諧，繁花似錦？

與李侔看了半晌南京市景，李岩長嘆口氣，禁不住又撫弄一下他的頭頂，笑道：「我這次到兵部辦事，原也是要和你一同長長見識。現下這南京勝景也看了個七八成，咱們兄弟也該回去。還是安於本分，或許將來還有機會。」

李侔雖有些依依不捨，他早就盤算好了，晚間要去南京城內有名的秦淮河畔遊覽一番，聽說那十里秦淮每夜金吾不禁，絲竹管弦之聲不斷，無數的文人騷客遊蕩其間；還有那些知名的名妓應承於中。有那打十番的小戲，茶館裏聽書看戲悠閒自在；街頭上的雜耍、小吃，他都想親眼見見，親口嘗嘗，也算來此金粉繁華之都一回。只是兄長之命不可違，嘟著嘴應承一聲，著下人收拾了行李，帶了同來的伴同，一同牽出馬來，往漢西門出城去了。

他二人出門不久，一行十餘人的羽林衛士在一個果尉的帶領下匆忙趕到。那客棧老闆倒是嚇了一跳，急忙迎了出來，待知道是尋李家兄弟，方告知那些羽林衛士，那李家兄弟早就退店出門，只怕是去遠了。

帶隊的果尉知道追之不及，忙又回宮稟了張偉知道。張偉因自己到底按捺不住，想先見見這個名聞後世的李公子，卻是機緣不對，他竟已離京而去。只覺可惜，也只得暫且不顧。此時卻已不同於往日，用人行政牽一髮而動全身，這時候提拔李岩，一者開了先例，於後世風氣不好，二者如此用人，李岩本人怕也是才高氣傲之人，斷然不會接受。長嘆口氣，只得暫且放下。

李氏兄弟不曾前去秦淮河畔隨喜觀光，這個聞名天下的脂粉之地卻不因少了這兄弟二人而稍有失色。這一夜仍然是燈火輝煌，鶯歌燕舞，熱鬧非常。

第十五章　江南大儒

陳貞慧卻又對漢王提倡西學一事大為不滿，此時聽了，心中一陣煩悶，想要開口斥責，卻又因徐光啟等人是前輩學人，資歷別說自己，就是黃尊素、錢謙益等人亦是遠遠不及。只得按下口氣，低頭吃菜不提。卻又與吳應箕目光相撞，兩人對視一眼，都看出彼此的輕視之意，扭頭一顧，便不再去看。

明朝其實與元朝或是宋代的規矩不同，自明之前，從不禁官員儒士嫖妓，縱是當年的徽宗皇帝，亦曾與勾欄女子私下相會，朝野上下也並無什麼非議之言出來。

那柳永的風流才子之名響遍大江南北，勾欄行院中到處傳唱柳永新詞，他本人亦是流連於妓院之中，甚至「忍把浮名，換了淺吟低唱」，結果惹得仁宗不喜，將他的進士及第一筆勾去，命他且去填詞。他倒也順桿而上，立了個旗桿，上書四字：奉旨填詞。把皇帝老兒一通調笑，結果在皇權並不如後世莊嚴的宋朝，竟然也無人管他。

待朱元璋立國之後，農民出身的他立志要恢復漢官之威儀，盡去胡風。其實他心胸狹隘，不能容人，是以那胡人當庭打人屁股的廷杖之刑卻是留了下來，其餘的陋習陳規也不能盡數，倒偏生與妓院為難，下了旨意，官員及儒士不得狎妓浪遊，若有違反，其罪不小。

到了明末，這一禁令雖然名存實亡，官員們卻仍是不得其便，已是以狎妓之事為恥了。明末之時，倒是有一些文人騷客與一些勾欄中志向高潔、才華出眾、出污泥而不染的名妓相與交結，如此這般幾回下來，秦淮河畔十里歡場之名，早就是聲動天下。

此時的秦淮尚沒有後世聞名的秦淮八豔，顧眉才七八歲年紀，李香君也不過十歲出頭，其餘陳圓圓、卞玉京、董小宛、寇湄亦都不到破瓜年紀，並不曾出來應承客人，是以豔名不播，時人並不知曉。

孫元化自從火器局近半的器械工匠搬來南京之後，他身為主管，自然也是隨行而來。他在臺灣住久了，已頗為習慣，原本是一動不如一靜，並不想再行搬遷，卻是上命不由人，也只得攜家帶眷，全數搬來。好在宅院傢俱都是官府為他準備停當，一切倒也便利。時日不多，他便與原本的南京舊識同僚相與來往，比在臺灣時還熱鬧許多。

這日晌午，他的授業恩師徐光啓自上海趕來南京，主持天主教會在南京新設教堂之事。孫元化一則是他的愛徒，二來亦是入教之人，自然是義不容辭，隨著老師鞍前馬後跑了半天，待一切儀式完成，已是疲累之極。反是老師興致頗佳，晚上約了幾個世家通好的子弟，便在這秦淮河畔擺下酒席，宴請感謝他們在教堂一事上的相助之情。

這孫元化生性不拘小節，各人來此煙花柳巷之地都是精心打扮一番，或風流儒雅，或富貴華麗，總之要教人一見之下，便是大爲傾心。此時這花船內酒桌旁，早就坐滿應邀前來的名人雅士，唯獨他身著舊袍，腳著一雙百衲布鞋，就這麼搖搖擺擺沿著踏板上船而來。

各人正看得發笑，他衣袍不整也就罷了，偏生頭髮也是亂七八糟，枯黃分岔且又零亂飄散，額角上已有幾縷頭髮散落下來，看起來又是滑稽，又是不雅。

那座上不但有原明朝的內閣大學士、禮部尚書徐光啓，尚有去年辭官歸鄉的原太僕寺卿李之藻，光祿卿李天經等人。這幾人都是最早一批與徐光啓一起入教的明朝大臣，有名的才學之士，都是孫元化的師執長輩，當著這些人，孫元化身爲徐光啓的入室大弟子，卻也把平素裏那狂放不羈的模樣收斂幾分，進得船上，先行向各人躬身施上一禮，挨個問好，聽得徐光啓吩咐了，這才躬身坐下。

徐光啓此時鬚髮皆白，已是七十二歲高齡的老人，行動起來顫顫巍巍，顯然已是風燭殘年，時日無多。他原本因對崇禎心灰意冷，諸多西學的著述和建言全然無人理睬，只是指著他帶著一群弟子夥著幾個洋人教士爲朝廷鑄炮罷了。然則炮鑄的再多，體制上出了毛病的明朝卻顯是一日不如一日。因身體孱弱，精力不濟，再加上請募葡萄牙人爲兵，前往遼東操炮一事半途而廢，對他的打擊甚大。諸多不順之後，這老頭兒便決意辭官不幹，一心回家頤養天年，就此不問外事。

他與西人傳教士利瑪竇合作翻譯的《幾何原本》、《測量法義》、《測量異同》及《勾股義》等西學叢書，在明朝士林中根本無人問及。士大夫好不容易皓首窮經，少說死記硬背苦讀了十幾年甚至幾十年的四書五經，待考中進士，光耀門楣之後，一心只想著熬資格，往上爬，研究的是做官的學問，想的是拍馬屁的要旨，誰有心思弄他這些不經的繁雜之學？至於皇帝對他，一則要他鑄炮，二來要借他的天文學知識編訂曆法罷了，是以他不但對皇帝和政局失望，就是對西學傳播中國一事，亦是灰心絕望之極。

前兩年聞得張偉在臺灣提倡西學之後，他便以賦閒之身，親赴當時還是大明龍虎將軍，寧南侯張偉治下的臺灣。諸多考較之後，雖不肯見張偉的面，卻是對他治下的臺灣滿意之極。及至看到臺灣使用的西學課本教材其中正有他翻譯的書籍，那些年輕學子一個個認真向學，絲毫沒有內地士大夫世家子弟的那種迂腐沉氣，欣喜之餘，又留下《農政全書》六十卷，分農本、田制、水利、蠶桑、牧養、荒政等十二門類，流傳臺灣，使得全臺上下得其多年的農墾漁林學問之利，也是令他心懷大暢之事了。

到了張偉攻下南京，不到一年席捲江南，大明半壁爲他所有之後，因張偉甚慕其才，對他在農業、軍事、數學等各方面的才能敬佩有加，雖徐光啓不肯以舊明大臣的身分臣侍於他，張偉卻仍是對他照顧有加。地方官員隔三差五的上門求教，漢軍專門派了廂軍軍士保護其家宅安全。他的大弟子孫元化掌管全台乃至南京的火器局要事，職銜已是正二品的高官，其出息如此，也是徐光啓的功勞成就。再加上張偉這兩年大辦官學，中西並重，雖然還以科舉取士，卻已是分門別類，以專門學問考選專門人才，不比明朝純以八股取士，甚難得到專業人才來治理天下。老人心境最怕傷感，徐光啓原本是死於崇禎五年，崇禎聞報後還爲之輟朝一日，以示哀悼。誰料他辭職回上海老家之後，諸事順心，老懷大暢，此時身體雖然一日不如一日，精神卻仍是十分健旺。

徐光啓見孫元化進來，雖是不喜他儀容不整，卻也知他素來如此，便也罷了，掏出懷裏核桃大的金表出來，見指針已是指到晚間十點，忙吩咐道：「來人，快些上酒菜來！」

桌上原本就已擺了許多時鮮果酒，讓諸位大人嘗鮮飲用，不過是飯前小點，聊以塞肚充饑罷了。待聽得徐光啓老大人吩咐下來，船後廚房早就準備好材料伺候，一聲令下，便立時爆炒起來，一刻工夫不到，已是擺出幾道菜上來。

各人早就安席已畢，此時也不必再行客氣，先是佈菜飲酒，待喝過三巡，各人臉上都隱然有了酒意，這才都放浪形骸，言笑無忌，比之適才沉悶氣氛，又是大有不同。

那李之藻原本也是北京城內位列九卿之一的重臣要員，心慕張偉行事，又知道張偉與西洋關係甚好，不像北方對興建教堂、傳教佈道有許多限制，除了教會不能干涉中國傳統禮節，不准以教會名義對信徒講習現實政治之外，其餘都是無礙。是以連官也不要做了，舉家由天津坐船下海，投奔南來。此時南京不設太僕寺，他沒有做回原官，只是先在翰林院內任侍讀學士，官位小了許多，平常也是無事，倒是在傳教一事上很是賣力，今日南京大教堂落成，便是他在其中出力甚大。

他見各人都不再拘謹，便知道這些末學後進的晚生們初時被自己與徐光啓這個國朝前輩震住，不好說笑，此時氣氛大好，他一時興頭起來，便站起身，將身邊埋頭苦吃的一個大鼻子洋人拽將起來，向各人笑道：

「諸位賢契，老夫爲諸位介紹，這便是執掌欽天監的湯若望大人！此番過來，便是要執掌南京新落成的大教堂，他官職在身，跑到江南來很是不易，大夥兒多親近親近！」

自孫元化起，吳應箕、陳貞慧、侯方域、朱舜水、顧炎武等人都站起身來，一一向湯若望問好致意。

那湯若望乃是德國科隆人，出身於貴族家庭，原本可以錦衣華食，安享富貴，豈料入了耶穌會之後，一心以光大上帝榮光爲己任，便於萬曆年間來到中國，先入澳門，後到北京、西安等地傳教，此時他已做到欽天監監正，曾協助徐光啓編崇禎曆。只是此時天下騷動，耶穌會以傳教爲己任，對政治走向也很關注。眼看明朝滅亡在即，各會士自然遠離北京是非之地，改投南京。聽了李之藻介紹之後，又見各人都起身行禮，他在中國久了，自然對中國人的禮節知之甚詳，因站起身來，向各人抱拳行禮，做了一個羅揖圈後，方又笑道：

「李大人多禮了，我現下不過是個普通教士罷了。」

他操著一嘴流利的京片子，邀各人坐下，又笑道：「說起來，那漢王殿下不知道怎地對我很是

關切，曾派人邀我入宮，問我有何打算。」

孫元化悶哼一聲，向湯若望道：「漢王識人的本事當真是天縱之才，這些年來手下網羅了無數英傑。凡是他有意收入袖中的，無一不是頂尖的人才。湯老先生，我看你有福了。只要願意，在南京謀個官職，想來不難。」

湯若望哂然一笑，大鬍子上沾的菜葉湯葉抖個不停，卻也不管，只道：「我對當官沒有什麼興趣，漢王殿下對傳教士和西學的寬容已讓耶穌會受益良多。咱們傳教士做官什麼的，只是希圖傳教方便，若是貪圖世俗享受，也不必入教來這萬里之遙的中國了。」

各人都知他說是乃是實情，此人已是年近四十，還是毛頭小子便來到中國，這些年東奔西走的，只爲了傳教之事，其間辛苦非常人所能承受。朱舜水與顧炎武一是浙江餘姚人，一是江蘇崑山人，此時都在南京太學內學習西學，只覺眼界日開，對西人教士亦不如當日那般排斥。因都道：「湯教士的所爲，當真是令人敬佩。」

吳應箕今日此來，乃是卻不過徐光啓與李之藻等人的面子，他是純粹的舊式中國文人，對西人教義很是排斥，只是卻不過面子，在這敷衍隨喜罷了。聽了各人的讚譽之辭，也只是微微一笑，並不作聲。扭頭見陳貞慧凝神細聽，一副專注模樣，心中甚是不喜。他因上書言事丟了官職，這陳貞慧做個巡城御史卻甚是起勁，兩相比較，心中酸味立時大增，只覺得其人面目可憎，令人厭惡。

又聽得湯若望言道：「今日大教堂落成，這是整個中國，甚至是整個南洋最大的天主教堂，這就是漢王殿下對我們最大的恩德了。爲了報答漢王的德意，我已經修書給澳門的耶穌會士們，派了大批的會士過來，充任南京、杭州、長沙、武昌等各城中太學的教師，在傳教之餘，爲大家傳授一些西學的知識，這便是我們的回報了。至於別的，身爲主的僕人，不再需要了。」

陳貞慧卻又對漢王提倡西學一事大爲不滿，此時聽了，心中一陣煩悶，想要開口斥責，卻又因徐光啓等人是前輩學人，資歷別說自己，就是黃尊素、錢謙益等人亦是遠遠不及。只得按下口氣，低頭吃菜不提。卻又與吳應箕目光相撞，兩人對視一眼，都看出彼此的輕視之意，扭頭一顧，便不再去看。

這一桌人其實各懷心思，並不對路，只是都是城內清要聞達之人，與徐光啓等人有著千絲萬縷的關係，是故都被一股腦兒的請過來。也是爲了怕城內清流儒士對興建教堂一事不滿，暗中反對，甚或是挑動百姓與官府前來干涉破壞，只得將他們一併請來，飲宴拜託，以徐光啓等人的面子壓制，方可無事。

因心中不樂，陳貞慧卻想起一事，爲了岔開話頭，便含笑說道：「聽說漢王王妃又有身孕，前兒親去雞鳴寺燒香許願。這一回，不知道會不會是個世子爺降生了。」

他只爲岔開話頭，卻不防又將吳應箕的恨事提起。那吳應箕再也忍將不住，雖不敢再攻擊張偉立娼妓爲妃，卻是冷冷道：「漢王應當充實後宮！雖說爲王者不好漁色也是美事，然依著周禮古制，也需再娶八人，湊起后妃人數才是。子嗣不茂，誠然不是國家之福。」

這番話雖是別有私意，聽在這些人的耳裏卻又甚是有理。徐光啓因捋鬚沉吟道：

「這話是極。漢王天縱神武，想來一統天下也非難事。他治政理民甚是寬仁，對百官文士也極是尊重，這樣的聖明天子五百年方能一出，若是皇天不佑，天不假年，其未竟之志，該當由誰來繼承？此事，我亦曾上書給漢王，偏他不聽，我也是無法可想了。」

顧炎武是後學末進，原本這種場所甚難插言，此時見各人盡皆搖頭，顯是以張偉不肯納妃而甚是憂愁。他的思想卻很是激進，與黃宗羲幾次長談後，更是覺得天子乃天下最殘暴之人，以天下侍奉己身，將天下視爲己有，殊不知天下仁人豪傑如同過江之鯽，怎見得這天下便要歸天子一家統治？因笑道：

「其實倒也無妨。我曾與西人教士略談過幾次，對他們的政治也瞭解了幾分，那荷蘭國，便是無君主的，人家不一樣是海上強國，國家安泰富強？」

徐光啓斜他一眼，斥道：「小子無知，竟敢胡言！」

見他漲紅了臉，顯是很不服氣，便又道：「我問你，自漢王以下，誰能讓幾十萬漢軍心服，願受其制？漢軍現下有五衛、兩騎，再有水師、廂軍，這些軍隊各不相統屬，都歸漢王節制，若是漢王突有意外，這些軍衛的首領會服誰人？莫要看了幾本書，就小瞧了天下英雄！漢王今時此日的地位，決非是輕易可得！」

陳貞慧此時已頗是後悔，不該引這個話頭，反使得各人爭吵。見氣氛僵持，忙笑道：「說起漢王治政，今兒倒有一樁趣事。刑部的張慎言張大人前幾日題了一本奏事，漢王這幾天只顧著軍事，今天又忙著去看那馬球比賽，竟是拖著沒批。惹得張大人火起，跑到禁宮內求見，卻不料漢王正要回後宮歇息，張大人拉著漢王的袖袍不放，只聽得嘶拉一聲，漢王的袖袍竟被拉開。」

見各人都聽得目瞪口呆，陳貞慧心中得意之極。他是皇城內的巡城御史，這些朝廷秘聞自是比旁人知道的多。因又笑道：

「在旁邊的人都嚇傻了，都以為漢王必定會大發雷霆，張大人必被訓斥。誰料漢王撿起衣袖，笑道：仁宗被包黑子吐了一臉的唾沫，任它乾了，不去理會；宋太祖一時發怒，用斧子打落臣下的牙齒，結果被載入史冊，丟了幾百年的臉。孤可不上你張慎言的當，休想博一忠臣名，卻壞了孤的名頭。說完，就將那本奏章拿將過來，批覆了事後，方才進去。」

說到此處，各老夫子及那些青年才俊們盡皆讚嘆，稱頌不已。

雖然吳應箕不相信張偉如此虛己納諫，只覺得他威嚴霸道，哪裡有半分盛世之主待人以誠的風範？卻只是悶在肚裏，不敢作聲。此時若說了出來，煞風景不說，還容易流傳到張偉耳中，有不可測的深禍。

還在臺灣之時，他已知道張偉屬下司閶曹的那些細作暗探的厲害。他們多半化身為奴僕、茶客、夥計，專門在陰私中窺探官員隱私。因顧忌特務政治恐傷士大夫之心，並不給這些人捕人拿人的權力。縱是如此，由臺灣出來的文臣武將也是對高傑屬下的司閶曹甚是忌憚。

在前後左右偷瞄幾眼，這花廳內侍立的青衣小廝、酒娘，那慈眉善目，肚大腰圓的廚子，還有應承的老鴇，彈曲的妓女，雖一個個似模似樣，全無毛病，吳應箕卻只覺得個個可疑，心中自危，便不敢再多說話，只低了頭喝起悶酒來。

實則他草木皆兵，張偉令高傑弄起來的司聞曹哪有如許能力。那幾百個暗探細作，多半是在打探明朝和滿清虛實，饒是如此，仍是不敷使用。至於用來監視臣工，原本是定台之初的不得已之舉，此時各部、地方都有各系各派的官員任職，有漢軍各衛各廂衛分別彈壓地方，又放開言論，興辦報紙，哪裡還有閒情四處派出細作，收羅官員和士人的言行。

這吳應箕噤若寒蟬，不敢言聲，只是低頭喝起悶酒。卻聽徐光啓等人一直讚道：「此舉甚有君人度量，明皇自孝宗後，再無此舉。」

酒足飯飽之後，各人都按劍而出，下船之後，各人長揖作禮，正欲分手。卻突聞不遠處傳來一陣馬蹄響動，沿途正在遊樂閒逛的行人盡皆急忙讓開道路。待蹄聲稍近一些，便見是一隊漢軍飛騎士卒飛奔而來。

眼見他們肆無忌憚，在鬧市打馬狂奔，徐光啓等人立時沉了臉。待那隊漢軍奔到眼前，還不待他們說話，徐光啓便怒喝道：「你們是哪個帶的兵，怎麼敢如此跋扈不法！這鬧市之中行人甚多，若是踢傷踩傷了人，或是撞壞人的東西，你們該當如何？」

那帶隊的乃是宮內的宿衛果尉，因奉有緊急公務，便在這秦淮鬧市打馬狂奔，心中正是得意。

卻被這老頭一通訓斥，心中雖是不服，看他模樣是個讀書士人，戴頭巾，佩劍，正是張偉新製士人衣著，不敢得罪，只得翻身下馬，向徐光啓行了一禮，方道：「咱是有緊急公務，怠慢不得，是以才這樣，平時並不敢如此。」

他雖粗鄙，禮數倒也周到，徐光啓因拄著拐慢慢踱到他身邊，皺眉問道：「什麼緊急公務，莫非是南京周遭要有戰事麼？」

回頭向孫元化道：「快隨他去，想必是來尋你前去商議軍情。」

孫元化正待上前，卻聽得那果尉又道：「咱不是來尋孫大人，咱是來尋陳貞慧陳老爺的。」張目一望，卻正看到喝得紅頭漲臉的陳貞慧站在人群中，那果尉正歸他管，因急忙上前施了一禮，稟道：「陳老爺，奉漢王和校尉大人的令，前來傳您入宮。」

「呃，這會兒能有什麼急務。多半是內廷有什麼新的舉措，召我前去交代。老羅，我一會兒隨你過去就是。」

見陳貞慧並不以爲意，顯是酒意上來，不甚明白，因急道：「陳老爺，請你速去！城外文官和全江南徵召的外派官員，昨夜就已在碼頭等候；就等著城內的諸位老爺會齊，便按名冊拿人，送往港口開船起航！」

此語一出，原本渾不在意的各人立時驚醒，忙七嘴八舌問道：「拿人，拿什麼人？又捕往何處去？」

見陳貞慧亦隨著眾人問個不休，那果尉急得無法，額角上沁出大滴的汗珠來，頓足急道：「諸位，咱只是小小的果尉，知道什麼！只知道全江南幾天前就開始捕人，送上船去發配呂宋。今兒輪到南京城內開始拿人，人一拿齊，即刻上船，由各位老爺們帶著護衛看押。陳老爺，不必再問了，誤了漢王的事，你其罪非小！」

陳貞慧此時已是酒醒，連打了幾個酒呃，也顧不上不雅，還連帶著噴了幾下酒屁，弄得吳應箕等人皺眉躲避不迭，急沖沖跑到徐光啓等人身前，躬身施一禮，一迭聲道：「諸位前輩，小子失禮，王命在身無法恭送各老師了。」

徐光啓到底是有了年紀的人，吃不住這麼一鬧，此時已覺得頗是頭暈，見陳貞慧來辭，忙吩咐道：「快去，耽擱了漢王差使可不是玩的。」

陳貞慧急忙翻身上馬，卻是軟了腳，幾次三番的爬不上去。他原是個斯文書生，原本除了手中執一把摺扇再無別物，此時腰間佩劍，飾銅製魚符、內廷行走腰牌等物，這些全是沉澱澱的重家什，此時他又心慌意亂，手忙腳亂，一時半會兒竟爬不上去。還是旁邊的小兵在他屁股上推了一把，這才翻身上馬，向孫元化等人略一拱手，便立時打馬而去。

徐光啓等人看他帶著那幾個宿衛絕塵而去，一時竟呆在街心。正不知如何是好，又見不遠處傳來鑼聲，有人叫道：「所有閒雜人等，一律禁止於街市行走。丑時之始，禁官民人等出門。」

各人面面相覷，這是南京自歸張偉治下，除了攻城之後的那幾夜，還是頭一回下宵禁令，因都是官身，倒也不怕，尋了那聲音轉過街角，只見那大街左側的照壁上掛了一盞燈籠，上書：

「曉諭：漢王有諭，照得軍民人等知曉，前番拿捕閹黨、貪墨官吏及犯法宗室，抄沒家產。孤本以寬仁相待，曉諭爾等在家閒住，不得來往勾結，陰謀不軌。今據都察院查察，邇來此等人家多有陰私來往，圖謀謀反情事，孤原欲一體擒拿，依例問罪。茲念上天有好生之德，今諭令漢軍及各處該管衙門將爾等一體擒拿，解送呂宋，交由當地官員好生看管，不體生亂，此令。」

吳應箕小聲念完，已覺得小腿發軟。當時的中國人若不是貧苦到了極點，絕無背景離鄉之事。一直到十九世紀，去美國的華人還有攢錢請郵政公司送屍體回鄉安葬之事。華人對葉落歸根、老死不離鄉土的執念，可見一斑。呂宋在當時的中國人心中，乃是去萬里之遙的蠻夷之國，荒涼困苦到了極點的地方，若是被強迫送了過去，無衣無食，沒有田土房屋，又身處萬里之外的蠻荒，當真還不如一刀殺了的痛快。

想起自己被幾個東林黨的知交好友慫恿，一時不察，上了條陳反對張偉立妃一事。原本是要借助清流之力，與張偉打打擂臺，想張偉是以明君自居，想來不會連萬曆皇帝亦不如，此舉不但可博得清名，還斷無危險可言。誰料張偉突發奇招，以立御史台一事取消了給事中一職，是以他名沒有博到，反是把官瞬間丟掉。現下是以前給事中的身分在家中冠帶閒居，等候朝廷徵召。他自己倒是心知肚明，知道自己縱使心有公意，結黨以抗張偉一事卻甚難得其原諒。他深夜自問，為何要行此事，想來想去，原來還是心底深處覺得張偉乃是得位不正的反賊！

懷了這個念頭，每常便不敢說話，唯恐不提防間將此話說出，那便立時是毀家的大禍！雖惕厲提防，到底是心裏有鬼，此時一見這個文告，心底的擔憂立時湧將起來。雖然那曉諭上只是說貪官及宗室等被拿，他卻很害怕張偉命人順手將這些曾經與他爲難，並在坊間四處散播不利於統治的儒生們一體擒拿了，全家老小送到那呂宋國去，名義上是有好生之德，卻比全家抄斬更狠上一些。

他心中害怕之極，只覺得眼前人影晃動，好似那些如狼似虎的兵士們就站在他家宅前，吆喝著將一家老小全數驅逐出府。猛打了幾個寒戰，向身旁諸人急道：「既然漢王下令宵禁，晚生得早些回去，這便向各位老先生辭行。」

各人知他心思，也不便攔阻，目送他回去之後，顧炎武向徐光啓冷笑道：「適才還說到漢王以寬仁爲政，誰料現下就鬧這麼一齣！老公祖，此事你得說話才是。」

徐光啓心中對將這麼多人發配呂宋也著實不滿，慨然道：「說不得，拚著我這張老臉，明日求見漢王，問問到底是怎麼個章程！」

又轉頭目視孫元化，向他道：「你怎麼說？」

孫元化原對這些政治陰謀之事全無興趣，他只覺得自己安分守法，一心爲漢王研製火器，任是甚麼事也落不到他頭上，是以委實不願攪在此類事中。只是這會兒老師說話，也顧不得許多，只得勉強答道：「漢王行此事不知何意，學生明早定會陪老師求見，請漢王的示下就是。」

「如此，咱們明早一起求見便是。」

各人商議已定，原本還要散步遊逛，此時宵禁令下，卻也無法，當下紛紛揖讓而別，各自回下處歇息不提。

且不提這群朝野知名的書生聞人正計較著如何勸諫張偉，此時的南京城內，卻有人正在以一種明朝流行的方式來試圖邀買張偉的寵愛，以擺脫現下自身的困境，試圖一朝得志，快意恩仇。

這人原本是南京城內中產之家的子弟，姓楊，名易安。因父母只有他一個兒子，千方百計四處求貸供他念書，以求他有朝一日中舉登第，好來光耀門楣。誰料此人雖是不蠢，卻因父母溺愛，脾氣品性甚不好。求學時便屢被那私塾中的老夫子責打教訓，待出學之後，憑著小聰明中了一個秀才，便自以爲已是文人書生，成日遊街竄巷，在煙花柳巷中流連取樂，自以爲是風流倜儻，屢次南闈不中，父母因家財被他敗光，早已氣死。那些真正的大家公子，卻又甚是鄙薄他的爲人，不肯與他來往，是以不但四處打不了秋風，反倒吃了不少免費的白眼。

四處碰壁之後，他已是氣極，索性便越發地狂放不羈，無視禮法。又做的幾首歪詩，便以爲自己是數百年未有的詩仙再世，尋了幾文錢刻了一個印章，號曰：李白再世。種種荒誕之事數不勝數，早便是南京城內的笑柄。待張偉得了江南之後，四處皆需人才使喚，此人便上衙門報名投效，誰料那衙門中人亦知他爲人操行，均不用他。

待捱到了今年此時，已是生計困難，難以維生。百般無奈之下，卻又被他尋得一個歪招，思來

想去之後，便覺得此事可行，因找了一個一樣不得志的同好，一同來行。

「小白，咱們這麼做後，甚是事不可爲，那……」

兩人早就計較清楚，做了決斷。拿著那從門旁鄰居處借來的殺豬刀在自己下身比來量去，卻都是不敢下手。那假李白原也是害怕，此時聽得這人一說，卻罵道：「老胡力，這事咱們不做，一輩子不能翻身！」

他狠了狠心，向胡力道：「咱們彼此切將下去，就是了！」

說罷，自己先一刀在那胡力下身劃下去，那胡力猛一吃痛，亦將自己手中的尖刀向他下身一割，於是兩人同時慘叫呼痛，在地上翻滾不已。

那楊易安到底是主謀之人，心中倒還有股狠勁，因知成年後閹割甚是危險，早便備好傷藥、煙灰等物，此時雖痛不欲生，幾欲暈去，卻是不敢怠慢，急忙將準備的物什抹在下身。他抹將幾下，已是痛到極處，再也不能支撐，兩眼一黑，也不管那胡力如何，就這麼暈了過去。

待第二天悠悠醒轉，卻見那與他一同搏命的老兄下身仍是血淋淋一片，人早已死的通透。他知道自己此時仍是未離危險，便不顧疼痛，勉強又換了傷藥，立時又疼暈過去。

如此幾次三番，待他在這不透風的密室中過了十餘日後，下身的傷口已然凝結，插入的鵝毛管子亦已拔出，已可透著小口撒尿。他在心中長出口氣，知道自己成功自閹，已是一名標準的太監了。

掙扎著起身之後，將事先準備好的行狀裝好，又換上一身新衫，敞開大腿，向那皇城方向一步一搖的晃去。

待到了皇城之外，正見著一隊兵士來回巡邏，見他是白身之人，雖有頭巾又無佩服，銅符，故將他攔住，不給入內。

這楊易安卻是胸有成竹，斜著眼向那帶隊的果尉噗嗤一笑，傲然道：「你敢攔我？你可知道我要做什麼？」

那果尉卻從未見過如此膽大之人，這幾日南京城內風聲鶴唳、草木皆兵，那些平日裏放言無忌的書生儒士們都噤口不言，不敢四處生事。此人只是個秀才打扮，卻是如此豪橫無禮，一時摸不清他的底細，只得吃吃道：「你是何人，來此到底要做甚？」

楊易安本欲明說，左顧右盼一番，卻又甚覺不便，因鬼頭鬼腦的將那果尉拉到一旁，見左右無人，便將褲子褪下，讓他仔細瞧了，又將緣由細故一一說了，這才穿上褲子，站在一旁洋洋自得，只等那果尉處置。

那果尉初時見了，先是一驚，繼而竟是笑不可遏，卻又不敢大聲，只得強咬著嘴唇，噗嗤有聲。

那楊易安見他模樣，卻是大怒，因道：「你竟敢如此？若是漢王收了我，只怕我誅你全家，如同割草！」

他雖是大言炎炎，在當時人的眼裏，卻也並非全然是虛詐之辭。明朝自中期以後，閹人勢大難制，每一朝都有一權閹出現，呼吸俯仰之間，決人生死。便是朝中士大夫，亦需仰權閹之鼻息。自萬曆在全國各處派遣礦稅太監之後，雖是爲害全國，卻也使無數貧門小戶見識到了太監的赫赫聲威。於是那些貧苦自不能養活兒女者，多半在小兒年幼之際自行閹割，送往皇宮，希圖富貴。也有那鬱鬱不得志的成年之人，毅然自閹以求入宮的。這麼多年下來，明朝的太監總數早由立國時的幾千人暴漲到近十萬人，饒是如此，每年仍是有大量的良家子弟與那些流氓無賴紛紛自閹，任你是皇帝三令五申，宮中不再收人，亦禁人自閹，卻仍是無法阻止這股風氣。

就在不久之前，那魏忠賢還是以健壯男子自閹入宮，到後來貴爲九千歲之尊，起因便是當年在自己褲襠的那一刀。如此的引誘之下，自閹之風又如何能因幾道令旨而停止？

張偉自定鼎南京之後，立時將舊明的所有太監一併逐出，一個不留。雖柳如是赴南京後，亦是不肯再招太監，只是招募些健壯婦人，幫著內廷宮女做些灑掃擔水的重活。至於來往安全、傳令，便暫且由內廷禁衛及侍講學士們來行。

張偉本人並不覺得如何，倒是幾個舊明大臣紛紛進言，要張偉從舊宮內侍中選取一些年少太監回宮伺候，也會方便許多。以他們看來，只要制度定好，讓太監在皇宮內以備灑掃粗使，也並無不可，卻不知張偉一來是知道太監不管如何監管，因其接近帝王，總是會影響政治。此類人身體殘破，心理扭曲，只怕一萬人也出不了一個好的，況且殘人身體以供使喚，這讓一個現代人是無論如何也不能接受的，是以不管各人如何勸諫，此事卻是決不肯行。

他的想法，這小小果尉自然不知，因明朝末年自閹以求富貴之事甚多，其間亦有不少成功者。張偉的宮掖中現下沒有一個太監，若是感其摯誠，收留這個自割的傢伙，將來大富大貴，亦未可知。因急忙斂了笑容，向楊易安正色道：「這位先生，這原是我的不是，現下就送你往宮裏去，收或不收，便不是我的干係了。」

楊易安傲然道：「這是自然，諒你一個小小的軍官，能有什麼法子。也罷，前頭帶路，我這便去求見漢王殿下。」

那果尉雖是心中鬱鬱，卻是不敢怠慢，只得當真在前頭帶路，將這閹人一搖一擺的由天街帶往禁宮方向而去。

待到了宮門處，那守衛的禁衛也不敢怠慢，當下一層屋的往上稟報，一直傳到內廷當值的巡城御史之處。為防禁宮內各侍衛領班們勾結作亂，雖都是心腹武人，卻又以文官領巡守宮城之事，是以舉凡宮門處有何異動，最終還是歸那巡城御史該管。

「漢王，臣有事啓奏。」

張偉正在與一群前來理論的文臣耆宿們說笑解釋，正忙得不可開交，卻見巡城御史入得殿來，向他跪下行了一禮後，便起身奏事。

因知此人必是無事不來，忙笑道：「有事便快說，沒見這裏都是些老先生在說話！」

「回漢王的話，奉天門外有人求見。」

張偉一聽大奇，卻不知道是何方神聖求見，竟惹得這人親自來回。又命他詳細說了，待聽到那楊易安掀開衣服，讓漢軍果尉親視傷口一事，想想此人的行徑，竟是抑止不住的爆笑。

請續看《回到明朝做皇帝7 歷史異變》

新大明王朝 ⑥ 縱橫天下 (原書名：回到明朝做皇帝)

作　　者：淡墨青杉
發 行 人：陳曉林
出 版 所：風雲時代出版股份有限公司
地　　址：105台北市民生東路五段178號7樓之3
風雲書網：http://www.eastbooks.com.tw
官方部落格：http://eastbooks.pixnet.net/blog
信　　箱：h7560949@ms15.hinet.net
郵撥帳號：12043291
服務專線：(02)27560949
傳眞專線：(02)27653799
執行主編：朱墨菲
美術編輯：吳宗潔

法律顧問：永然法律事務所　李永然律師
　　　　　北辰著作權事務所　蕭雄淋律師
版權授權：蔡雷平
初版換封：2014年7月

ISBN：978-986-352-035-1

總 經 銷：成信文化事業股份有限公司
地　　址：新北市新店區中正路四維巷二弄2號4樓
電　　話：(02)2219-2080

行政院新聞局局版台業字第3595號
營利事業統一編號22759935

定 價：280元　特價：199元

國家圖書館出版品預行編目資料

新大明王朝／淡墨青杉著. — 初版.—
臺北市：風雲時代，2014.04-
冊；　公分. —

ISBN 978-986-352-035-1 (第6冊：平裝)

857.7　　103004418